穀中賀詞(삶속의 축하말)

著者 金 載 俸

監修 洪 愚 基

㈜이화문화출판사

序 言

본 저서는 선현 위인의 저서와 언행록 등에서 삶의 귀감(龜鑑)이 될 만한 문장들을 선별하여 학습의 지침으로 삼고자 기획한 것이다.

인간의 삶 속에는 탄생으로부터 죽음에 이르기까지 겪고 넘어야 할 많은 과제가 놓여 있으며 그 대표적인 것이 곧 관혼상제(冠婚喪祭)에 관한 것이다. 본 책에서는 그 가운데 축하의 말이라 할 수 있는 하사(賀詞)에 관련한 내용만을 선별하여 기록해두고자 한다. 즉 새로운 한 해를 맞으며 보내는 덕담(德談), 학업을 이수한 이들에게 보내는 따뜻한 조언(助言), 혼례를 앞둔 젊은 청춘들이 새겨들어야 할 경구(警句), 사업을 시작하고 확장하는 이들에게 보내는 격려(激勵), 정년 이후의 편안한 삶의 여유(餘裕) 등 일상에서 벌어지는 대소사에 축복이 되고 위로가 되는 말이 곧 그것이다.

장자(莊子)는 「寓言篇」에서 사람이 말을 하는 방법에는 우언(寓言), 중언(重言), 치언(卮言)이 있다고 하였다. 그는 "말 가운데 열의 아홉은 우언이요, 열의 일곱은 중언이며, 치언은 시도 때도 없이 하는 것(寓言十九 重言十七 卮言日出 和以天倪)"이라 하였는데, 명대의 육방호(陸方壺, 1520~1606)는 풀이하기를 우언은 뜻이 여기에 있지만, 말을 저것에 기탁하니 뜻이 말 밖(言外)에 있는 것이라 하였고, 중언은 옛사람의 말을 빌려 자신의 말을 소중하게 하니 예증이 말의 앞(言先)에 있다고 하였으며, 치언은 구설에 따르면 맛이 있는 말은 사람이 들이켜 마시게 할 수 있으니 비록 적은 양의 잔술일지라도 널리 퍼지는 말이어서 맛이 말 안(言內)에 있다고 하였다. 이로 미루어보건대 이 책에 담긴 말의 성격은 아마도 중언(重言)이라고도 할 수 있고 치언(卮言)이라고도 할 수 있을 것이다.

중언일 수도, 치언일 수도 있는 이 책의 내용을 본 저자는 표제어에 '곡중하사(穀中賀詞: 삶 속의 축하의 말)'라고 명명하였으며 그 체계를 출생으로부터 노년의 삶에 이르기까지 크게 9가지로 나누어 분류하였고, 마지막에 해마다 맞이하는 신년을 축하하는 신년하사(新年賀詞)를 더하였다.

① 생자하사(生子賀詞) ② 필업하사(畢業賀詞) ③ 혼인하사(婚姻賀詞) ④ 부부하사(夫婦賀詞) ⑤ 가정하사(家庭賀詞) ⑥ 천거하사(遷居賀詞) ⑦ 개업하사(開業賀詞) ⑧정취하사(情趣賀詞) ⑨ 건강하사(健康賀詞) ⑩ 신년하사(新年賀詞)

내용의 구체적 순서는 ① 주제어 ② 주제어 번역 ③출전 ④ 출전 번역 ⑤ 췌언(贅言) 순이며, 순서에 따라 한 글자로부터 다수의 글자 순으로 배열하였으며 또 출처가 불분명한 것, 속담(俗談) 등은 장마다 격언(格言)의 형식으로 삽입하였다. 췌언은 굳이 삽입하지 않아도 될 말이지만, 독자의 독서에 도움이 되고자 하는 마음에서 실어두었다.

다양한 문헌에서 참신하고 새로운 자료들을 선별하고자 하는 마음은 광대하나 막상 손을 대고 보니 미력한 학문의 한계를 느끼지 않을 수 없다. 그럼에도 불구하고 이 책을 완성하기까지 감수의 수고를 아끼지 않은 陶谷 洪愚基 학형에게 깊은 감사의 말씀을 드리고 또한 출판에 기꺼이 응해준 서예문인화 이홍연 회장께도 심심한 감사를 드리는 바이다.

2024년 6월 文來書樓에서 김 재 봉 識

穀中賀詞

穀中賀詞(삶속의 축하말)

神

▣ "새는 알에서 나오려고 투쟁한다. 알은 세계이다. 태어나려는 자는 하나의 세계를 깨뜨려야 한다. 새는 신에게로 날아간다. 신(神)의 이름은 아브라삭스(Abrasax)이다(Der Vogel kämpft sich aus dem Ei. Das Ei ist die Welt. Wer geboren werden will, muss eine Welt zerstören. Der Vogel fliegt zu Gott. Der Gott heißt Abraxas)." -헤르만 헤세(Hermann Hesse, 1877~1962) 『Demian』중에서

▣ "모처럼의 통찰(洞察)도 그들이 그전에 생활하던 실제 상황에 머물러 있는 한 아무 소용이 없을 것이다. 실제로 취하는 행동이 내포하는 위협(威脅)과 고통(苦痛) 등 생활의 변화 없이는 사실상 아무런 효과도 거둘 수 없을 것이다."
-에리히 프롬(Erich Fromm, 1900~1980) 『소유냐 삶이냐(To Have or To Be)』중에서

▣ "벌이 이 꽃 저 꽃에서 약탈(掠奪)을 해도 일단 꿀을 만들면 그 꿀이 전부 벌의 것이듯... 다른 사람에게서 빌려온 작품도 마찬가지다. 그 모든 걸 바꾸고 뒤섞어 자기 작품을 만들어내는 것이다." -미셸 드 몽테뉴(de Montaigne, 1533~1592) 『隨想錄』중에서

▣ "세상 사람들이 기이하다고 여기는 것은 그것이 기이한 까닭을 알지 못해서이고, 세상 사람들이 기이하지 않다고 여기는 것은 그것이 기이하지 않은 까닭을 알지 못하기 때문이다. 어째서 그러한가? 사물은 그 자체가 기이한 게 아니라, 나를 거친 뒤에야 기이하게 된다. 기이함은 결국 나에 달린 것이지 사물이 기이한 게 아니다.... 무릇 익숙하게 보던 것은 좋아하고, 자주 못 들어본 말은 기이하게 여기는 법이니, 이것은 일상에서 흔히 보게 되는 폐단이다(世之所謂異 未知其所以異 世之所謂不異 未知其所以不異 何者 物不自異 待我以後異 異果在我 非物異也 ... 夫玩所習見 而奇所希聞 此人情之常蔽也)."
-곽박(郭璞, 276~324)『注山海經序』중에서

제1장   생자하사(生子賀詞)

◾ 태어난다는 것은 신의 섭리요, 선택의 여지가 없는 것. 선택할 수 있는 것은 오직 어떻게 사느냐 하는 것일 뿐. -헨리 워드 비처(Henry Ward Beecher, 1813~1887)

◾ 아기가 태어날 때 삼신할머니가 줄 수 있는 가장 좋은 선물은 호기심이다.
-엘리노어 루스벨트(Anna Eleanor Roosevelt, 1884~1962)-

◾ 가장 아름다운 세 가지 광경: 꽃이 만발한 감자밭, 순풍을 받고 달리는 범선, 아기를 낳고 난 뒤의 여인. -에이레(Éire) 속담-
*에이레는 아일랜드섬(Ireland)을 가리키는 아일랜드어 명칭이자, 현대 독립 공화국인 아일랜드의 헌법상 아일랜드어 국호.

◾ 우리는 태어나면서 동시에 죽기 시작하고, 그 끝은 처음과 연결되어 있다.
-마르쿠스 마닐리우스(Marcus Manilius, 1세기 경)-

◾ 생명에 대해 경건한 마음을 갖는 것은 바로 창조주에 대한 찬미라고 할 수 있다. 왜냐하면 생명의 창조야말로 신의 유일한 재현이기 때문이다. -프로스트Robert Frost, 1874~1963)-

◾ 이름 없는 사람아 이름 없는 은총에서 태어난 나의 금동아기. -김남조(1927~2023)《사랑초서》-

◾ 무언가를 새로이 시작한 날, 첫 꿈을 이룬 날, 기도하는 마음으로 희망의 꽃삽을 든 날은 언제나 생일이지요. 어둠에서 빛으로 건너간 날, 절망에서 희망으로 거듭난 날, 오해를 이해로 바꾼 날, 미움에서 용서로 바꾼 날, 눈물 속에서도 다시 한번 사랑을 시작한 날은 언제나 생일이지요.
-이해인(1945~)《생일을 만들어요 우리》중에서-

▣ 당신의 생일을 축하합니다. 바로 오늘 태어난 사랑스런 이여!......당신은 축복 받아 마땅한 사람! 온 세상을 당신께 드립니다. 산과 바다 이 기쁨 모두 당신께 드립니다.
-홍수희《생일을 맞은 그대에게》중에서-

▣ 그 날이 오면 아침은 내가 지어야지. 미역국도 끓여놓고 아내를 깨워야지. 그녀가 곤히 잠든 사이 굵어진 손가락에 살며시 끼워준 내 마음 젖지 않도록. -이병훈(1925~2009)《생일선물》중에서-

▣ 누군가를 마음껏 축하해 주고픈 그런 날이면 하나의 케이크로 나는 새롭게 태어난다. 생일을 맞이한 가족을 위해, 친구를 위해, 그대를 위해, 내가 사랑하는 모두를 위해 나는 케이크가 된다. 오늘 하루만큼은 세상에서 가장 예쁜 생일 케이크가 되어 너에게 가고 싶다.
-김병훈(1978~)《생일케이크》-

▣ 이른 아침 내리는 비는 노란 우산을 준비하라는 거구요. 오후 네 시에 내리는 비는 다른 약속하지 말라는 얘기예요. 사랑하는 사람 외엔…… 하지만 그대 생일날 내리는 비는 장미꽃 한 아름 안고 그대 창가를 맴돌던 내 눈물방울이랍니다. -이풀잎(1968~)《장미꽃 비》-

▣ 生命之光閃耀人間 喜得貴子笑聲傳 願寶寶如晨曦般純淨 如花朵般綻放
생명의 빛이 인간 세상에 빛나고, 득남의 기쁨과 웃음소리가 전해진다. 아가 아침 햇살처럼 순수하고 꽃처럼 피어나길 바란다.

▣ 祝賀您迎來新的生命 願寶寶帶給您的不僅是歡聲笑語 更是無盡的愛的回饋和成長的快樂
당신이 새로운 생명을 맞이하게 된 것을 축하하며, 아기가 당신에게 웃음뿐만 아니라 끝없는 사랑의 보답과 성장의 즐거움을 가져다 주기를 바란다.

▣ 生兒之喜 如同春風拂面 溫暖而美好 願這個小小的生命 如陽光般明媚 如花朵般綻放 祝他(她)一生平安順遂 幸福滿滿
자식을 낳는 기쁨은 봄바람처럼 따뜻하고 아름답다. 이 작은 생명이, 햇살처럼, 꽃처럼 활짝 피어나기를. 그(그녀)의 일생에 평안과 행복이 가득하기를 빈다.

慶福 / 70×25cm
百祥慶福 상서롭고 경사스러운 복

誕生聖明
성군이 탄생하다.

【出典】『後漢書·梁統傳』皇天授命 誕生聖明
천제(天帝)의 명을 받아 성군이 탄생하다.

【贅言】'탄생(誕生)'이란 사람이 태어나는 것이다. 자학(字學)에서 '탄(誕)'은 말을 길게 끈다[延]는 의미로 『詩經』에서 '이에'라는 말로 쓰였으며, 생(生)과 합하여 '이에 태어나다'라는 뜻이 되었다. 예전에는 성인(聖人) 또는 귀인이 태어나는 일을 높여 이르는 말이었으나, 현재는 사람뿐만 아니라 사물이나 사건에도 활용된다. 비슷한 용어에 '탄강(誕降)', '탄신(誕辰)', '생신(生辰)' 등이 있다.

虹流之辰
무지개가 흐르는 날, 즉 생신날을 의미.

【出典】簡易 崔岦『簡易集 卷一 表箋』"洊回虹流之辰 彌迓川至之慶"
무지개가 흐르는 날[虹流之辰]을 맞이하였으니, 앞으로 더욱 강물이 모여드는 경사[川至之慶]가 있게 될 것이다.

【贅言】'洊回虹流之辰'이란 '생일 축하연이 거행되는 날'이라는 의미다. 소동파(蘇東坡)의《集英殿宴致語》에 "무지개 흘러내려 성명의 시대 열었나니, 인력으로 이룰 수 있는 상서가 아니다(流虹啓聖 非人力所致之符)."라는 말이 있다.

身土不二
몸과 땅이 둘이 아님.

【出典】『大乘經』"寂照不二 身土不二 性修不二 眞應不二 無非實相 實相無二 亦無不二"
적(寂)과 조(照)는 다르지 않고, 상적곽토(常寂光土)와 청정법신(淸淨法身)은 둘이 아니며, 성덕(性德)과 수덕(修德)은 다르지 않고 진신(眞身)과 응신(應身)은 둘이 아니다. 실상(實相) 아닌 것이 없고 실(實)과 상(相)은 다르지 않으며 다르지 않은 것도 없다.

【贅言】신토불이는 원래 불교용어로, 불교에서는 윤회를 하면서 한 생(生)을 살 때마다 몸을 새롭게 받는다고 한다. 새로운 생명으로 태어날 때 몸의 종류와 함께 그 몸이 태어날 땅까지도 함께 정해짐으로 몸과 땅은 별개가 아닌 하나라는 것이다.

君供賀酌
그대와 함께 축하의 잔을 드네.

【出典】徐居正『四佳詩集 卷四十五·詩類』《九月二十九日 福慶生子 喜而有作》"汝年十六又生兒 八八乃翁喜可知 坐對細君供賀酌 欣然賦得弄璋詩 白髮生兒又得孫 再三稽首 謝乾坤 以吾愛汝兒孫意 更感吾先父祖恩"

네 나이 열여섯에 또 아이를 낳았으니 예순네 살 된 네 아비 기쁨을 알 만하지. 아내와 마주 앉아 하례의 술잔 들면서 기쁜 마음에 농장시(弄璋詩)를 지어 읊조리노라. 백발에 아이 낳아서 손자까지 얻었으니 재삼 머리 조아려 하늘땅에 감사하노라. 내가 내 자손 너희들을 사랑하는 뜻으로 내 부조의 은혜에 다시 감격하게 되는구나.

【贅言】『詩經·小雅』《斯干》에 "아들을 낳으면 침상에 누여 고까옷을 입히고 손에 구슬 장난감을 쥐어 준다(乃生男子 載寢之牀 載衣之裳 載弄之璋)"고 하였고 "딸을 낳으면 맨바닥에 재우고 포대기를 두른 다음 손에 실패 장난감을 쥐어준다(乃生女子 載寢之地 載衣之蓆 載弄之瓦)."고 하여 남녀의 차별이 심했다는 것을 알 수 있다. 지금과 비교하면 격세지감(隔世之感)을 느끼지 않을 수 없다.

振振螽斯
메뚜기처럼 번성하다, 즉 자식을 많이 낳다.

【出典】稼亭 李穀『稼亭集 卷十一 祭文』《爲金校勘天祚祭母文》"有子七人 振振螽斯 昆令季強 夫唱婦隨 以耕以織 溫淸以時"

아들 칠형제를 두어 메뚜기처럼 번성하였나니 착한 맏아들부터 강한 막내까지 부창부수하는 가운데 밭을 갈고 길쌈을 하면서 시절에 따라 따뜻하고 시원하게 해 드렸지요.

【贅言】'진진종사(振振螽斯)' 는 자손의 번창을 비유할 때 쓰는 표현이다. 『詩經·周南』《螽斯》에 "수많은 메뚜기 화목하게 모여들듯, 그대의 자손 또한 번성하리라(螽斯羽 詵詵兮 宜爾子孫 振振兮)."라는 말이 나온다. 메뚜기는 여칫과에 속하는 곤충으로 한 번에 100여 개의 알을 낳는다고 한다. 『詩經諺解』에서는 '뵈짱이(베짱이)'로 풀이하였다.

栽竹生孫
대를 심어 손자를 보다.

【出典】溪穀 張維『溪穀先生集 卷二十七』《淸風溪閣 次外舅韻》"吾舅幽居地 淸溪瀉洞

門 種松渾欲老 栽竹已生孫 烏幾香煙細 晴牕曉旭暄 窮途聊自適 賦與荷乾坤"

장인어른(金尙容) 은거하는 곳으로 맑은 시냇물 동구(洞口)로 쏟아지네. 노년을 함께 보내려고 소나무 대나무 심은 그 뜻 손자를 벌써 보셨구나. 오피기(烏皮幾)에서는 향 연기 올라가고 맑은 창가에 아침 햇살이 따사롭다. 빈궁한 생활 속에서도 유유자적하는 성품으로 천지의 은혜 듬뿍 받았구나.

【贅言】대나무 뿌리에서 다시 옆으로 뻗은 작은 대나무를 '죽손(竹孫)'이라 함으로 자손의 뜻으로 사용된다. 소동파(蘇東坡)의 시에 "야자수는 자식을 낳고 대나무는 손자 보았다(檳榔生子竹生孫)."라는 구절이 있다.『蘇東坡詩集 卷43』《庚辰歲人日作 時聞黃河已復北流 老臣舊數論此 今斯言乃驗》

百祥慶福
온갖 상서로움.

【出典】雲山 劉載礫『雲山遺稿 天』《謹賀新年》"送舊迎新瑞氣生 百祥慶福曙光明 家中諸節繁榮給 玉體康寧萬事成"

묵은 해를 보내고 새해를 맞으니 서기(瑞氣)가 생겨나고 많은 길상(吉祥) 복록(福祿)으로 새벽빛이 밝았네. 온 집안 두루 번영을 누리시어 옥체강녕 하옵시고 모든 일 이루소서.

【贅言】한 해를 보내고 다시 한 해를 맞이하는 것은 때 묻지 않은 순수한 자식을 얻는 것과 같다. 이 자식을 한 해라는 세월 동안 잘 키우고자 하는 희망에 설레는 아침이다. '경복(慶福)'이란 '길상(吉祥)'과 같은 말이다.

鞠養之慈
힘써 양육하는 자애(慈愛).

【出典】李奎報『東文選 卷二十三·敎書』《大孫誕生三日 賜太子敎書》"婦人之免身 難莫難焉 爾子之生 易於反手 不坼不副 無菑無害 則是豈偶然耶 必天所保佑然也 宜勉加鞠養之慈 俾克遂元良之德"

부인의 분만하는 것이 어려운 일 중에도 어려운 일임에랴. 네 아들의 난 것이 손바닥 뒤집기보다 더 쉬워서 터지지도 않고 찢어지지도 않으며 재앙도 없고 해도 없었으니, 이것이 어찌 우연한 일이랴. 반드시 하늘이 도와서 그러한 것이다. 마땅히 힘써 양육하는 자애를 더하여 원량(元良)의 덕을 이루게 하라.

【贅言】'국양(鞠養)'이란 잘 자라도록 돌보아 기르는 것이다. 천자문(千字文)에 "보살펴 잘 길러주신 것을 공경(恭敬)하는 마음으로 생각하면, 어찌 감(敢)히 몸에 상처(傷處)를 낼 수 있겠는가?(恭惟鞠養 豈敢毁傷)"라는 구절이 보인다.

歡騰海宇
환성이 온 누리에 솟아오르다.

【出典】黃鉉『東文選 卷三十二·表箋』《賀誕生皇太子表》"皇天佑命 篤生岐嶷之姿 喜溢宮闈 歡騰海宇 竊以商頌燕禖之兆 周家熊夢之祥 蓋承祧之匪輕 而主器之至重"
황천(皇天: 하늘)이 명(命)을 도우사 특히 비범한 영자(英姿)를 내시니, 기쁨이 궁중에 넘치고 환성이 온 누리에 솟아오른다. 그윽이 생각하건대, 상송(商頌)의 제비가 아들을 점지한 징조와 주실(周室)의 곰을 꿈꾼 상서는 대개 상속(相續)이 가벼운 일이 아니요, 주기(主器)가 지극히 중한 때문이다.

【贅言】'환승(歡勝)'이란 기쁨이 극에 달한 상태(形容欢乐之极)를 말한다. 극에 달한 기쁨이 온 누리에 솟구칠[騰]만한 일이 요즘 세상에 얼마나 있을까마는 후대를 이을 자식을 낳거나 손주를 보는 일만큼 기쁜 일도 없을 것이다.

震索得男
장자(長子)를 구하여 아들을 얻다.

【出典】徐榮輔『竹石館遺集 第三策·箋』《元子誕生 陳賀箋文》"乾坤正位 協文王好逑之詩 震索得男 符肅祖誕彌之月"
하늘과 땅이 제자리에 위치하니 문왕과 후비(後妃)처럼 금슬이 좋았고, 장자(長子)를 구하여 아들을 얻었으니 숙종이 탄생한 달과 부합하였다.

【贅言】죽석관(竹石館) 서영보(徐榮輔, 1759~1816)가 자궁의 회갑을 맞아 대전에 진하하는 전문이다. '진색(震索)'의 '진(震)'은 국가의 대통(大統)을 계승할 장남을 뜻하는 말로, 여기서는 원자를 가리킨다. "진은 우레가 되고 용이 되고……장자가 된다. [震爲雷爲龍……爲長子]"라는『周易·說卦』제11장의 말에서 유래하였다. 또「설괘제10장」에 "건은 하늘이기 때문에 아비라 일컫고, 곤은 땅이기 때문에 어미라 일컫고, 진은 첫 번째로 구하여 아들을 얻는 것이기 때문에 장남이라 일컫는다(乾天也 故稱乎父 坤地也 故稱乎母 震一索而得男 故謂之長男)."라고 하였다.

燕禖呈祥
연매(燕禖)의 상서로운 경사

【出典】澤堂集『澤堂先生集 卷七·表』《皇子誕生進賀表》"燕禖呈祥 遂開震索之慶 三靈協吉 萬國騰歡"

연매(燕禖)의 상서로운 경사가 있어 마침내 진색(震索)의 기쁨을 누리게 되었네. 이에 삼령(三靈)이 다 함께 축하를 드리고 만방(萬邦)이 환희에 젖어 기뻐한다네.

【贅言】조선 중기의 문신 택당(澤堂) 이식(李植 1584~1647) 선생이 황자의 탄생을 축하하여 올린 표문에 등장하는 말이다. 연매(燕禖)의 상서로운 경사(燕禖呈祥)란 옛날 제왕들이 봄날 제비가 찾아올 때 매신(禖神)에게 제사를 지내 후계자를 얻게 해 줄 것을 비는 행사이다. 『文穀集』에도 "연매(燕禖)의 상서로움이 드러나 진실로 진색(震索)의 길함과 합치하였다(燕禖呈祥 允協震索之吉)."고 하였다.

願生伶俐兒
영리한 아이 태어나기를.

【出典】朝鮮 李亮淵《田家苦》"耕田賣田糴 來歲耕何地 願生伶俐兒 學書作官吏"

갈던 밭을 팔아 곡식을 사니 내년에는 어디에 농사 지을까. 바라건대 영리한 아이를 얻어 글 가르쳐 벼슬아치 되었으면.

【贅言】산운(山雲) 이양연(李亮淵, 1771~1856) 선생은 철종(哲宗)조에 호조참판·동지돈녕부사 겸 부총관을 지낸 인물이다. 그는 문장에 뛰어났으며 만년에도 학문을 게을리하지 않아 『枕頭書』·『石潭酌海』·『嘉禮備要』·『喪祭輯笏』 및 『臨淵堂集』 등을 간행하였다. 이 시는 소작농들의 애환이 묻어나는 시로, 내년에 쓸 씨앗마저도 팔아야 하는 비참한 현실 앞에 그저 똑똑한 자식이 태어나 집안을 일으켜 세워줄 것이라는 한 가닥 희망을 담은 시이다.

細君爲慶
아내가 생일을 축하하다.

【出典】徐居正『四佳詩集 卷二十·詩類』"今日是初度 靑春五十三 容顏衰已甚 仕宦力不堪 補袞才何有 歸田分自甘 細君聊爲慶 臘酒已先酣"

오늘이 바로 나의 생일인데 청춘이 쉰세 번째가 되었네. 용모는 이미 그지없이 쇠하였고 벼슬은 힘으로 감당 못 하겠으니 관직 보좌할 재주가 어디 있으랴. 전원에 돌아감이 내 분수고

祥 / 55×38cm

瞻彼闋者 저 텅 빈곳을 바라보라.

虛室生白 빈 방에 눈부신 빛이 밝다.

吉祥止止 길하고 상서로움이 이곳에 머문다.

–『장자』『인간세』 중에서

말고. 아내가 애오라지 경하해 준 덕에 납주(臘酒)를 마시고 먼저 거나해졌네.

【贅言】'세군(細君)'이란 자기의 아내를 상대하여 부르는 말이다. 한(漢)나라 무제(武帝)때 삼천갑자 동방삭(三千甲子 東方朔)이 그의 아내를 농담 삼아 부른 고사에서 유래한다. 서거정(徐居正)은 이 시 뒤에 다시 한 수 시를 덧붙였는데 "세월이 어느덧 납일(臘日)에 이르더니 그럭저럭 또 소춘(小春: 음력10월)을 지나버렸네. 늙은이는 늦은 나이에 놀라는데 옛 친구는 생일이라 축하하네. 술과 음식 눈앞에 낭자하고 진정한 담소 친밀도 하다. 앞으로 백 년 세월 다하도록 자주 왕래해야 하지 않겠는가(衰衰將新臘 悠悠過小春 老夫驚晚節 故友賀生辰 滿眼杯盤雜 披肝笑語親 從今一百歲 來往莫頻頻)."

紅光滿室 紫氣盈軒
붉은 빛이 집안에 가득하다.

【出典】《大宋宣和遺事·元集》"於西京洛陽縣夾馬營趙洪恩宅內 生下一個孩兒 當誕生時分 紅光滿室 紫氣盈軒"
서경 낙양현 협마영 조홍은(趙洪恩)의 집안에서 아이를 낳았는데 태어난 당시에 붉은빛이 집에 가득했고 자줏빛이 방에 가득했다.

【贅言】홍광(紅光)이나 자기(紫氣)는 모두 붉은 기운을 띠고 있어서 잡귀를 물리치는 벽사(關邪)의 의미로 쓰인다. 그래서 붉은 기운이 집안에 가득하다는 것은 '일륜의 봄빛이 붉은빛을 낸다(一輪春日放紅光).'거나 '먼 산이 자색 기운을 머금은(遠山含紫氣).' 것처럼 축복받은 아기가 태어난 것을 의미한다.

天與石麒麟
하늘이 내려준 석기린, 즉 자손을 얻음.

【出典】『孤山遺稿 卷一』《挽曺主簿實久》"混世誰知出世塵 溫溫風味獨書紳 生平未肯鑽權倖交久還如飲酎醇 負子人稱眞蝶嬴 得孫天與石麒麟 去來何恨聊乘化 一笑終期白玉春"
세상 속에서 세상 티끌 벗어날 줄 누가 알까 온유한 그 풍미 유독 내가 큰 띠에 썼더라오. 평생토록 권신에게 아부하려 하지 않았고 오래 사귈수록 전국술 마시는 것 같았어라. 자식을 업으니 진짜 과라(蝶嬴)라고 사람들 일컬었고 손자를 얻으니 하늘이 내려 준 석기린(石麒麟)이었다네. 오고 감이 무슨 한이랴 자연의 변화 따를 뿐, 우리 한번 웃고서 백옥의 봄날에 만나십시다.

【贅言】고산(孤山) 윤선도(尹善道, 1587~1671)는 주부(主簿: 관아의 낭관) 조실구(曺實久)에 대한 만사(輓詞)에서 자식을 등에 업으니 과라(蜾蠃: 나나니 벌) 같고, 손주를 얻으니 석기린(石麒麟: 옥으로 빚은 기린, 즉 재주가 뛰어난 영아)같다고 하였다. 자식에 대한 진한 사랑과 손주에 대한 할아버지의 진한 애정이 느껴지는 대목이다.

生此寧馨兒
훌륭한 아이를 낳다.

【出典】月華『梵海禪師詩稿』"半世無多靑眼子 何人生此寧馨兒 能呑萬裏西江水 大化千山東國緇"
반평생 그대 정다운 눈길 많지 않으나 어떤 아낙이 이 같은 훌륭한 아이 낳았을까. 일만 리 서강의 물을 다 삼킬 수 있으니 동국 치문(緇門)은 금수강산에서 큰 덕화 입으리라.

【贅言】'영형(寧馨)'은 송(宋)대에 '如此'의 뜻으로 쓰였으며 '영형아(寧馨兒)'는 '이 같은 아이', 즉 '훌륭한 아이'라는 뜻이다. 진(晉)나라 때 왕연(王衍, 256~311)이 어린 시절, 죽림칠현(竹林七賢) 중의 한 사람인 산도(山濤, 205~283)를 찾아갔을 때 산도가 한참 동안 감탄하고 그가 떠나는 모습을 멀리 바라보며 "어떤 아낙이 이 같은 아이를 낳았을까?(何物老嫗 生寧馨兒)." 라고 했다는 고사에서 유래하였다.『晉書 卷43 王衍列傳』'희득영형아(喜得寧馨兒)'도 같은 의미이다.

繡帨重懸蓽戶前
수놓은 수건을 사립문에 달다. 즉 여자아이의 탄생을 뜻한다.

【出典】李德懋『雅亭遺稿 卷三』《壽李質甫母夫人元氏六十一懸帨之辰 卽元玄川之姊也》 "共指南山積翠巓 夫人壽祝萬仍千 斑衣試舞萱闈裡 繡帨重懸蓽戶前 讌席隨暄簷轉旭 歸鞍趁瞑郭鋪煙 阿郞劈牋諸賓授 願續毛詩景福篇"
모두 푸른 저 남산을 가리키며 부인에게 천만 년 사시라고 축수하네. 오색옷 입고 훤당(萱堂)에서 춤을 추고 수놓은 수건은 다시 사립문에 달았네. 연회석은 따뜻한 곳을 따라 처마의 햇빛을 받고 성터에 저녁연기 퍼지니 손들은 그제야 돌아가네. 아들은 종이 잘라 손님에게 나누어 주며 경복편 축수시를 지어달라 청하네.

【贅言】제목이《이질보(李質甫)의 어머니 원씨(元氏) 환갑에 축수(祝壽)하니 곧 원현천(元玄川)의 누이다》원씨 부인의 환갑을 축하하며 어린애들처럼 오색 옷을 입고 재롱을 부려 부모

의 마음을 즐겁게 하고 여자아이의 탄생을 축하하여 수놓은 수건을 사립문에 달았다고 하였다. 『高士傳』에 "노래자(老萊子)는 나이가 70인데도 오색 옷을 입고 재롱을 부리며 자식의 늙은 모습을 보이지 않아 부모의 마음을 즐겁게 했다(萊子服荊蘭之衣 爲嬰兒戲於親前 言不稱老)." 하여 '노래반의(老萊斑衣)'라는 고사가 생겼고, 『禮記·內則』에는 "남자를 낳으면 활을 문 왼쪽에 달고, 여자를 낳으면 수건을 문 오른쪽에 단다(子生男子設弧於門左 女子設帨於門右)."고 하였다.

萬事亨通喜樂舒
모든 일 형통하고 기쁨과 즐거움을 펼치다.

【出典】雲山 劉載磷 『雲山遺稿 天』《謹賀新年》 "送歲新春初發如 貴家興福滿良諸 太康日日繁榮盛 萬事亨通喜樂舒"
묵은 해를 보내고 새봄을 맞아 그대 집에 흥복(興福)이 가득하오. 나날이 편하시고 번영이 성하시며 모든 일 형통하여 희락을 펴소서.

【贅言】 '만사형통(萬事亨通)'이란 말은 淸 李綠園 《歧路燈》 第六十五回 "그 공방형이 만사형통의 재주를 내어, 먼저 관격의 병을 고쳤다(那孔方兄運出萬事亨通的本領 先治了關格之症)." 에서 나온 말로 「萬事大吉」, 「萬事如意」, 「左右逢源」, 「得心應手」, 「如願以償」, 「地利人和」, 「吉祥如意」, 「一帆風順」도 비슷한 의미를 지닌다.

自貽哲命
스스로 어진 명을 품부(稟賦)받다.

【出典】 『書經·召誥』 "若生子 罔不在厥初生 自貽哲命"
자식이 처음 태어날 때 스스로 어진 명을 받지 않음이 없는 것과 같다.

【贅言】 '철명(哲命)'은 하늘이 내려 준 어진 명이란 뜻으로, 『書經·召誥』에 소공(召公)이 성왕(成王)에게 고하기를 "왕께서 처음 일을 시작하시니, 아, 마치 막 태어난 자식이 처음 태어날 때 스스로 어진 명을 품부받지 않음이 없는 것과 같습니다. 그러니 지금 하늘이 어짊을 명할지, 길흉을 명할지, 오랜 국운을 명할지는 지금 처음으로 일을 시작하는 데에 달렸습니다(王乃初服 嗚呼 若生子 罔不在厥初生 自貽哲命 今天其命哲 命吉凶 命歷年 知今我初服)." 라고 말한 데서 유래한다.

充閭佳慶
거리를 채울 좋은 경사.

【出典】『東文選 卷十二』《金使左光祿得家書 有生子之喜 詩以爲賀 [崔誳]》"北信初傳驛路中 侯家已驗夢維熊 充閭佳慶還應盛 容盖高門轉更崇 駿足遠期登驥坂 桂枝新得長蟾宮 微官他日朝天去 揮塵淸談奉阿戎"

북녘에서 온 편지 역참[驛路]에서 받으니 귀한 집안 곰 꿈(아들 낳을 꿈)을 꾸었다 하네. 거리를 가득 채울 좋은 경사 더욱 성하고, 거개(車蓋)를 수용할 높은 문도 더욱 높여야겠지. 준마가 빨리 달릴 것을 멀리 기대하고 계수나무 새로이 월궁에 자라나리라. 미관말직인 내가 후일 천조에 가게 되면 아융(阿戎)과 청담하며 함께 하리라.

【贅言】이 시의 제목은《금나라 사신 좌광록이 집의 편지를 받았는데, 아들을 얻을 기쁨이 있다 하니 시로써 하례한다》로 전고(典故)를 많이 인용하였다. 먼저 '충려(充閭)'란 진(晉)나라 가규(賈逵)가 아들을 낳고, 이 아이는 장차 귀하게 되어 거마(車馬)가 문 앞에 충만한 경사가 있을 것이라 하여 이름을 충(充)이라 짓고, 자(字)를 공려(公閭)라 지었다고 말한 대목이 있고, '용개(容盖)'란 한(漢)나라 우공(于公)의 말에 "내 자손 중에 반드시 귀한 자가 날 것이니 사마(駟馬)와 높은 일산[盖]이 출입할 만큼 문을 크게 하리라." 한 말을 인용한 것이다. '아융(阿戎)'이란 진(晉)나라 왕융(王戎, 234~305)으로 왕혼(王渾)의 아들인데, 완적(阮籍, 210~263)이 왕혼의 집에 들를 때면 혼(渾)보다 융의 방에 가서는 오래 이야기하고서 혼(渾)에게 이르기를, "자네와 이야기하는 것이 아융(阿戎)과 이야기함만 못하네." 하였다고 한다.

喤喤聲滿屋
우렁찬 울음소리 집 안에 가득하네.

【出典】『夢悟集 卷一』《賀金季潤 相肅 生子》"仁人宜有後 生理自相續 世人怠爲善 謂善未必福 此言何其誣 天定有久速 且看坯翁兒 喤喤聲滿屋"

어진 사람은 의당 후사가 있는 법, 생생하는 이치가 절로 이어지는 것이지. 세상 사람 선행에 게으르고 선행을 해도 반드시 복을 받지는 않는다고 하는데 이 말이 어쩌면 그리도 세상 사람을 속인단 말인가. 하늘의 뜻은 이미 정해졌으나 빠르고 느린 차이가 있을 뿐이지. 저 배옹(坯翁)의 아이를 보시게, 우렁찬 울음소리 집 안에 가득하다네.

亨通 / 70×25cm

萬事亨通喜樂舒 모든 일 형통하고 기쁨과 즐거움을 펼치다.

제2장 필업하사(畢業賀詞)

졸업(卒業, commencement)은 학교 같은 교육기관에서 학생이 모든 과정을 마치는 것을 말한다. [위키백과 卒業條] 졸업이라는 개념이 구체적으로 형성되고 그 말을 쓰기 시작한 것은 개화기 (開化期) 이후의 일이다. 그 이전 선조들은 '필업(畢業)'이라는 용어를 사용하였다. 영남학파인 남명(南冥) 조식(曺植, 1501~1572) 선생의 학당에서는 선비가 글을 읽다가 필업(畢業)을 하면 졸 업장 대신 짐승 한 마리씩을 주는 것이 관례였다고 한다. 훗날 정승에 오른 약포(藥圃) 정탁(鄭 琢, 1526~1602)이 필업을 하고, 문하를 떠나갈 때 남명 선생은 (정탁에게) 소 한 마리를 주어 타고 가게 했다. 공이 그 뜻을 깨닫지 못하자, 선생은 "그대의 말과 성격이 너무 급하니, 이는 굼뜨게 행동하여 (앞날을) 멀리 기약하는 것만 못한 것이라네"라고 말씀하셨다. 선생께서 (임금의) 부 름을 받고 (서울로) 올라오셨을 때, 공이 강가에 나와 선생을 맞이하며 제자의 예를 깊이 지켰다 (先生贈一牛以騎去 公未解其意 先生曰 君辭氣太敏 不如用遲鈍而致遠 先生赴召時 公出迎江 上甚執弟子之禮).『德川師友淵源錄 卷三』「文人」

▣ 나는 존재한다. 나는 존재의 이유를 알고 싶다. 내가 왜 살아가는지 알고 싶다.
-앙드레 지드(Andre Gide, 1869~1951)-

▣ 이 세상에서 가장 친절한 선생은 자기 자신이다. 가장 진실한 책도 자기 자신이다. 또한 가장 훌륭한 교육도 자기 자신이다. -『法句經 譬喩經』-

▣ 자신이 해야 할 일을 결정하는 사람은 세상에서 단 한 사람, 오직 나 자신 뿐이다.
-오손 웰스(Orson Welles, 1915~1985)-

▣ 진정한 정열은 아름다운 꽃과 같다. 꽃이 피어난 곳이 척박한 땅일수록 꽃은 더욱 빛을 발하고 소중하다. -발자크(Honore de Balzac, 17799~1850)-

▣ 새는 자기의 날개로 날고 있다. 따라서 사람도 스스로 자기의 날개로 날아야 한다.
-르낭(Ernest Renan, 1823~1992)-

▣ 모든 진정한 기쁨은 진리와 함께 있고, 모든 진정한 행복도 진리와 함께 있다. 진리가 떠나는 날 행복도 우리의 곁을 떠난다.-로거우(Zack Rogow, 1952~)-

▣ 타인의 뒤를 따라가는 사람은 결코 전진하고 있는 사람이 아니다. 그리고 자기 자신 속에서 창조할 줄 모르는 사람은 타인의 작품 속에서도 어떤 이익을 찾아내지 못한다.
-미켈란젤로(Michelangelo, 1475~1564)-

▣ 지금부터 새롭게 꿈을 키우기 시작하라. 그리고 그 꿈을 되도록 크게 생각하라. 크고 위대한 일은 그런 생각을 갖고 있는 사람만이 이루어 낼 수 있다. -슐러(R.H.Schuller, 1926~2015)-

▣ 과거는 과거대로 묻어둬라. 오직 희망만을 가지고 새로운 목표를 향해 달려가라.-마샬-

▣ 어제는 돌이킬 수 없는 우리의 것이 아니지만, 내일은 이기거나 질 수 있는 우리의 것이다.
-존슨(L.B.Johnson, 1908~1973)-

▣ 오늘을 열심히 살라. 내일에 의지하지 말고 그날 그날에 최선을 다하라.
-에머슨 (R.W.Emerson, 1803~1882)-

▣ 너의 손에 닿는 물은 지나간 물의 마지막인 것, 다가올 물의 처음인 것이다. 현재도 바로 그런 것이다. -다 빈치(da Vinci, 1452~1519)-

▣ 시간의 걸음에는 세 가지가 있다. 미래는 서서히 다가 오고, 현재는 화살처럼 날아가고, 과거는 영원히 정지해 있다. -쉴러(J.C.H Schiller, 1759~1805)-

中鵠
과녁에 적중하다.

【出典】淸 袁枚『續詩品注』"學如弓弩 才如箭鏃 識以領之 才能中鵠"
학문은 활을 쏘는 방법과 같고 재주는 화살과 같아서 견식에 따라 움직여야 과녁에 맞출 수 있다.

【贅言】중국의 고전 소설인『西遊記』에 '사공중곡(射空中鵠)'이라는 구절이 있다. 즉 목표물을 향해 공중에 화살을 쏘는 행위를 뜻한다. 이 구절은 신묘한 명중력과 뛰어난 기술을 가진 주인공 손오공(孫悟空)의 모습을 묘사하여 그의 능력과 자신감을 강조하는 의미를 담고 있으며 어떤 사람이 특별한 능력이나 실력으로 어려운 일을 성취하는 것을 의미하는 표현으로 사용된다.

墨池
먹물로 검어진 연못.

【出典】東晉 王羲之『與人書』"臨池學書 池水盡墨"
연못에서 글을 익힘에 연못 물이 온통 검어지다.

【贅言】'묵지(墨池)'는 중국 절강성(浙江省) 적곡산(積穀山) 기슭에 자리한 연못으로 서성 왕희지(王羲之, 303~361)가 글씨 연습을 하며 붓과 벼루를 씻었던 곳이라고 한다. 이백(李白, 701~762)이 쓴《草書歌行》에도 "묵지에서 북쪽 바다의 고기가 날아오르고, 필봉은 중산의 토끼를 다 잡아 쓴 듯(墨池飛出北溟魚 筆鋒殺盡中山兎)."이라는 구절이 보인다.

專一
하나에 몰두하다.

【出典】淸 浦松齡『聊齋志異·說叢』"懷之專一 鬼神可通"
오로지 한 생각에 몰두하면 귀신도 감동할 수 있다.

【贅言】노자(老子)는『道德經』에서 "혼백을 지니고서, 한 곳에 집중하면 혼백이 떠날 수 없으며, 기(氣)를 전일(專一)하게 하면 심신이 부드럽게 되어, 갓난아이처럼 될 수 있다(載營魄抱一能無離 專氣致柔能嬰兒)."고 하였다.『道德經』제10장. 이 구절은 사람이 한 곳에 집중하여 혼백이 몸에서 떠나지 않게 되면 장수할 수 있음을 말한 것으로 하상공(河上公)은 주석에 "'일

'일(一)'이란 도가 처음 낳은 태화(太和)의 정(精)과 기(氣)이다. 일(一)이 천하에 그 이름을 펼치니, 하늘은 일(一)을 얻어야 맑게 되고, 땅은 일(一)을 얻어야 안정되며, 제후나 왕은 일(一)을 얻어야 바르고 공정해진다. 일(一)은 인체에 들어와서는 마음이 되고, 몸 밖으로 내면 행동이 되며, 그것을 잘 베풀면 덕(德)이 되니, 총체적으로 이름하여 일(一)이라 한다."고 하였다.

韋弦
스스로 몸가짐을 중도에 맞도록 경계하는 것.

【出典】『韓非子·觀行』"西門豹之性急 故佩韋以自緩 董安於之性緩 故佩弦以自急 故以有餘補不足"
옛날 서문표(西門豹)는 성질이 급해서 부드러운 가죽[韋]을 몸에 지녀 성질을 느슨하게 하였고, 마음이 느슨했던 동안우(董安於)는 팽팽한 활[弦]를 몸에 지녀 마음을 조금 급하게 하여, 각각 그 부족한 것을 보충했다.

【贅言】서문표(西門豹, 生卒年不詳)는 전국시대 위(魏)나라 정치가로 12개의 수로를 파서 논으로 강물을 끌어들이는 관개사업을 하여, 농업생산 증대에 이바지하였고, 동안우(董安於, ?~前496)는 춘추 말기 때 조간자(趙簡子, ?~前476) 앙(鞅)의 가신으로 당진의 육경이 서로 정권을 다툴 때 조간자에게 충심으로 그에 대한 방비를 하도록 권했던 인물이다.

玉成
옥이 되다. 즉 고난 끝의 완전한 성취(成就)를 뜻하는 말이다.

【出典】宋 張載《西銘》"貧賤憂戚 庸玉汝於成也"
빈곤함과 미천함, 근심과 슬픔은 뒤에 그대를 완전하게 이루어 주기 위함이다.

【贅言】1683년 숙종(肅宗: 재위, 1674~1720)이 마마에 걸렸다가 회복되었을 때 유재(遊齋) 이현석(李玄錫, 1647~1703) 선생은《聖痘歌》에서 마마신의 공로를 '옥성지공(玉成之功)'이라 표현하였다. 공공자(空空子) 장혼(張混, 1759~1828) 선생은 두 손자가 마마에 걸리자 가족의 병증세를 살펴 마마의 존재를 증명하였고 마마는 단순한 질병이 아니라 환자의 피부와 뼈를 견고하게 하고 환자의 지혜를 자라게 하니 마마에 걸리는 것은 성인(成人)이 되기 위한 일종의 성인식이며 이는 마마의 공로(功勞)라고 하였다. 이처럼 '옥성(玉成)'이란 빈궁과 시련을 통해 옥을 이루는 과정인 것이다.

與猶
예(豫)와 같고 유(猶)와 같다.

【出典】老子『道德經』"豫兮若冬涉川 猶兮若畏四隣"
‘예’여! 겨울에 강을 건너듯 신중하고, ‘유’여! 사방을 두려워하듯 경계하라.

【贅言】다산 정약용(丁若鏞, 1762~1836) 선생의 남양주에 있는 당호는 여유당(與猶堂)이다. 그는 여유당기(與猶堂記)에서 ‘여유’의 출처가 『道德經』임을 밝혔다. 여유(與猶)의 ‘與’는 예(豫)와 같다. 예(豫)는 코끼리에서 비롯된 글자로 ‘코끼리처럼 주저하고 머뭇거린다’는 뜻이며, 유(猶)는 원숭이에서 비롯된 글자로 두려움 많은 원숭이가 ‘두리번거리며 주변을 살핀다’는 뜻이다. 이 두 짐승은 다 같이 경계심이 많아서 망설이며 ‘일을 결행하지 아니함’, ‘일을 결행하는 것을 미룸’을 의미한다. 다산 스스로 지난날을 반추하며 ‘여유당’이라 하였건만 정작 이 당호를 지은 두 달 후 다산은 옥에 갇혔고 18년간의 길고 긴 유배(流配)가 시작되었다.

吉神
길선(吉善)을 관장하는 신(神).

【出典】許筠『惺所覆瓿稿·閒情錄 卷十一』《名訓·眉公十部集》"一念之善吉神隨之 一念之惡魔鬼隨之 知此可以 役使鬼神"
오직 선한 생각에는 길신(吉神)이 따르고, 오직 악한 생각에는 마귀(魔鬼)가 따른다. 이것을 안다면 귀신을 부릴 수 있다.

【贅言】완당(阮堂) 김정희(金正喜) 선생이 장 병사 인식에게 준[與張兵使 寅植] 편지에 "똑같은 하나의 비[雨]이지만 기뻐할 때는 길신(吉神)이 문에 다다르고 싫증 낼 경우에는 악객(惡客)이 자리를 눌러앉으니 세정이 탈바꿈하여 나타나는 것도 바로 이와 같다오. 비는 본시 마음이 없는 건데 사람이 스스로 번뇌를 일으키니 생각하면 우스운 일이지요(一雨而喜時吉神臨門 厭處惡客壓座 世情幻現 便復如是 雨本無心 人自作惱 好覺一笑)."라는 구절이 보인다.

息影
인위적 허식(虛飾)을 버리고 자연의 진성(眞性)을 추구하라.

【出典】『莊子·漁父』"人有畏影惡跡而去之走者 擧足愈數 而跡愈多 走愈疾 而影不離身 自以爲尙遲 疾走不休 絶力而死 不知處陰以休影 處靜以息跡"
어떤 사람이 자기 그림자가 두렵고 자기 발자국이 싫어서 이것들을 떠나 달아나고자 하였

吉神 / 28×50cm 길하고 선함을 관장하는 신.

으나, 발걸음을 놀릴수록 발자국은 더욱 많아졌고, 빨리 뛰면 뛸수록 그림자는 그의 몸을 떠나지 않았다. 그래도 자신은 아직도 느린 때문이라 생각하고 쉬지 않고 질주하다가 결국 힘이 다해 죽어버렸다. 그는 그늘 속에 쉬면 그림자가 없어지고, 조용히 있으면 발자국이 나지 않는다는 것을 알지 못했던 것이다.

【贅言】 인간의 삶에서 그림자와 발자국은 삶의 필연적 궤적(軌跡)이다. 그 속에는 희노애락 애오욕의 칠정(七情)이 묻어 있고 치열한 경쟁 속에 이루지 못한 꿈의 잔재가 서려 있다. 두렵고 싫은 그것들에서 벗어나는 일은 그늘 속으로 들어가 잠시 쉬는 식영(息影)으로만 가능하다. 담양의 무등산(無等山) 자락 한 켠에 자리잡은 식영정(息影亭)은 바로 이러한 의미를 담고 있다.

數仞墻
두어 길 되는 담장으로, 인격과 도덕이 높다는 뜻이다.

【出典】 唐 羅隱《投浙東王大夫二十韻》"自愧三冬學 未窺數仞牆"
스스로 삼동(三冬)의 학문을 부끄러워하네. 두어 길 담장을 엿보지 못하니.

【贅言】 공자의 제자 자공(子貢, 前520~前456)이, "부자(夫子)의 담장은 두어 길이 되기 때문에 그 문(門)을 찾아 들어가지 않는다면, 종묘(宗廟)의 아름다움과 백관(百官)의 훌륭함을 볼 수 없다(夫子之牆數仞 不得其門而入 不見宗廟之美 百官之富)." 『論語·子張』는 말에서 비롯되었다.

三字佩符
세 글자[不遠復]를 마음에 새기다.

【出典】 九思堂 金樂行 『九思堂續集 卷一《元日遣懷》"卄五還如十五時 奈何新歲不歎爲 久聞詩禮留心少 近讀春秋畢業遲 三字佩符懷往哲 一書投藥感先師 要非刻苦難成就 說與靈臺此意知"
스물다섯에 도리어 열다섯 때 같으니 어찌 새해 들어 탄식하지 않으리. 오랫동안 시례(詩禮)를 들었으나 마음에 남음이 적고 근래에 춘추(春秋)를 읽었으나 학업 마침이 더디네. 세 글자 마음에 새겨 옛 선현 생각하고 한 책을 약처럼 던져 준 선사께 감사하네. 각고의 노력이 아니면 성취하기 어려우니 영대와 더불어 말하면 이 뜻을 알리라.

【贅言】 『心經』卷一에 주자(朱子)가 유병산(劉屏山: 劉子翬, 1101~1147) 노사(老師)에게 성

인의 도(道)로 들어가는 차례를 묻자, 병산(屏山)이 기뻐하며 "나는 『주역』에서 덕에 들어가는 문을 얻었다. 이른바 '멀리 가지 않고 돌아온다[不遠復]'는 것이 나의 삼자부(三字符)이다. 그대는 항상 이것을 힘쓸지어다(吾於易 得入德之門焉 所謂不遠復者 乃吾之三字符也 汝尙勉之)."라고 한 말이 있다.

幼學壯行
어려서 배우고 어른이 되어 실행한다.

【出典】『孟子·梁惠王下』"夫人幼而學之 壯而欲行之"
대저 사람이 어려서 배우는 것은 어른이 되어 이를 실행하려는 것이다.

【贅言】유학(幼學)의 어원은 『맹자』 "어려서 배우는 것은 어른이 되어 이를 실행하려는 것(幼而學之壯而欲行之)."에서 비롯되었다. 어려서 배운다는 것은 곧 장래 관직(官職)을 기약하면서 수학한다는 유교적 이념에 부합하고, 장행(壯行)이란 그 유교적 이념을 성인이 되어 실천한다는 것이다. 명(明)대 조필(趙弼) 선생의 《愚莊先生傳》에 "行吾之道 不負吾幼學壯行之志矣"라는 구절이 있다.

自強不息
스스로 힘써 노력하고 쉬지 않는다.

【出典】『周易·乾卦』"君子以自强不息"
군자는 건(乾)의 덕을 본받아 스스로 힘써 노력하고 쉼이 없어야 한다.

【贅言】『中庸』에서는 "군자는 자기를 바르게 하고, 다른 사람에게서 이유를 찾지 않으며 원망하지도 않는다(正己而不求於人 則無怨)." 하였으니 화살이 정곡을 맞히지 못하면 과녁을 탓하지 말고, 자기 몸의 자세를 바로 잡으라(失諸正鵠 反求諸其身)'『中庸·第十四章』는 엄한 가르침이다.

長流穿石
오래도록 흐르면 바위를 뚫는다.

【出典】淸 翟灏 『通俗編·地理』"小水長流 則能穿石"
작은 물도 오래도록 흐르면 바위를 뚫을 수 있다.

【贅言】송(宋)대 나대경(羅大經, 1196~1252) 선생의 『鶴林玉露』와 환초도인(還初道人) 홍자성(洪自誠) 선생의 『菜根譚』에는 "떨어지는 물방울이 돌을 뚫는다(水滴石穿)."라는 어구가 있다. 보잘것없는 아주 작은 힘이라도 꾸준히 노력하면 큰일을 이룰 수 있다는 말이지만, 뒤집어 생각하면 아주 작은 잘못이라도 계속 누적되면 커다란 위험이 될 수 있음을 경고하는 말이기도 하다.

鐵杵磨針
쇠절구공이를 갈아 바늘을 만들다.

【出典】明 陳仁錫 『潛確類書』 "只要工夫深 鐵杵磨成針"
단지 노력을 기울이면 쇠절구공이를 갈아 바늘로 만들 수 있다.

【贅言】『潛確類書』에 "이백(李白, 701~762) 선생이 어렸을 때 독서에 힘을 쏟지 않고 중도에 공부를 그만두려 하였다. 어느 날 길을 걷다가 한참 쇠절구공이를 갈고 있는 한 노파를 만났는데 노파는 이것을 갈아서 바늘을 만들겠노라고 하였다. 이백은 이에 문득 깊은 깨달음을 얻고 열심히 공부하여 마침내 큰 성취를 이루었다(李白小時候從不認真讀書 經常是把書本一拋就出去玩耍 一天李白碰到一個白髮蒼蒼的老婆婆正拿著一根大鐵棒在石頭上磨 覺得好奇問她做什麼 老婆婆告訴他要磨成繡花針 李白深受感動 從此就用功讀書 終於成爲文豪)."고 한다.

刺股偸光
허벅지를 찌르고 빛을 훔친다.

【出典】唐 孟簡《惜分陰》 "刺股情方勵 偸光思益深"
허벅지를 찌른다는 것은 자신을 면려(勉勵)함이요, 빛을 훔친다는 것은 학문에 더욱 심구(深究)하려는 것이다.

【贅言】옛사람들은 반딧불과 쌓인 눈빛으로 글을 보거나[螢窓雪案], 벽에 구멍을 뚫어 이웃집의 촛불 빛을 훔쳐 책을 읽었다[鑿壁偸光]. 심지어 졸음을 쫓으려고 머리카락을 대들보에 묶고 넓적다리를 송곳으로 찔러가며 책을 읽었다[懸梁刺股]. 소진(蘇秦, ?~前284)은 한때 유세에 실패하고 집에서 밤낮을 가리지 않고 공부할 때 잠이 오면 다리를 송곳으로 찔렀으며 잘못 찔러 피가 흐르면 복사뼈에 이를 정도였다고 한다. 이런 노력의 결과 소진은 6국의 재상이 될 수 있었다.

有常日新
상(常: 불변의 도)이 있으니 나날이 새롭다.

【出典】祝允明《讀書筆記》"學貴有常 又貴日新 日新若異於有常 然有常日新之本也"
학문은 불변하는 유상(有常)과 새로운 일신(日新)을 소중하게 여긴다. …불변함은 새로움의 근본이 된다.

【贅言】월창(月窓) 김대현(金大鉉) 선생의 『述夢瑣言·知常』에 "떳떳함이란 변하지도 않고 환상도 아니다. 진실로 자신의 몸에 변하지도 않고 환상도 아닌 것이 있음을 안다면 떳떳함을 안다고 말할 수 있을 것이다(常者不變不幻 苟知身中有不變不幻之物 則可謂知常)."라고 하였다. 또 한훤당(寒暄堂) 김굉필(金宏弼, 1454~1504) 선생의 《寒氷戒》에 "움직이거나 머물고 있을 때 항상 떳떳해라(動靜有常). 바른 마음으로 타고난 성품을 거느려라(正心率性). 의관을 갖추고 단정한 모습으로 지내라(正冠危坐).……날마다 새로워지는 공부를 하라(日新工夫). 책을 많이 읽고 깊이 생각하도록 하라(讀書窮理)." 등 18조목의 《寒氷戒》가 있다. 《寒氷戒》란 익히고 지키기를 마치 '찬 얼음처럼 하라'는 뜻이다.

輪扁斲輪
윤편이 수레바퀴를 깎다. 즉 진리를 깊이 터득함을 의미한다.

【出典】『莊子·天道』"斲輪徐則甘而不固 疾則苦而不入 不徐不疾 得之於手 而應於心 口不能言 有數存焉於其間 臣不能以喩臣之子 臣之子亦不能受之於臣 是以行七十而老斲輪"
중국 춘추시대 제나라 환공(桓公, ?~前643)이 당 위에서 책을 읽고 윤편은 당 아래에서 바퀴를 깎고 있었다. 윤편이 말하기를 '신이 수레바퀴를 깎는데 넓게 하면 견고하지 못하고 좁게 하면 들어가지 않으니 넓지도 않고 좁지도 않게 함은 손에 얻고 마음에 합하는 것으로서 자식에게도 일러주지 못하므로 늙도록 신이 하고 있습니다' 하였다.

【贅言】주인공 윤편(輪扁)은 인명이지만 수레바퀴를 깎는 기술자 편(扁)이라는 뜻이기에 서진의 사마표(司馬彪, ?~306) 선생은 "수레바퀴를 깎는 사람인데 이름이 扁이다."라고 풀이했다. 일본의 철학자 후쿠나가(福永光司) 또한 수레바퀴를 깎는 일을 직업으로 하는 '扁' 외에도 「養生主」에 등장하는 포정(庖丁), 「人間世」에 등장하는 장석(匠石), 「駢拇」에 등장하는 도척(盜蹠) 등이 모두 이와 같은 호칭이라고 하였다.

幽人貞吉
그윽한 사람이라야 바르고 길하리라.

【出典】『周易·履卦』「九二」"履道坦坦 幽人貞吉"
밟는 길이 평탄하니 그윽한 사람이라야 바르고 길하리라.

【贅言】그윽한 사람[幽人]이란 '가치관이 곧은 사람'을 말한다. 곧기만 한 곧음은 옳지 못하다. 섭공(葉公)이 공자에게 우리 고을에 정직한 사람이 있어 '아버지가 양을 훔치자 아들이 고발하였다'고 말하니 공자가 "우리 고을의 정직한 사람은 그와는 다릅니다. 아버지는 아들을 위해 숨기고 아들은 아버지를 위해 숨기니 곧음은 그 가운데 있습니다(葉公語孔子曰 吾黨有直躬者 其父攘羊而子證之 孔子曰 吾黨之直者 異於是 父爲子隱 子爲父隱 直在其中矣)."『論語·子路』라고 말하였다. 공자는 편협한 학문을 경계하고 융통성을 지닌 학문을 강조한 것이다.

允執厥中
진실로 그 중심을 잡으라.

【出典】『書經·虞書』「大禹謨」"人心惟危 道心惟微 惟精惟一 允執厥中"
인심(人心)은 위태롭고 도심(道心)은 희미하니 마땅히 정찰(精察)하고 전념(專念)하여 진실로 그 중심을 잡으라.

【贅言】『論語』에서는 '윤집기중(允執其中)'이란 말이 등장하는데 그 옛날 요(堯)임금이 순(舜)임금에게 왕위를 물려주면서 "하늘이 내린 차례가 그대에게 있으니 진실로 그 중심을 잡으라"고 하였다. 이와 유사한 말로『書經』에서는 '윤집궐중(允執厥中)'이라 표현한다. 순(舜)임금은 하(夏)나라의 시조 우왕(禹王)에게 다시 왕권을 넘기면서 그 의미를 더욱 상세하게 하였던 것이다. 두 단락에서 공통으로 말하는 '중(中)'이란 곧 중용(中庸)을 말함이니 '중용'은 "희로애락이 드러나지 않는 것이 '중(中)'이요, 이미 드러났으면 절도에 맞는 것이 '화(和)'이다. '중'은 천하의 근본이요, '화'는 천하에 통달한 도(道)라고 하였다.

視履考祥
밟는 것을 살펴 좋고 나쁨을 가리다.

【出典】『周易·履卦』「上九」"視履 考祥 其旋 元吉"
밟는 것을 살펴 좋고 나쁨을 가려서 바로잡으니 근원적으로 길하다.

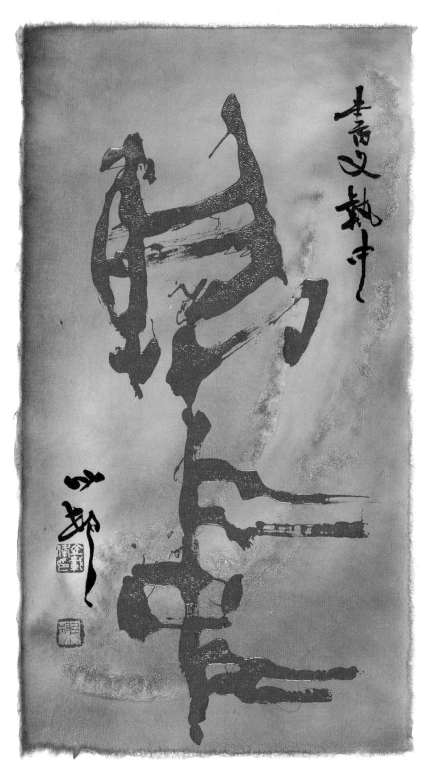

執中 / 28×50cm 중심을 잡다.

【贅言】호랑이의 꼬리를 밟는 것은 아프게 하는 일이다. 그러나 궁극적 목적은 아프게 하겠다는 것이 아니고 바른길로 가도록 도와주려는 것이다. '시리고상(視履考祥)'은 밟는 상황을 살피고 헤아려 보는 것을 뜻한다. 바른말에도 기술(技術)이 필요한 법이니, 곧 공자가 "안색과 상황을 살펴서 말하라" 함을 뜻한다.

玉碎瓦全
부서진 옥과 온전한 기와.

【出典】『北齊書·元景安傳』"大丈夫 寧可玉碎 不能瓦全"
대장부는 차라리 옥처럼 부서져 죽을지언정, 기왓장처럼 온전하게 살아남기를 바라지 않는다.

【贅言】만해 한용운(韓龍雲, 1879~1944) 선생은 1916년 서울 계동(桂洞)에서 월간지『唯心』을 발간했고, 1919년 3·1 운동 때 민족대표 33인의 한 사람으로 독립선언서에 서명한 문학인이자 우국지사이다. 그로 인해 그는 일경에 체포되어 3년 형을 선고받고 복역하며 많은 한시를 남겼다. "헛된 삶 이어가며 부끄러워하느니 충절 위해 깨끗이 죽는 것이 아름답지 않은가. 하늘 가득 가시에 찔리는 고통으로 부르짖지만, 저 달은 그저 밝기만 하다(瓦全生爲恥 玉碎死亦佳 滿天斬荊棘 長嘯月明多)." 아무런 보람도 없이 헛되이 사는 와전(瓦全)과 같은 삶보다 명예와 충절을 위해 기꺼이 목숨을 바치는 옥쇄(玉碎)가 되겠다는 그의 기개(氣槪)가 부럽기만 하다.

穎脫處囊
주머니 속의 송곳이 삐져 나오다.

【出典】『史記·卷七十六 平原君虞卿列傳』"平原君曰 夫賢士之處世也 譬若錐之處囊中 其末立見 今先生處勝(平原君名趙勝)之門下三年於此矣 左右未有所稱誦 勝未有所聞 是先生無所有也 先生不能 先生留 毛遂曰 臣乃今日請處囊中耳 使遂蚤(早)得處囊中 乃穎脫而出 非特其末見而已"
전국시대 조(趙)나라 평원군(平原君, ?~前251)이 말하기를, '무릇 현사(賢士)가 이 세상에 처함에 있어서는 비유하자면 송곳이 주머니 속에 있는 것과 같습니다. 그 끝이 드러나지 않으면 남들이 알 수가 없지요.' 하자, 모수(毛遂)가 말하기를, '신을 오늘 주머니 속에 있게 해 주시기 바랍니다. 저로 하여금 일찌감치 주머니 속에 있게 하였더라면 송곳 끝이 주머니를 뚫고 나와서[穎脫而出] 끝이 보이는 정도만이 아니었을 것입니다.' 하였다.

【贅言】좋은 재능으로 좋은 자리에 등용되기를 기대한다는 말이다. 영탈(潁脫)이란 '주머니 속의 송곳 끝이 밖으로 나온 것으로서, 재기(才氣)가 자연스럽게 드러나는 것을 뜻한다. 계곡(谿谷) 장지국(張持國, 1587~1638) 선생의《送星山尹使君》시에 "비범하게 영탈하는 통달한 인재 뜬 세상 시대에 따라 부침(浮沈) 결정되는 법. 녹이의 발을 어찌 오래도록 묶어두리 청평검(靑萍劍) 이제부터 취모를 시험하리로다(通材潁脫絕凡曹 浮世升沈繫所遭 綠耳豈應長縶足 靑萍從此試吹毛)."라는 글귀가 보인다.

盈科行險
물은 구덩이를 채우고 험난한 곳으로 간다.

【出典】奇大升『高峯續集 卷一』《觀瀾軒》"盈科行險事如何 志道成章足歎嗟 寓目急湍知有本 仰欽先哲起人多"
구덩이를 채우며 험한 곳 가는 일 어떠한가, 도에 뜻을 둬 역경을 이겨내고 격국(格局)을 이뤘으니 감탄할만하구나. 급한 여울 눈여겨보면 본원이 있음을 알 수 있으니, 선철이 흥기시킴 많았음을 공경하네.

【贅言】군자가 단계를 밟아 부단히 노력해야 도(道)에 이를 수 있음을 비유한 말이다.『孟子·離婁下』에 "근원의 샘물이 솟아나 밤낮으로 쉬지 않는지라, 구덩이를 가득 채운 뒤에 전진하여 바다에 이른다(原泉混混 不舍晝夜 盈科而後進 放乎四海)." 하였다. 또 갈암(葛庵) 이현일(李玄逸, 1627~1704) 선생은《鄭元陽》에서 "샘물을 파듯이 옛 전적 연구했고 산을 쌓듯이 공부를 완성했어라. 선생이 사람들을 가르치는 것은 착실하고 자신에 절실한 공부로 단계를 밟아서 나아가게 하였지(井已及泉山不虧賁 方其誨人 著實近裏 盈科乃進)."라고 하였다.

運斤成風
도끼를 휘둘러도 코에 바른 백토(白土)만 떨어뜨릴 정도의 경지.

【出典】『莊子·徐無鬼』莊子送葬 過惠子之墓 顧謂從者曰 郢人堊漫其鼻端若蠅翼 使匠石斲之 匠石運斤成風 聽而斲之 盡堊而鼻不傷 郢人立不失容 宋元君聞之 召匠石曰 嘗試爲寡人爲之 匠石曰 臣則嘗能斲之 雖然 臣之質死久矣 自夫子之死也 吾無以爲質矣 吾無與言之矣
장자가 어느 날 장례를 지내는 길에 혜자(惠子)의 묘 앞을 지나다 그 제자들을 돌아보고 이렇게 말했다. "옛날 초(楚)나라의 도읍인 영(郢) 땅에 사는 어떤 사람이 흰 흙을 코끝에다 마치 파리 날개처럼 엷게 발랐다. 그리고는 장석(匠石)을 불러 그것을 깎아내리고 했다. 장석은 도끼날을 휘두르는 바람이 곧 일어날 듯했다. 그러나 영인(郢人)은 태연하게 있었다. 마침 흰 흙은 깨끗이 깎였지만 코끝은 조금도 상하지 않았다. 그리고 영인(郢人)은 선 채로 얼굴빛 하나 까딱하지 않았다. 송(宋)나라의 원군(元君)이 이 말을 듣고 장석(匠石)을 불러, '시험 삼아 내게도 그렇게 해 보라'고 했다. 장석(匠石)은, '나는 이전에는 그것을 훌륭히 했습니다. 그러나 이제 내 상대[郢人]는 죽은 지 이미 오래입니다.'라고 대답했다고 한다. 이제 나도 부자[惠子]가 죽고 나니, 나는 상대할 이가 없구나. 나는 더불어 말할 길이 없구나."

【贅言】 상촌(象村) 신흠(申欽, 1566~1628) 선생이 지은《議政府左議政金瑬挽詞》에 "운근성풍(運斤成風)하는 그 솜씨 영인(郢人)을 생각하게 하고 거문고 켜려다가 백아(伯牙)가 줄 끊었던 일 떠올랐소. 뒤에 남겨진 나는 앞으로 누구를 의지할까 남은 생애 정말 가련하구나(風斤懷郢質 寶匣閉牙絃 後死將安放 餘生實可憐)."라는 구절이 보인다.

延陵懸劍
연릉에 검을 걸어두다.
처음 먹은 마음을 끝까지 지키는 의리(義理)를 뜻함.

【出典】『史記 卷三十一·吳太伯世家』季劄之初使 北過徐君 徐君好季劄劍 口弗敢言 季劄心知之 爲使上國 未獻 還至徐 徐君已死 於是乃解其寶劍 系之徐君塚樹而去 從者曰 徐君已死 尚誰予乎 季子曰 不然 始吾心已許之 豈以死倍吾心哉

계찰이 상국(上國)으로 사신가는 길에 서(徐)나라 임금을 잠깐 찾아보았는데, 서 임금이 계찰의 보검(寶劍)을 보고는 그것을 갖고 싶어 하면서도 차마 말을 못하였다. 그러자 계찰은 마음속으로 그 칼을 그에게 주기로 약속하고 떠났었는데, 그후 계찰이 사명을 마치고 돌아오는 길에 다시 그곳에 들르니 서 임금이 이미 죽었으므로, 계찰이 "내가 처음에 마음속으로 이미 허락한 것이니, 그 사람이 죽었다 해서 내 마음을 변할 수 없다."하고, 그 칼을 그의 묘수에 걸어두고 떠났다는 고사에서 온 말이다.

【贅言】 연릉(延陵)은 춘추 시대 오(吳) 나라 계찰(季劄)의 봉호(封號)이다. 무명자(無名子) 윤기(尹愭, 1741~1826) 선생의《詠史》시에 "세 아들 이어 전한 한 아비의 뜻이 깊은데 연릉(延陵)의 높은 의리 사람을 감탄케 하네. 후세에는 다만 사소한 절개만을 논하여 보검을 걸어두고 마음을 속이지 않았음만 칭송하네(三子相傳父意深 延陵高義使人欽 後世只將末節議 謾稱懸劍不欺心)."라는 시가 있다.

驪黃牝牡
암수 검은 말과 누런 말,
즉 사물을 관찰하는 경지가 매우 깊음을 비유한 말.

【出典】『列子·設符』穆公見之 使行求馬 三月而反報曰 已得之矣 在沙丘 穆公曰 何馬也
對曰 牝而黃 使人往取之 牡而驪 穆公不說 召伯樂而謂之曰 敗矣 子所使求馬者 色物牝牡
尚弗能知 又何馬之能知也 伯樂喟然太息曰 一至於此乎 是乃其所以千萬臣而無數者也
若皋之所觀 天機也 得其精而忘其粗 在其內而忘其外 見其所見 不見其所不見 視其所視
而遺其所不視 若皋之相馬者 乃有貴乎馬者也 馬至 果天下之馬也

백락(伯樂)이 진(秦) 목공(秦穆公)에게 구방고(九方皋)를 천거하여 말[馬]을 구하게 하였는데,
구방고가 말을 구하러 나갔다가 3개월 만에 돌아와서 '암컷으로 누런 빛의 말[牝而黃]'을 구
해놓았다 하므로, 진 목공이 사람을 시켜 데려다가 보니 '수컷으로 검은 빛의 말[牡而驪]'이었
다. 그러자 진 목공이 백락을 불러 이르기를 "실패했도다. 그대가 천거해준 사람은 빛깔과 암
수도 구별하지 못하는데 무슨 일을 안단 말인가." 한즉, 백락은, "검은색[驪]인지 누른색[黃]인
지를 잊어버린 것이야말로 천리마를 알아보는 것입니다. 말이 천리를 가는 것은 털빛에 있
는 것이 아니라 정신과 기운에 있는 것인데 그것을 잘 보자면 털빛은 잊어버려도 좋은 것입
니다." 하였다.

【贅言】여황(驪黃)은 『詩經·魯頌』에 "검은 말과 누런 말이 있으니 수레에 채우면 나는 듯이
달리네(有驪有黃 以車彭彭)."라는 구절에 보이며 내면에 감추어진 진가(眞價)를 알아보는 유
능한 인재를 비유한 말이다. 점필재(佔畢齋) 김종직(金宗直)의 《어제 매화나무 가지를 그려냈
는데 한밤중에 술이 깨서 등불 앞에 가져와 보니, 비록 진품이 아님을 알겠으나 그래도 그 전
형은 대략 이루어졌으므로, 절구 두 수를 읊어서 받들어 올린다(昨日 摹出梅枝 夜半酒醒就
燈玩之 雖知非眞猶可彷彿其典刑 吟得二絶句奉呈)》라는 시에 "푸른 눈의 호승(胡僧)은 참으
로 환술에 능하여 능히 성긴 대 울타리를 단장해내었네. 밝은 창 책상 앞에 공연히 서로 마주
하니 그 뜻은 여황빈모의 밖에 있구나(碧眼胡僧眞善幻 也能粧點竹籬疎 晴窓棐几空相對 意
在驪黃牝牡餘)."라는 시가 있다.

顔生驥尾
안생이 천리마의 꼬리에 타다.
즉 좋은 스승을 만나 공부가 더욱 진전됨을 뜻한다.

【出典】『後漢書·班彪傳』"驥良馬也 尾巴美 彪爲文 驥尾爲結"

기(驥)는 매우 우수한 말이다. 꼬리가 아름답다. 반표(班彪)가 문장을 지음에 기미(驥尾)와 같이 끝맺음을 하였다.

【贅言】안생(顔生)은 중국 춘추전국시대 노(魯) 나라의 현인(賢人)인 안회(顔回)로 공자(孔子)가 가장 신임했던 수제자 가운데 한사람이다. 기미(驥尾)는 파리가 기마(驥馬) 꼬리에 붙어서 천 리를 가는 것이니 안생이 비록 그 자질이 훌륭하지만, 공자를 만났기 때문에 더욱 대성할 수 있었다는 말이다. 아정(雅亭) 이덕무(李德懋, 1741~1793) 선생의 『靑莊館全書』《천둥과 비가 오는 가을밤에 남의 농막에서 자며 갑자기 시를 짓고 술을 실컷 마시다(秋宵霤雨 旅臥佃屋 轢爾而成 痛飮大白)》에 "민중은 돼지 간 한 점도 누가 되는 것 싫어했고 안생의 기미 같은 기회 없어 한탄일세. 안목은 정녕 천고의 독견을 지녔는데 참으로 마음 아는 이는 몇 사람에 불과하네(閔仲豬肝嫌自累 顔生驥尾歎無因 丁寧有眼堪千古 珍重知音只數人)."라는 구절이 있다. 한편 반표(班彪, 3~54)는 동한 말기의 문학가로 그의 문장은 결말이 매우 아름다웠기에 그의 아름다움을 칭찬하여 '기미(驥尾)'라고 하였다.

福致三寶
복이 삼보에 이르다.

【出典】『法句經·誡愼品』"慧人護戒 福致三寶 名聞得利 後上天樂"
지혜로운 사람은 계율을 보호하여 복이 삼보를 이루고, 이름이 알려지고 이익을 얻어 뒤에 하늘에 올라 즐거워한다.

【贅言】삼보(三寶)는 도가(道家)에서, 이(耳)·구(口)·목(目)을 이르고, 유가(儒家)의 맹자(孟子)는 토(土)·민(民)·정(政)를 이르는 말이며, 불가(佛家)에서는 불(佛)·법(法)·승(僧)을 이르는 말이다.

手不釋卷
손에서 책을 놓지 않는다, 즉 부지런히 학문에 힘씀.

【出典】『三國志·魏書·文帝紀』"上雅好詩書文籍 雖在軍旅 手不釋卷"
상아(上雅: 曹操)께서 시문서책을 즐겨하셔서 군영에 있을지라도 손에서 책을 넣지 않았네.

【贅言】『삼국지(三國志·呂蒙傳)에도 여몽(呂蒙)이 전쟁에서 공을 세워 오(吳)나라 손권(孫權)에게 장군으로 발탁되었는데 책 읽을 겨를이 없다며 공부를 회피하는 여몽에게 황제인 자신도 늘 독서를 계속하고 있다면서 "후한(後漢)의 황제 광무제(光武帝)는 바쁜 가운데서도

三寶 / 55×30cm
세가지 보배, 즉 자비(慈悲), 검소(儉素), 겸손(謙遜).

손에서 책을 놓지 않았으며[手不釋卷], 위(魏)나라의 조조(曹操, 155~220) 또한 군영에서 책을 놓지 않았다"는 이야기를 들려줬다. 이에 크게 자극을 받은 여몽은 이후 전쟁터에서도 책을 놓지 않았다고 한다. 또 송나라 태조를 도와 개국공신으로 위국공(魏國公)에 봉해진 조보(趙普, 922~992)는 일을 결단할 적에 반드시『논어』를 먼저 읽곤 하였다는데『宋史 卷256 조보전(趙普傳)』에 "그는 소싯적에 관리의 일만 익혔을 뿐 학술이 부족하였으므로, 그가 재상이 되었을 적에 태조가 항상 독서를 권하곤 하였다. 그는 만년에 이르러 손에서 책을 놓지 않고 언제나 글을 읽었다. 그리하여 매번 집으로 돌아오기만 하면 문을 닫고 상자에서 책을 꺼내어 종일토록 읽었는데, 그 다음날 정사에 임해서는 물 흐르듯 처결하곤 하였다. 그가 죽은 뒤에 가인이 상자를 열고 들여다 보니『논어』20편이 그 속에 들어 있었다(普少習吏事 寡學術 及爲相 太祖常勸以讀書 晩年手不釋卷 每歸私第 闔戶啓篋取書 讀之竟日 及次日臨政 處決如流 其薨 家人發篋視之 則論語二十篇也)."는 고사가 전한다.

讀書三昧
독서에 깊이 빠짐.

【出典】雲山 劉載磷『雲山遺稿 天』《偶成欲事》"人間俗世煩惱加 鳥語鷄聲閒穩家 風月吟嘉得道悅 讀書三昧思無邪"
인간의 속세에 고달픈 번뇌, 새소리 닭소리 한적하고 평온하다. 풍월 읊고 참을 얻어 즐기면서 책 읽는 기쁨에 생각은 맑아라.

【贄言】매산(梅山) 홍직필(洪直弼, 1776~1852) 선생의《答徐贊奎 景襄》에 "배우는 자들이 박학(博學)을 좋아하여 정밀하지 못함이 항상 문제가 되니, 여러 책을 범람하는 것이 한 책에만 전심하여 정밀히 읽는 것만 못하다. 여력이 있은 뒤에 다른 책을 섭렵한다면 그렇게 하더라도 정밀함을 얻을 수 있을 것이다. 나를 중심으로 책을 보면 곳곳마다 유익함을 얻게 되고, 책을 가지고 나를 넓히면 책을 놓은 뒤에는 아득히 잊어버리게 된다."라고 하였으니, 이것은 황산곡(黃山穀)의 말씀인데, 참으로 독서의 삼매(三昧)입니다(學者喜博而常病不精 泛濫百書 不若專精於一也 有餘力然後涉獵他書 亦得其精 蓋以我觀書則處處得益 以書博我則釋卷而 茫然 斯爲黃山穀語 而眞讀書三昧)."라는 구절이 있다.

桑弧蓬矢
뽕나무 활에 쑥대 화살, 즉 남아가 뜻을 세우는 것.

【出典】『禮記·內則』"射人以桑弧蓬矢六 射天地四方"

상목(桑木)으로 활을 만들고 봉초(蓬草)로 화살을 만들어서 천지 사방에 쏘다.

【贅言】옛날 사내아이가 태어나면 상목(桑木)으로 활을 만들어 문 왼쪽에 걸고 봉초(蓬草)로 화살을 만들어서 천지 사방에 쏘는 시능을 하며 장차 이처럼 웅비(雄飛)할 것을 기대했던 풍습에서 유래한 말이다. 호시(弧矢)는 상호봉시(桑弧蓬矢)의 준말이다.

雄飛豹變
씩씩하게 날아 오르고 표범처럼 돌변하다. 장부의 기개를 말함.

【出典】孤雲 崔致遠『桂苑筆耕集 卷十四 擧牒』"丈夫雄飛 君子豹變 勉驅甲騎 遠應羽書"
장부는 웅비(雄飛)하고 군자는 표변(豹變)하여, 힘써 갑기(甲騎)를 몰면서 멀리 우서(羽書)에 응하라.

【贅言】장부가 웅비(雄飛)하는 것은 청운의 뜻을 펴고자 함이요, 군자가 표변(豹變)하는 것은 표범의 선명한 무늬처럼 자기의 색깔을 분명히 하여 완전히 새롭게 바뀌고자 하는 것이다. 이는『周易·革卦』《上六》에 "군자가 표범처럼 변한다(君子豹變)."라는 말에서 연유한 것으로 어린 표범이 자라면서 털 무늬가 점점 빛나고 윤택해지는 것처럼, 사람 또한 일신(一新)한다는 것을 드러낸 말이다. 매천(梅泉) 황현(黃炫, 1855~1910) 선생의《鳳溪樸友自郡城白日場 枉道見存》시에 "붓 한 자루 차고서 글솜씨를 뽐냈으니 훤히 트인 앞길 만 리에 그 웅비가 부러워라(佩筆一枝誇白戰 算程萬裏羨雄飛)."라는 시구가 보인다.

一條參直
한 길로 곧다. 즉 일로매진(一路邁進)과 같다.

【出典】人政 崔漢綺『人政 卷十 敎人門三』《天氣在身》"見得運化氣者 因天氣而知人身之運化 因人氣而知天氣之運化 天人合就 何用多言附會 一條參直 無非見得"
운화(運化)의 기를 아는 사람은 천기로 인신(人身)의 운화를 알아차리고, 인기(人氣)로 천기의 운화를 알아차리는 것이다. 하늘과 사람의 합치를 어찌 많은 말로 부회(附會)할 것 있겠는가? 일로매진(一路邁進)해 보면 알게 될 곳 아닌 데가 없는 법이다.

【贅言】참직(參直)은 '곧다'는 뜻이다. 청대 상무(尚武) 곽말약(郭沫若, 1892~1978) 선생은『十批判書·名辯思潮的批判』에서 "참직(參直)은 참증(參證)이다(參直者 參證也)."라고 하였다.

讀五車書
다섯 수레의 책을 읽다.

【出典】唐 杜甫《題柏學士茅屋》"碧山學士焚銀魚 白馬卻走身巖居 古人已用三冬足 年少今開萬卷餘 晴雲滿戶團傾蓋 秋水浮階溜決渠 富貴必從勤苦得 男兒須讀五車書"

벽산(碧山)의 학사가 은어부(銀魚符)를 태우고 백마로 달려 바위 속에 몸을 숨겼네. 옛사람은 겨울 동안 독서에 몰두했다 하거늘 그대 젊은 나이에 이제 만여 권을 읽었도다. 채색 구름이 집에 가득 차서 둥글게 덮개를 엎어놓은 듯하고, 가을 물이 섬돌에 넘쳐서 도랑으로 떨어지네. 부귀는 반드시 근면한 데서 얻어야 하나니 남아로서 모름지기 다섯 수레의 책을 읽을지니라.

【贅言】남자는 모름지기 다섯 수레에 실을 만한 책을 읽어야 한다는 것이다. 당(唐) 왕계생(玉谿生) 이의산(李義山, 813~858) 선생의 시에, "내가 붓을 들면 곧 천자(千字)를 지으니, 내가 다섯 수레 책을 읽었는가 의심되네(顧我下筆卽千字 疑我讀書傾五車)."하였고,『莊子·天下』에도 "혜시(惠施)가 학문이 넓어서 책이 다섯 수레나 되었다(惠施多方 其書五車)."라고 하였다. 장자의 말처럼 궤변가 혜시(惠施)가 다섯 수레에 가득한 책을 가지고 있었다 하여 그가 그만큼의 학문적 역량을 쌓았는지는 알 수 없는 일이다. 학문이 다섯 수레의 책을 읽었다 하여 높고, 그렇지 않다 하여 낮은 것이 아니니 다섯 수레란 그저 추상적 언어에 지나지 않을 뿐이다.

恭德愼行 爲世師範
덕을 숭상하고 행동을 신중히 하면 세상의 사범(師範: 본보기)가 될 수 있다.

【出典】『北史·楊播傳論』"恭德愼行 爲世師範 漢之萬石家風 陳紀門法 所不過也 諸子秀立 靑紫盈庭"

겸손하고 공경한 품덕(品德)과 신중한 언행(言行)은 세상의 사범(師範)이 되었으니 한대 삼공(三公)의 가풍은 진기문법(陳紀門法)을 지나지 못했다. 제자들이 특출하여 고관대작이 뜰에 가득했다.

【贅言】"학문은 사람의 스승이 되고 행동은 세상의 모범이 되라(學爲人師 行爲世範)" 宋 高宗(趙構, 1107~1187)의《文宣王及其弟子贊》의 말에서 사범(師範)이라는 용어가 탄생했다.『論語·爲政』에 "자장(子張)이 벼슬해서 출세하는 방법을 배우려고 하자, 공자가 "많이 듣고서 의심스러운 것은 빼놓고 그 나머지만을 신중히 말하면 허물이 적어질 것이다. 많이 보고서 확실하지 않은 것은 빼놓고 그 나머지만을 신중히 행하면 후회하는 일이 적을 것이다. 출세

하는 방법은 바로 그 속에 있다(多聞闕疑 愼言其餘則寡尤 多見闕殆 愼行其餘則寡悔 祿在其中矣)."라고 대답해 준 내용이 곧 신행(愼行)의 본질이고, 예가 공순하여 덕이 온전함(禮恭德全)이 공덕의 본질이다. 교육자는 덕을 숭상하고 행동에 조심하며 무엇보다 모범적이고 실천적인 도덕규범을 준수해야 한다. 백년대계(百年大計)인 교육의 가치를 실현할 참다운 스승 상이 그리운 현실이다.

坐破寒氈 磨穿鐵硯
앉아서 모전을 구멍내고 갈아서 쇠벼루를 구멍낸다.

【出典】元 範子安『竹葉舟』"坐破寒氈 磨穿鐵硯 自誇經史如流 拾他靑紫 唾手不須憂"
앉아서 모전이 다 닳았고 먹을 갈아 쇠벼루를 뚫었다. 스스로 자랑하기를 경사(經史)가 물처럼 흘러나왔고 고관대작을 줍는 듯했으며 손에서 문장이 흘러나와 근심이 없었다.

【贅言】『新五代史 卷29 晉臣列傳 桑維翰』에 '마천철연(磨穿鐵硯)'에 관한 이야기가 전한다. 즉 '쇠로 만든 벼루를 갈아서 구멍을 뚫는다'는 뜻으로, 게으름 없이 학문에 정열을 쏟겠다는 말이다. 오대(五代) 진(晉)나라의 상유한(桑維翰, 898~947) 선생이 처음으로 진사(進士) 시험을 보려는데 미신에 빠진 시험관이 '상(桑)'이라는 그의 성이 죽음을 뜻하는 '상(喪)'의 발음과 같다 하여 그를 미워했다. 이에 누군가 상유한에게 시험을 보지 말고 다른 길을 찾으라고 권했다. 상유한은 크게 분개하며 "해는 부상(扶桑: 해가 가장 먼저 뜨는 곳)에서 뜬다"는 글을 써서 자신의 뜻을 밝혔다. 그리고 쇠벼루를 하나 만들어 다른 사람에게 보여주면서 "만약 이 쇠벼루를 갈아서 구멍이 뚫어졌는데도 급제를 못한다면 내가 다른 길을 찾으리라!"고 선언했다. 또 매천(梅泉) 황현(黃玹)의《謹次戚叔梧下崔公周甲壽詩》에 "애틋한 증표의 정 일찍 친분 맺었더니 세한에도 함께 독서인으로 남았네. 쇠 벼루 갈아 뚫던 공의 늙음 가련하고 좋은 옷도 못 해 드리니 나의 가난이 부끄럽네(中表依依早托親 歲寒共保讀書身 磨穿硯鐵憐公老 餉斷裘材愧我貧)."라는 시가 있다. 상유한처럼 남의 말에 흔들리지 않고 한길로 매진(邁進)한다면 분명 좋은 결과가 기다리고 있을 것이다.

繩鋸木斷 水滴石穿
노끈을 톱 삼아 나무를 자르고 물방울이 떨어져 돌을 구멍낸다.

【出典】宋 羅大經『鶴林玉露·錢斬史』一日一錢 千日千錢 繩鋸木斷 水滴石穿
하루에 일전이면 천일에 천전이며, 먹줄도 톱삼아 쓰면 나무가 끊어지고 물방울도 오래 떨어지면 돌이 구멍난다.

【贅言】남송(南宋) 나대경(羅大經) 선생이 지은 『鶴林玉露』에 장괴애(張乖崖)라는 현령의 고사가 있다. 창고에서 엽전 한 닢을 훔친 관리에게 곤장을 치게 하며 그는 말했다. "하루에 일 전이면 천일에 천전이다. 먹줄도 톱삼아 쓰면 나무가 끊어지고 물방울도 오래 떨어지면 돌이 구멍난다(一日一錢 千日千錢 繩鋸木斷 水滴穿石)."고 하였고, 명(明)대 홍자성(洪自誠)이 쓴 『菜根譚』에도 유사한 이야기가 있다. "새끼줄도 톱 삼아 쓰면 나무를 자를 수 있고, 물방울도 오래되면 돌을 뚫는다. 도를 배우는 사람은 모름지기 힘써 구하여야 하리라(繩鋸木斷 水滴石穿 學道者須加力索)."

初心一貫
첫 마음이 한결같다.

【出典】雲山 劉載磷『雲山遺稿 天』《觀海詩社韻》"渺海孤舟如越漱 滄波帆進似航濤 初心一貫萬難退 期必達成不動毛"
넓은 바다 조각배가 어둠을 지남같이 창파(滄波)에 돛단배가 파도를 건너듯이 첫 뜻이 한결같이 만난을 물리치고 털끝 하나 변함없이 기필코 이루리라.

【贅言】명재(明齋) 윤증(尹拯, 1629~1714) 선생이 《次志卿韻》 시에서 "사람들은 대부분 좋은 자질 저버리나 그대는 처음 마음을 속이지 마시게. 수업이 게으를까 그것만 걱정하고 출세가 더디다고 걱정하지 말게나. 늙은 뒤에 후회한들 무슨 소용 있으랴. 세월은 달리는 말보다 빠른 것을. 봄날인가 싶으면 금방 한 해 저물고 백설만 뜨락 나뭇가지에 가득하네 그려(美質人多負 初心子勿欺 只憂修業惰 無患立名遲 老悔嗟何補 年光劇似馳 靑陽又逼歲 白雪滿庭枝)."라고 읊었고, 다산(茶山) 정약용(丁若鏞, 1762~1836) 선생 또한 《又次韻病中》 시에서 "어느덧 늘그막에 이르렀으나 처음 먹은 마음은 잊지 않았노라(騷騷當老境 耿耿撫初心)."라며 평생 초심을 잃지 않았음을 강조하였다.

名標靑史 萬古流芳
이름을 청사에 기록하여 만고(萬古)에 美名을 전한다.

【出典】元 紀君祥《趙氏孤兒 2節》"老宰輔 你若存的趙氏孤兒 當名標靑史 萬古流芳"
노재보(老宰輔) 네가 만약 조씨고아(趙氏孤兒)로 살아남는다면 이름을 청사에 기록하여 만고에 미명을 전해야 할 것이다.

【贅言】《趙氏孤兒》은 원대(元代) 기원상(紀君祥) 선생이 쓴 창작 악극으로 전체 이름은 《冤報

一貫 / 50×27cm
初志一貫 처음 먹었던 생각을 한결같이 지키다.

冤趙氏孤兒》또는《趙氏孤兒大報仇》이다. 전체 5장으로 이루어져 있으며 그중 2장의 줄거리는 진(晉)나라 장군 도안고(屠岸賈)가 문신 조둔(趙盾)과 불화를 일으켜 조둔의 마음을 해친다는 내용이다. 여기서 등장하는 청사(靑史)란 용어는 푸른 역사, 즉 '역사책'을 말한다. 종이는 서기 105년 후한(後漢)의 채륜(蔡倫, 63~121)이 발명했다고 전해지며 그 이전에는 나무, 특히 대나무로 책을 만들어 대나무 편 위에다 붓으로 글씨를 썼는데 푸른 대나무 표면에 역사를 기록하였다 하여 '청사(靑史)'라는 말이 탄생했다.

博學切問 所以廣知
널리 배우고 간절하게 질문하면 지식을 넓힐 수 있다.

【出典】宋 張商英《素書·求人之志》"廣泛地學習 懇切地詢問 因此才能擁有廣博的學識"
광범하게 배우고 간절하게 물으면 이로 인해 광박한 학식을 가질 수 있다.

【贅言】『논어·子張』에도 "자하(子夏)가 말하였다. 널리 배우고, 뜻을 돈독히 하며, 간절하게 묻고, 가까운 것에서부터 생각해나가면 인(仁)이 그 가운데 있다(子夏曰 博學而篤志 切問而近思 仁在其中矣)."고 하였다. 『中庸』에서는 다섯 가지 방법을 제시한다. 그 첫째는 '널리 배운다(博學)'. 둘째는 '자세히 묻는다審問).' 셋째는 '신중하게 생각한다(愼思).' 넷째는 '분명하게 변별한다(明辯).' 다섯째는 독실하게 실천한다(篤行).'이다.

濯去舊見 以來新意
낡은 견해를 씻어 버리고 새로운 생각을 가져라.

【出典】張載『經學理窟·學大原下』"濯去舊見 以來新意"
낡은 견해를 씻어 버리고 새로운 생각을 가져라.

【贅言】『少年進德錄·刻勵』에서 경헌(敬軒) 설선(薛瑄, 1389~1464) 선생은 "구습을 버리고 새롭게 해야 한다(須是盡去舊習 重新做起)."고 하였고 장재(張載, 1020~1077) 선생은 "낡은 견해를 씻어 버리고 새로운 생각을 가져라(濯去舊見 以來新意)."고 하였다. 내가 진주부에 있을 때, 오경에 문득 기덕(己德)을 생각했기 때문에 진취적이지 못한 사람들은 구습에 얽매여 벗어나지 못하니 선을 행하여도 순수하지 못하고, 악을 물리쳐도 악을 다하지 못한다. 이제부터 구습을 없애고 말 한마디, 행동 하나하나가 도리에 합당해야 하고 그렇지 않으면 그릇된 사람이 될 것이다(薛敬軒先生曰 須是盡去舊習 重新做起 張子曰 濯去舊見 以來新意 餘在辰州府 五更忽念己德所以不大進者 正爲舊習纏繞 未能掉脫 故爲善而善未純 去惡而惡未盡 自今當一刮舊習 一言一行 求合於道 否則匪人矣)."

出自幽穀 遷於喬木
유곡(幽穀)에서 나와 교목(喬木)으로 옮기다.

【出典】『詩經·小雅』《伐木》 "伐木丁丁 鳥鳥嚶嚶 出自幽穀 遷於喬木"
나무 찍는 소리는 쩡쩡 울리고 새들은 쨋쨋 울음을 우네. 그윽한 골짜기서 날아와서는 높은
나무 꼭대기로 옮기어 간다.

【贅言】맹자(孟子)와 같은 시대 사람인 진상(陳相)이 진량(陳良)에게 배우다가, 뒤에 그 학문
을 버리고 다른 학파(學派)인 허행(許行, 前372~前289) 선생의 제자(弟子)가 되었으므로, 맹
자가 그를 보고, 꾀꼬리는 그윽한 골짜기에서 나와 교목(喬木)으로 옮기는데, 자네는 어찌 교
목을 버리고 골짜기로 들어가는가 하였다. 꾀꼬리가 깊은 골짜기에서 나와 큰 나무로 옮기
는 것은 사람이 출세하여 높은 벼슬로 승진한다는 것을 비유한 말로 이것을 '천교(遷喬)'라고
한다.

雲夢吞胸腸
흉장(胸腸)에 운몽을 담다.

【出典】『漢書·司馬相如傳』 "吞若雲夢者八九 於其胸中 曾不蔕芥"
운몽 같은 늪 8~9개를 삼키어도 가슴속에 조금도 걸리는 것이 없다.

【贅言】한(漢)나라 사마상여(司馬相如, 前179~前118) 선생의《上林賦》에 "사방이 9백 리가
되는 초(楚) 나라 운몽택(雲夢澤)과 같은 것을 8, 9개나 삼키어도 가슴속에 전혀 걸리는 것이
없었다"고 한 데서 온 말이다. 운몽(雲夢)은 초나라 칠택(七澤) 가운데 하나인 대택(大澤)으로
사방이 9백 리나 된다고 한다.

學要自拔其根
배움은 그 뿌리를 뽑는 것이 중요하다.

【出典】唐 杜牧《留誨曹等詩》 "萬物有醜好 各一姿狀分 唯人即不爾 學與不學論 學非探其
花 要自拔其根"
만물에는 아름다움과 추함이 있어 제각기 자태가 있지만, 사람만은 그렇지 않아서 배우고 배
우지 않은 것으로 헤아린다. 배움은 외형적인 꽃을 탐낼 것이 아니라 그 근본을 뿌리뽑아야
한다.

【贅言】두목(杜牧, 803~852) 선생의 이 시는 학문의 중요성을 외적 화려함에서 찾을 것이 아니라 내적 수양에서 찾아야 함을 강조한 말이다. 그는 시에서 세상 만물은 그 자태를 보고 미추(美醜)를 분별하지만, 사람은 학(學)과 불학(不學)을 헤아려 그 사람의 됨됨이를 보는 것이니 그 학문은 겉으로 핥는 것이 아니라 근본 뿌리를 파고들어야 한다는 것이다. 이 밖에 두목은 자신의 언행에 대한 사고와 반성을 의미하는 '염이무홀(念爾無忽)'을 언급함으로써 견고한 기초를 쌓아야만 학식에서도 부단히 발전하고 진보할 수 있다는 점을 강조하였다.

履虎尾 不咥人 亨
호랑이 꼬리를 밟았으나 사람을 물지 않으니 형통하다.

【出典】『周易·履卦』「九二」 "履虎尾 不咥人 亨"
호랑이 꼬리를 밟았으나 사람을 물지 않으니 성장[亨] 하게 된다.

【贅言】호랑이는 힘을 가진 자를 상징함이니, 즉 절대 권력자이다. 절대 권력자의 부당함에 절대 복종하는 것은 신하의 도리가 아니다. 이에 꼬리를 밟는다는 것은 죽기를 각오하고 충언(忠言)함이며 꼬리를 밟았는데도 물지 않았으니 그 충심(衷心)이 통하였다는 것이다.

玉振金聲巧力全
시작부터 끝까지 온 힘을 다하다.

【出典】西山 金興洛『西山先生文集 卷一』《讀書有感》 "爲學須從立志先 好將誠敬做眞詮 天高海闊襟情遠 玉振金聲巧力全 燒草生憎春後長 夜衾恒愧日中愆 到頭別有工夫在 磨鍊秋霜一鐵堅"
공부에는 모름지기 먼저 뜻을 세우고 성과 경을 잘 가져 참된 도리로 삼네. 높은 하늘 넓은 바다처럼 원대한 뜻 품고 시작부터 끝까지 온 힘을 다해야지. 풀 태워도 봄이면 다시 자라 싫어하고 밤 이불엔 낮 동안의 허물이 부끄럽네. 가는 곳마다 공부할 일 따로 있나니 추상같이 굳건한 한 마음을 준비하리.

【贅言】『孟子·萬章下』에 '옥진금성(玉振金聲)'을 말하기를 "공자 같은 분을 일러 집대성(集大成)하였다고 하는데, 집대성이란, 음악을 연주할 적에 쇠로 만든 악기를 쳐서 소리를 퍼뜨리고 옥(玉)으로 만든 악기를 쳐서 소리를 거두어들이는 것이니, 쇠로 만든 악기를 쳐서 소리를 퍼뜨린다는 것은 음악을 시작하는 것이고, 옥으로 만든 악기를 쳐서 거두어들인다는 것은 음악을 마무리하는 것이다. 가락을 시작하는 것은 지혜에 속하는 일이고, 가락을 마무리

하는 것은 성(聖)에 속하는 일이다(孔子之謂集大成 集大成也者 金聲而玉振之也 金聲也者 始條理也 玉振之也者 終條理也 始條理者 智之事也 終條理者 聖之事也)."라고 하였다.

學業羞因陋
고루(固陋)함을 따르는 것은 학업의 수치이다.

【出典】『簡易集 卷八』《留別柳二郎 篁》"藍田玉種異 丹穴鳳毛新 學業羞因陋 文辭務去陳"
남전(藍田)의 옥이라서 종자도 다르고 단혈(丹穴)의 봉황이라 털빛도 새로워라. 고루함을 따르는 것은 학업의 수치이니 문장은 진부(陳腐)함을 없애도록 힘써야지.

【贅言】간이(簡易) 최립(崔岦, 1539~1612) 선생은《유이랑(柳二郎) 휜(篁)과 헤어지면서 남겨 주다》에서 학문의 자세는 '고여있는 물'이 아닌 '흐르는 물'이어야 함을 강조하면서 남전의 옥(玉)과 단혈의 봉황(鳳凰)을 예로 들었다. 남전(藍田)은 미옥(美玉)의 생산지로, 삼국 오(吳)나라 손권(孫權)이 제갈근(諸葛瑾)의 아들 제갈각(諸葛恪)을 보고서 "남전에서 옥이 나온다더니, 정말 빈말이 아니다(藍田生玉 眞不虛也)."라고 탄식했다는 고사가 있다.《三國志 卷六四 吳書 諸葛恪傳》단혈(丹穴)은《山海經 南山經》에 "전설상의 산 이름으로, 이곳에 오색 영롱한 봉황새가 산다"고 하였다.

惜分陰乃學則
촌음(寸陰)을 아끼는 것이 학업(學業)의 법칙이다.

【出典】『孤山遺稿 卷四』《與李師傅 褙 書 丙戌》"惜分陰乃學則 而不可謂有來日 大賢深戒 卒業其可緩乎"
분음(分陰: 寸陰)을 아끼는 것이야말로 학업(學業)의 법칙으로서, 내일이 있다고 말하면 안된다고 대현(大賢)이 깊이 경계하였으니, 학업을 마치는 것을 어찌 늦출 수 있겠습니까.

【贅言】고산(孤山) 윤선도(尹善道, 1587~1671) 선생이《이 사부 심에게 주는 글 병술년(1646)》에서 집안 자손의 학문에 대한 걱정을 하며 쓴 글의 일부이다.

惠我以薅養
김매고 북돋아 도와주다.

【出典】『高峯續集 卷一』《勉學詩 贈鄭子中》"君胡不見鄙 徵詩極繾綣 借聾詎獲聽 倚蛬或補蹇 寫心塞厚望 苦語頗謇謇 君其勉夫學 惠我以薅養"

어찌하여 그대는 비루하게 여기지 않고, 시를 불러옴이 그리도 간곡한가. 귀머거리에게 빌려 들을 수 있겠냐만, 공공(蛩蛩: 蛩蛩巨虛)에 기대면 저는 발도 돕지 않겠나. 마음을 쏟아 바람에 응답하니, 괴로운 말이라도 자못 정직하구나. 그대는 배움에 힘을 써서 나에게 김매고 북돋아 도와주시게.

【贅言】표곤(薅袞)이란 김을 매고 북돋는 것이니 서로 도와준다는 뜻이다. 곡식을 기르자면 김을 매고 흙으로 뿌리를 북돋워 주어야 하듯이 사람도 잘못을 일깨우고 도와주는 것이 그와 같다는 것이다.『備邊司謄錄 二五二冊 高宗七年』《傳敎》에 "나라의 근본은 백성에게 있고 백성의 근본은 농사에 있다. 땅을 북돋우고 씨를 뿌리는 일은 각각 그때가 있어서 고하(高下)와 습조(濕燥)에 그 마땅함을 잃지 않아야 하니 이렇게 하여 아름다운 곡식을 심고 길러 풍년을 이루는 것이 바로 나라의 으뜸 되는 상서이다(國之本在民 民之本在農 薅袞播種 各有其時 高下燥濕 不失其宜 用底于農殖嘉穀 迄用康年 卽有國之上瑞也)." 라는 말이 있다.

事事求盡分
모든 일에 최선을 다하다.

【出典】『明齋遺稿 卷四』《宗會于淨寺》"族疏加惇睦 門衰思振奮 其道豈有他 只可勉學問 學問在日用 事事求盡分 敬恕最要切 家邦無怨忿 舜跖善利間 尤當戒微隱"

족속이 소원하면 친목 더욱 다지고, 문호가 쇠해지면 일으켜야 할 터이니 어찌 다른 방법이 있을 것인가, 오직 하나 학문에 힘쓰는 길뿐. 학문은 일상생활 속에 있으니 모든 일에 최선을 다해야 하고, 무엇보다 경(敬)과 서(恕)에 힘써 나가면 집 안과 밖 어디에서나 원망 없을 터이다. 선(善)과 이(利)의 사이에서 순(舜)과 도척(盜跖) 나뉘니, 은미한 마음 더욱 경계해야 하리라.

【贅言】명재(明齋) 윤증(尹拯, 1629~1714) 선생의《정사(淨寺)에서 종회(宗會)를 하다》시의 한 부분이다. 한집안 식구들의 소원함과 한 가문의 쇠약함을 회복하는 길은 학문뿐이라는 것이다. 이어서 그는 "각자가 노력하고 스스로 아껴 덕과 학문 수립하여 가문 빛내라(努力各自愛 樹立光家運)."고 말하였다.

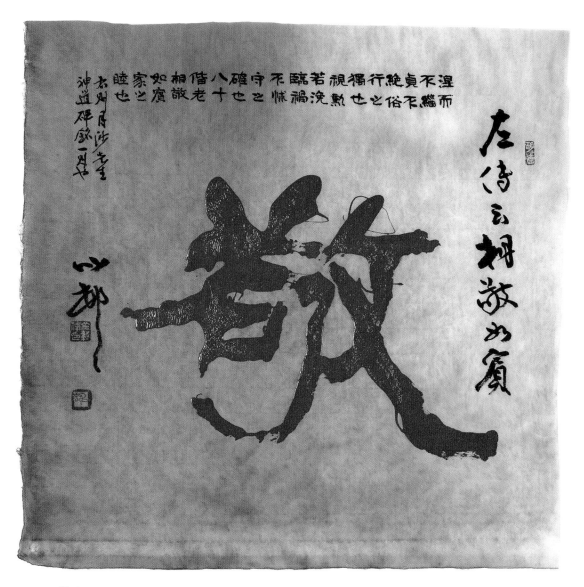

敬 / 40×39cm
공경의 마음과 존경의 자세로 매사를 삼가하다.

제3장   혼인하사(婚姻賀詞)

▣ 혼(婚)은 혼(昏)이고 부인이 지켜야 할 예의는 음(陰)에 속하기 때문에 어두울 때 혼인의 예식을 치르며 인(姻)은 부인으로 인해 혼인을 이루는 뜻이라는 것, 남편의 부모를 혼(婚)이라고 일컫고 부인의 부모를 인(姻)이라고 일컫는다는 것, 부인의 집에 장가드는 것을 혼이라 말하고 남편의 집에 시집오는 것을 인이라고 한다는 것이다(婚者昏也 婦禮屬陰 故以婚而成禮也 姻者因婦人而成就也 又曰謂夫父母曰婚 謂婦父母曰姻 又曰壻於婦家曰婚 婦於壻家曰姻 三說不同 從前說爲當). -《大明律集說附例 권3 45장》

▣ 사위 쪽에서 며느리 쪽 집을 혼(婚)이라 이르고 며느리 쪽에서 사위 쪽 집을 인(姻)이라 이르니 장가들며 서방 맞음을 다 혼인한다고 한다(사회 녀긔셔 며느리 녁 지블 혼이라 니ᄅ고 며느리 녀긔셔 사회 녁 지블 인이라 니ᄅᄂ니 댱가들며 셔방 마조몰 다 혼인ᄒ다 ᄒᄂ니라).
-《釋譜詳節 卷6 16章》

▣ 사랑이란? 무한한 관용, 자세한 것에서 오는 법열, 무의식적인 찬미, 완전한 자기 망각.
-J.샤르돈느(Jacques Chardonne, 1884~1968)-

▣ 왜냐하면 사랑은 너무나도 진부한 단어니까, 그리고 사랑은 네가 밤의 끝자락에 있는 (길을 걷는 사람들) 사람들을 어루만질 수 있게 하니까, 그리고 사랑은 (길을 걷는 사람들) 네게 우리가 우리를 보는 방법을 바꿀 수 있게 하니까 (Because love's such an old-fashioned word And love dares you to care for The people on the (People on streets) edge of the night And love (People on streets) dares you to change our way of Caring about ourselves) -Queen《Under Pressure》-

▣ 나를 버리고 가시는 임은 십 리도 못 가서 발병난다. -아리랑-

▣ 다른 누군가를 사랑하는 것은 신의 얼굴을 보는 것이다(To love another person is to see the face of God) -뮤지컬《레 미제라블(Les Misérables: 비참한 사람들)》중에서-

▣ 인간을 행복하게 만드는 것이, 동시에 불행의 원천이 될 수 있다는 사실은 과연 변할 수 없는 것일까? -괴테《젊은 베르테르의 슬픔(Die Leiden des jungen Werthers)》중에서-

▣ 지극한 사랑 앞에서는 그 무엇이나 제 비밀을 털어놓는다.
-조지 W.카버(George Washington Carver, 1860~1943)-

▣ 결혼 전에는 두 눈을 크게 뜨고 보라. 결혼하고 나서는 한 눈을 감으라.
-T. 풀러(Thomas. Fuller, 1710~1790)-

▣ 결혼은 일체의 것을 삼키는 요물과 부단히 싸우지 않으면 안 된다. 그 요물이란 습관을 말한다. -발자크(Honoré Balzac, 1799~1850)

▣ 사랑한다는 것은 둘이 마주보는 것이 아니라, 같은 방향을 바라보는 것이다.
-앙투안 드 생텍쥐페리(Saint-Exupéry, 1900~1944)-

▣ 둘이 하나가 된다는 것은 하나를 둘로 나누는 것보다 어렵고, 두 외길이 한길로 이어지기 위해서는 고통과 아픔이 따름을 알면서도 내 이 길을 선택함은 당신을 사랑하는 까닭입니다.
-고현애(1964~)《결혼축시》-

▣ 떫은 사랑일 땐 준 걸 자랑했으나 익은 사랑에선 눈멀어도 못다 갚을 송구함뿐이구나.
-김남조(金南祚, 1927~2023)《사랑초서》-

▣ 못 잊어 찾는 이 길 하도 덧없어, 허랑해 잊잔 길이 이리 삼삼해 -金鍾基《送山河 秋 97》

▣ 新婚燕爾 比翼雙飛 琴瑟和鳴 情深意長 願你們的日子裏 笑聲常伴左右 幸福永駐心間 相濡以沫 攜手共度未來 祝福你們 恩愛百年

신혼여행은 비익조의 날개를 달고 금슬이 조화를 이루니, 애틋한 사랑 길기만 합니다. 당신들의 나날들이 웃음소리와 행복이 늘 함께하기를 바랍니다. 서로 도우며 손을 잡고 미래를 함께하며 백 년 동안 사랑하기를 축복합니다.

▣ 願你們的婚姻像陽光一樣明媚 像花朵一樣絢爛 像琴瑟和鳴般和諧 風雨同舟 相濡以沫 白首不離 新婚快樂！

그대들의 결혼은 햇살처럼 맑고 꽃처럼 현란하며 금슬이 화답하여 화해롭기를. 비바람에 한배 타고 서로 도우며 백수까지 떨어지지 말기를. 신혼을 축하합니다!

華燭
혼례의식에서의 등화(燈火).

【出典】《剪燈餘話·洞天花燭記》"丈人讀旣 稱嘆再三 遂留宿 以光華燭之會"

장인(丈人)이 글을 읽고 재삼 찬탄하면 유숙(留宿)을 하면서 화촉(華燭)을 밝히는 만남을 갖는다.

【贅言】화촉(華燭)은 양가 혼주들이 나와 촛대에 불을 켜는 절차다. 즉 혼인의 성스러운 절차의 시작은 불을 밝히는 것으로부터 시작된다. 화촉의 화(華)는 본래 자작나무 화(樺)를 썼다. 그 옛날 촛불이 귀하던 시절에는 자작나무껍질에 불을 붙여 촛불처럼 사용하였기 때문이다. 하지만 지금처럼 물자가 넘쳐나는 시대에는 낭만을 위해서라면 모를까 더는 자작나무 껍질로 의식을 치르지 않는다. 화(樺)에 목(木)이 사라진 이유다. 또 한 가지 화(華)는 화(花)와 동자다. 화(花)와 화(華)가 분화된 것은 한나라 이후로, 화(花)는 '꽃'이라는 명사로, 화(華)는 '꽃을 피우다'라는 동사, '화려하다'라는 형용사로 쓰였다. 꽃처럼 아름다운 신부를 맞고 화려한 미래를 꿈꾸는 젊은이들에게 화(華)는 매우 매력적인 글자인 것이다.

良緣
좋은 인연.

【出典】晉 陸機《擬迢迢牽牛星》"昭昭淸漢暉 粲粲光天步 牽牛西北回 織女東南顧 華容一何冶 揮手如振素 怨彼河無梁 悲此年歲暮 跂彼無良緣 睆焉不得度 引領望大川 雙涕如霑露"

청명한 밤하늘 은하수 밝고 찬연한 광채가 하늘길이네. 견우성은 북서쪽으로 돌아들고 직녀성은 남동쪽을 돌아보네. 아름다운 그 용모 어찌 그리 단정하며 흔드는 손짓은 나부끼는 비단 같구나. 은하에 길 없음을 한탄하고 이 해도 저물어감을 슬퍼하노라. 까치의 발로도 좋은 인연 못 만들어 바라볼 뿐 어찌할 수 없구나. 아득한 저 대천을 바라다보며 두 눈에 이슬같은 눈물만 흐르네.

【贅言】세상을 살아가다 보면 많은 사람과 관계를 맺게 된다. 그 많은 관계가 모두 좋을 수는 없으니 양연(良緣)이 되기도 하고 때론 악연(惡緣)으로 이어지기도 한다. 좋은 인연이든 나쁜 인연이든 둘 사이에는 선천적 인(因)과 후천적 연(緣)이 이어져 있으니 이를 필연(必緣)이라고 한다. 반드시 만나야 할 인연인 것이다. 삼신산(三神山)의 삼신할미가 맺어주는 부부의 연(緣) 또한 필연 중의 필연이 아닐까? 조선조 말 운애(雲崖) 박효관(樸孝寬, 1803~?) 님이 남긴 시조에 "임이 가오실 적에 나를 어이 두고 간고. 양연(良緣)이 유수(有數)하여 두고 갈 법은 있거니와, 옥황(玉皇)게 소지 원정(所志原情)하여 다시 오게 하시소."가 있다. 여기서 양연(良緣)이 유수(有數)하다는 것은 좋은 인연 짓기가 그만큼 어렵다는 것을 일깨운 말일 것이다.

合巹
둘로 나눈 표주박 술잔을 합하다.

【出典】『禮記·昏義』"婿執雁入 揖讓升堂 再拜奠雁 蓋親受於父母也 降出禦婦車 而婿授綏 禦輪三周 先俟於門外 婦至 婿揖婦以人 共牢而食 合巹而酳 所以合體同尊卑以親之也 孔穎達疏 巹 謂半瓢 以一瓠分爲兩瓢 謂之巹 婿之與婦各執一片以酳 故雲合巹而酳"
사위가 기러기를 가지고 들어와 읍양한 뒤 당에 올라 재배하고 기러기를 올리면 부모가 친히 받는다. 내려와서 신부의 수레를 어거하여 사위가 신부에게 수레 고삐를 주고 수레에 오르게 하여 수레를 몰아서 세 번 도는데 먼저 문 밖에서 기다린다. 신부가 이르렀을 때 사위는 신부를 읍하여 들어오게 하고 뢰를 함께 먹고 술잔을 합쳐서 마시는 것은 몸을 합한다는 뜻인데 존비를 같게 함하니 이것은 친하게 하기 위함이다. 공영달(孔穎達)은 소(疏)에서 '근이란 절반의 표주박으로 하나의 표주박을 둘로 나누어놓은 것을 근이라 한다. 신랑과 신부가 각각 표주박 하나를 들고 술을 교대하니 이를 합근이서(合巹而酳)라고 한다.'

【贅言】전통혼례의 방식은 합근혼례(合巹婚禮)이다. 합근혼례는 한 개의 표주박을 갈라 두 개의 술잔을 만들고 한쪽에 푸른 끈을 달아 '청실박잔', 다른 한쪽은 붉은 끈을 달아 '홍실박잔'이라고 하였다. 혼례 때에 신랑은 '청실박잔'에 술을 따라 신부 입에 대주고, 신부는 '홍실박잔'에 술을 따라 신랑 입에 대주는 것으로 전통혼례는 끝난다. 이 두 개의 잔은 서로 맞추어 신방 천장에 걸어놓고 수시로 보게 함으로써 합근(合巹)의 의미를 되새기게 한 것이다.

愛烏
까마귀를 사랑하다.

【出典】『尚書大傳·大戰』 "紂死 武王皇皇 若天下之未定 召太公而問曰 入殷奈何 太公曰 臣聞之也 愛人者 兼其屋上之烏 不愛人者 及其胥餘何如"

문왕이 태공을 불러 "은나라에 들어가면 어떻게 하는 것이 좋겠느냐?"고 물으니, 태공이 "신이 듣기로 사람을 사랑하면 그 지붕 위의 까마귀도 사랑하게 된다고 하는데, 사람을 사랑하지 않는다면 결국 우리에게 어찌하겠습니까?"라고 말했다.

【贅言】 사랑[ㅅ、ㄹㅏㅇ, 愛, 戀, 情]은 다른 사람을 애틋하게 그리워하고 열렬히 좋아하는 마음, 또는 그런 관계나 사람을 뜻한다고 정의하고 있다. 한자에서 연(戀)은 주로 연인 관계의 사랑, 애(愛)는 그것보다 좀 더 포괄적인 사랑을 의미한다. 사랑의 감정은 인류의 감정 중 가장 흔하지만, 매우 복잡하고 미묘한 감정이어서 누군가에게 이 감정을 가진다는 것 자체가 그 대상을 좋게 생각하는 것만으로도 너무 기쁘고, 반대로 그 대상이 떠나갈 때에는 매우 슬프게 된다. 사랑에서 희로애락이 파생되고, 희로애락 속에서 사랑의 파생이 가능하기에 미움이나 증오와는 정반대인 듯하면서도 미움도 사랑의 한 방식임을 알 수 있다. 『尚書大傳·牧誓·大戰』에 "사람을 사랑하는 자는 그 사람 지붕 위의 까마귀까지 사랑한다(愛人者兼其屋上之烏)."고 하였다. 어떤 사람을 깊이 사랑하게 되면 그 사람과 관계되는 모든 사물이 사랑스러워지는 것이다.

雙扇
한 쌍의 사립문. 즉 연인과의 만남을 여는 첫 관문을 의미한다.

【出典】 唐 趙璜《七夕》 "烏鵲橋頭雙扇開 年年一度過河來 莫嫌天上稀相見 猶勝人間去不迴 欲減煙花饒俗世 暫煩雲月掩樓臺 別時舊路長淸淺 豈肯離情似死灰"

오작교에 양쪽 문이 열리면 해마다 한 번만 은하를 건너온다. 천상에서 드물게 만난다 괴로워 마소 勝人도 갔다가 돌아오지 않는 것을. 연화가 줄어들고 속세에 놀았으면 잠시 운월에서 번민하다 누대로 숨네. 이별하는 옛길은 길고 맑고 얕지만 어떻게 이별의 정 죽은 재와 같으랴.

【贅言】 쌍선(雙扇)은 견우와 직녀가 만나는 오작교(烏鵲橋) 앞에 달린 사립문[扇]을 말한다. 칠월 칠석(七夕)은 헤어져서 못 만나던 견우와 직녀가 1년에 한 번 까마귀와 까치들이 만들어준 오작교 위에서 만나는 날이다. 칠석에는 비가 오는 경우가 많은데 이 설화에 의하면 견

우와 직녀가 반가워서 흘리는 눈물이라고 하고, 칠석날 전후에 내리는 비는 견우와 직녀가 서로 타고 갈 수레를 물로 씻어서 준비하기 때문이라는 구전도 있다. 백운(白雲) 이규보(李奎報, 1168~1241) 선생도《七月七日雨》라는 시에서 "서로 만나 이별의 아픔도 못 나누고 내일 아침이면 또 함께 머물기 어려워라. 두 줄기 눈물은 샘처럼 흘러내리고 한바탕 서풍이 비를 불어오는구나(相逢才說別離苦 還道明朝又難駐 雙行玉淚灑如泉 一陣金風吹作雨)."라며 이별의 눈물을 아쉬워하였다.

天作之合
하늘이 맺어준 결합.

【出典】『詩經·大雅·大明』"天監在下 有命既集 文王初載 天作之合 在洽之陽 在渭之涘"
하늘에서 문왕의 모든 행실을 살피시고 마침내 봉황에게 천명을 내리셨네. 봉황은 초년에 하늘이 내린 명으로 인연을 만났으니 그 여인은 합수의 양(陽), 위수의 사(涘)에 있네.

【贅言】처음 만남은 '하늘'이 만들어주기에 인(因)이라 하고, 그 후는 '사람'이 만들어가는 것이기에 연(緣)이라 한다. 즉 만남에 대한 책임은 '하늘'에 있고, 관계에 대한 책임은 '사람'에게 있다는 것이니 살아온 환경과 가문이 다른 두 성(姓)이 합일(合一)하려면 서로 노력하여 좋은 관계를 이끌어야 원하는 바를 이룰 수 있다. 세상을 살아가다 보면 우여(迂餘)와 곡절(曲折)이 많아서 넘어지고 다치는 일이 허다하다. 그 속에서 우리는 다시 일어나는 법을 배우며 더 큰 파도에 맞설 용기를 기르게 된다. 두 사람이 마음을 합하면 쇠도 자를 수 있다[二人同心 其利斷金] 하였으니 마음이 흔들릴 때 최초의 믿음을 주고 한결같은 마음으로 살아가야 하리라.

蝃蝀在東
동녘에 무지개가 섰네. 즉 남녀의 합궁(合宮)을 의미한다.

【出典】『詩經·鄘風·蝃蝀』"蝃蝀在東 莫之敢指 女子有行 遠父母兄弟"
동쪽에 무지개가 서니 감히 손가락으로 가리키지 말라. 여자가 결혼하면 부모형제를 멀리 떠난다.

【贅言】무지개[虹]는 가상의 공간에 펼쳐진 눈에 보이는 반원형의 호(弧)를 이루는 일곱 가지 색의 띠로 일명 '색동다리'라 말한다. 동양에서는 음기인 비[雨]와 양기인 태양[日]이 합쳐져 이루어진 것이므로 비를 여자로, 태양을 남자에 비유하여 남녀의 결합을 의미한다. 하지만 무지개의 아름다운 색상을 보노라면 남녀의 결합과 같은 동양적 사고보다 오히려 어린 시절

의 동심(童心)으로 돌아가게 된다. 영국 시인 윌리엄 워즈워스(William Wordsworth, 1770~1850)도 그의 시에서 "하늘의 무지개를 바라보면 내 가슴 뛰는구나. 어렸을 적에도 그러했고 어른인 지금도 그러하다. 나이가 들어도 그러기를 아니면 죽어도 좋으리라."하고 읊지 않았던가!

氷淸璧潤
빙청(冰淸)과 벽윤(璧潤),
즉 훌륭한 사윗감이 훌륭한 장인을 만나겠다는 뜻.

【出典】南朝·宋 劉義慶『世說新語·言語』"裴叔道曰 妻父有冰淸之姿 婿有璧潤之望"
배숙도(裴叔道)가 말하기를 "위개(衛玠, 286~312)의 처부(妻父) 악광(樂廣)은 빙청(冰淸)의 품격을 갖추었고 여서(女婿)는 벽윤(璧潤)의 바람이 있다." 하였다.

【贅言】장인과 사위의 관계를 예전에는 '옹서지간(翁婿之間)' 혹은 '장서지간(丈婿之間)'이라 하였다. 장인과 사위의 관계는 전통 사회에서 엄근(嚴謹)한 상하관계 속에 존경과 신뢰를 바탕으로 가족의 울타리를 유지해왔으나 핵가족 시대에 접어들면서 어려움의 대상이었던 장인 장모 앞에서 너무도 당당해진 사위의 모습을 보게 된 것이 현실이기도 하다. 장인 장모 역시 불간섭의 대상 같았던 사위의 생활영역에 적극적으로 끼어드는 일이 흔한 세상이다. '사위는 백년이 지나도 손님'이라는 옛말이 있고 보면 사위에 대한 서먹함이 묻어나지만, 또 '사위 사랑은 장모'라는 말에서 위안을 받기도 한다.

薯童作謠
서동이 노래를 지었다. 꾀를 내어 장가들어 목적을 이룬다는 것.

【出典】『三國遺事 卷二 武王』
제30 무왕(武王)의 이름은 장(璋)이다. 어머니는 과부로 살았는데 서울 남쪽 연못가에 집을 지어 연못의 용과 사귀어 낳았던 것이다. 어릴 때 이름이 서동(薯童)인데 생각하는 도량을 헤아릴 수 없었다. 항상 마를 캐다가 팔아 살아가고 있어 나라 사람들이 따라서 이름을 붙인 것이다. 신라 진평왕 제3공주 선화(善花)가 아름다움이 짝이 없다는 소문을 듣고 머리를 깎고 서울로 와서 마[薯蕷]로써 마을 어린이들을 먹여주니 어린이들이 흔히 따랐다. 이에 노래를 지어 뭇 어린이들을 꾀어 노래를 부르게 했다. "선화공주님은 남몰래 얼려두고 맛동맹을 밤에 몰래 안고 가다(善花公主主隱 他密只嫁良置古 薯童房乙 夜矣 夗[卯]乙抱遣去如)." 노래가 서울에 가득 퍼지니 궁중에까지 들려 모든 벼슬아치들이 끝까지 간하여 공주를 먼 지방으로 귀

양보내게 되었다. 장차 떠나려 할 때에 왕후가 순금 한 말을 주어 보냈는데, 공주가 귀양처에 이르려는데 서동이 나와 길 가운데에서 절을 하고 모시고 따라가겠다 하니 공주는 그가 비록 어디서부터 온 사람인지는 모르나 우연히도 믿고 좋아져서 이를 따라오게 하여 몰래 서로 통하게 되었다. 그 후에 서동의 이름을 알고 곧 어린이들이 부르던 노래의 증험을 믿게 되었고 함께 백제에 이르렀다. -사자성어집 엮어 올리기 모임『삼국사기 삼국유사의 우물물』다운샘, 1998, p.138.-

鸞鳳和鳴
난새와 봉새가 서로 호응하다.

【出典】『左傳·莊公二十二年』"鳳凰於飛 和鳴鏘鏘 有嬀之後 將育於姜 五世其昌 並爲正卿 八世之後 莫之與京"
봉황이 하늘을 나니 화답하여 우는 소리 쟁쟁하다 유위의 후손이라 제(齊)에서 번성하리. 오세가 번창하여 정경(正卿)이 될 것이고 팔세 후손은 높은 지위(地位) 견줄 사람 없으리라.

【贅言】난새[鸞]는 중국 전설에 등장하는 상상의 새이다. 그 모양은 닭과 비슷하나 깃은 붉은 빛에 다섯 가지 색채가 섞여 있으며, 소리는 오음(五音)과 같다고 하였다. 봉새[鳳] 역시 전설에 등장하는 상상의 새이다. '봉황(鳳凰)'이라고도 한다. 난새는 푸른색이 많아서 남자를 상징하고 봉새는 붉은색이 많아서 여자를 상징한다.『說文解字』에 "봉(鳳)은 신성한 새이다. 황제의 신하였던 천노(天老)가 말하기를 봉황의 생김새는 얼굴의 앞은 기러기와 같고 뒤는 기린을 닮았다. 뱀과 같은 목과 물고기와 같은 꼬리를 가졌고, 황새와 같은 이마와 원앙과 같은 아가미에, 용과 같은 무늬와 호랑이 같은 등을 가졌다. 제비와 같은 턱과 닭부리를 하였으며, 깃털은 다섯 가지 색깔을 모두 갖추었다. 동쪽의 군자가 사는 나라에 살며 사해의 바깥까지 날아다닌다. 곤륜산을 지나 황하 중류에 있는 지주라는 바위에 흐르는 물을 마시고, 약수에 깃털을 씻고, 밤이 되면 풍혈에 깃든다. 봉황이 세상에 나타나면 세상은 안녕해진다(鳳 神鳥也 天老曰 鳳之象也 鴻前麐後 蛇頸魚尾 鸛顙鴛思 龍文虎背 燕頷雞喙 五色備擧 出於東方君子之國 翶翔四海之外 過崐崙 飲砥柱 濯羽弱水 莫宿風穴 見則天下大安寧)." 이처럼 난새와 봉새가 서로 호응하여 지저귀는 난봉화명(鸞鳳和鳴)은 곧 화목하고 편안함을 바라는 부부를 상징한다.

文定厥祥
길한 날을 예(禮)로 정하다.

【出典】『詩經·大雅』《大明》"大邦有子 俔天之妹 文定厥祥 親迎於渭 造舟爲梁 不顯其光"

큰 나라에서 따님을 두셨으니, 하늘에 비길 만한 여인이로다. 예로 길함을 정하시고, 위수에서 친영(親迎)하사, 배를 만들어 다리를 놓으시니, 그 광채가 드러나지 아니할까.

【贅言】주희(朱熹, 1130~1200) 선생은 주석에서 "문은 예요, 상은 길이다(文禮也 祥吉也)."라고 하였다. 좋은 날을 받아 납폐의 예[納幣之禮]를 행하니 이는 문덕(文德)을 쌓아 절로 행복해지는 것이다. 주량(舟梁)은 제왕이 후비를 친영(親迎)하는 일을 뜻한다. 배 위에 널빤지를 더하여 연결해서 통행할 수 있도록 만든 것으로 교량 역할을 하는 시설인데, 주나라 문왕(文王)이 태사(太姒)를 맞아 친영할 때에 이것을 사용했던 것에서 비롯되었다.

雲雨陽臺
조운행우(朝雲行雨)가 양대 아래 머물다. 즉 남녀간의 교정(交情).

【出典】宋玉『文選卷第十九·高唐賦序』"妾在巫山之陽 高丘之阻 旦爲朝雲 暮爲行雨 朝朝暮暮 陽臺之下"
첩은 무산의 양지쪽 고구(高丘)의 외진 목에 있어 아침에는 조운(朝雲)이 되고 저물면 행우(行雨)가 되어 언제나 양대(陽臺) 아래 있습니다.

【贅言】초(楚)나라 회왕(懷王, ?~前296)이 고당(高唐)에서 놀다가 낮잠이 들어 꿈속에서 무산(巫山)의 여신과 동침하였는데, 그 여신이 떠나면서 하는 말이 "첩은 무산의 남쪽 높은 산골짜기에 있는데 새벽에는 아침 구름이 되고 저물녘에는 지나가는 비가 되어 아침저녁으로 양대(陽臺)의 아래에서 지냅니다." 하였다. 흔히 '운우(雲雨)', '운우지몽(雲雨之夢)', '운우몽(雲雨夢)' 등과 같은 여러 표현이 있으며 남녀의 교분(交分)을 말할 때 자주 쓰인다.

礪山帶河
황하(黃河)의 물이 띠[帶]와 같이 줄고,
태산(泰山)이 숫돌 되도록 영원히 서로를 보살피자.

【出典】『史記·高祖功臣侯者年表』"封爵之誓曰 使河如帶 泰山若礪 國以永寧 愛及苗裔"
봉작을 내리는 날 황하가 띠처럼 작아지고 태산이 숫돌처럼 될 때까지 나라를 길이 평안하게 하며 사랑이 후손에게 미치게 하자.

蔡東藩、許廑父『民國通俗演義 第五八回』乃者袁逆世凱 謀叛民國 復興帝制 黃屋大纛 遽

興非分之思 礪山帶河 無復未寒之約

지난날 역신 원세개(袁世凱, 1859~1916)가 민국(民國)에 모반을 도모하여 제제(帝制)를 부흥하려 하였으니 황옥의 큰 깃발이었다. 급히 분수에 맞지 않는 생각을 하여 여산대하(礪山帶河)에 다시 미한(未寒)의 약속을 하지 않았다.

【贅言】부케(bouquet)에 흔히 사용되는 꽃에 리시안셔스(Lisianthius)가 있다. 장미를 닮은 듯, 카네이션을 닮은듯한 그 꽃의 꽃말은 '변치 않는 사랑'이다. 부드러운 꽃으로 번역되는 그리스 용어 'lissos'와 'anthos'에서 유래했다. 이 꽃은 연약해 보이지만 야생의 가장 어려운 곳에서 자라기에 아름다운 신혼부부가 앞으로 헤쳐갈 험난하고 고된 인생의 여정을 잘 담아내고 있다. 황하의 물이 가는 띠처럼 변하고, 태산이 갈려서 숫돌처럼 변하도록 초심을 잃지 않는다면 리시안셔스와 같이 아름다운 꽃을 피우는 황혼을 맞을 수 있지 않을까?

眼中之人
눈 속에 있는 사람.

【出典】明 成鷺《贈羅煉師》"底事無成奈若何 日夕空山坐枯樹 樹頭老眼難見人 眼中之人 道中蠱 年來始識羅先生 一日相知兩相慕"

무슨 일도 이루지 못함 어찌하나 해 저문 빈산 고목에 앉았더라. 나무 위에 노안으로 사람 보기 어려우니 눈 속에 사람은 행로 중에 좀과 같다. 연내에 비로소 나선생을 알았지만 하루에 서로 알아 서로 연모했다네

【贅言】우리말에 "눈에 넣어도 아프지 않은 사람"이라는 표현이 있다. 중의적 표현인 이 말은 일종의 생활 속의 은유(隱喻)로 그만큼 소중하다는 의미일 것이다. 그것은 누구일까? 살면서 눈에 넣어도 아프지 않을 대상은 계속 바뀌어간다. 나의 연인에서 나의 아내, 나의 아이들, 나의 가족, 나의 손자… 포기하고 양보할 수 없는 것들이다. 이정록(李楨錄, 1964~) 시인은 시《눈에 넣어도 아프지 않은 것들의 목록》에서 "눈에 넣어도 아프지 않은 것들 때문에 산다. 자주감자가 첫 꽃잎을 열고 처음으로 배추흰나비의 날갯소리를 들을 때처럼, 어두운 뿌리에 눈물 같은 첫 감자알이 맺힐 때처럼, 싱그럽고 반갑고 사랑스럽고 달콤하고 눈물겹고 흐뭇하고 뿌듯하고 근사하고 짜릿하고 감격스럽고 황홀하고 벅차다."고 하였다. 눈에 넣어도 아프지 않은 사람은 정(情)든 사람이다. 그는 내 눈앞에 있는 사람이기도 하고, 비록 내 눈앞에 보이지 않아도 내 마음속에 평생 간직된 사람이기도 하다.

三星在天
삼성이 하늘에 떠 있네.

【出典】『詩經·唐風』《綢繆》"綢繆束薪 三星在天 今夕何夕 見此良人 子兮子兮 如此良人何"
칭칭 감아 섶을 묶을 적에, 삼성이 하늘에 떠 있네. 오늘 밤은 어떤 밤인가? 이 양인을 만났노라. 그대여 그대여, 이렇게 좋은 만남이 있다니.

【贅言】'삼성(三星)'은 '심성(心星)'으로, 부부의 만남을 비유하는 말로 쓰인다. 성호(星湖) 이익(李瀷, 1681~1763) 선생의《錦裙夢》시에 "낙동강 강물은 넘실넘실 흐르는데 물결이 북에서 굽이쳐 남쪽으로 내달리네. 금계의 강토는 해 뜨는 곳과 가까운 곳, 한 폭으로 진한과 바꾸었더란 말인가. 인지 공자와 요조 낭자가 삼성이 하늘에 있을 때 서로 만났네(洛東江水勢沆瀁 波濤北滙而南走 金雞邦域近日出 一幅可博辰韓部 麟趾公子窈窕娘 三星在天適邂逅)."라는 시구가 있다.

鄂君香被
악군(鄂君)의 향긋한 이불, 즉 남녀의 연정(戀情)을 뜻함.

【出典】唐 王初《自和書秋》"湘女怨弦愁不禁 鄂君香被夢難窮"
상녀의 원망스런 음악 근심을 금할 수 없고 악군의 향긋한 이불 꿈에도 다하기 어려워라.

【贅言】『說苑·善說』에 옛날 월왕(越王)의 모제(母弟)인 악군자석(鄂君子晢)을 월 나라 사람이 매우 사모하여 노를 끼고 노래하기를 "산에는 나무가 있고 나무엔 가지가 있는데 나는 그대를 좋아하건만 그대는 알지 못하네(山有木兮木有枝 心說君兮君不知)." 하므로, 마침내 악군이 수놓은 이불을 그에게 덮어 주었다는 고사가 있다. '악군피(鄂君被)'라고도 한다.

相親相愛
서로 아끼고 사랑하기를.

【出典】明·王世貞『鳴鳳記·拜謁忠靈』"與嚴家大相自幼往往來來 嘻嘻哈哈 同眠同坐 相親相愛 就是一個人相交 不放下懷"
엄씨(嚴氏) 집안의 대상과 어릴 적부터 자주 오가며 깔깔거리고, 잠자리를 같이하며 서로 사랑하면서 한 사람만을 교제하고 마음을 놓지 않았다.

【贅言】'사랑'이란 물과 같다. 물의 성질은 아래로 아래로 자신을 내려놓는데 있으며 오래되

면 점점 스며들어 상대를 젖게 만든다. 사랑의 감정 가운데 아내와 첩을 사랑하고 자녀에게 자애(慈愛)하는 것은, 억지로 하고자 해서 되는 것도 아니고 막으려 해서 막아지는 것도 아니다. 아래로 스미는 물의 성질 때문에 사랑은 세월이 흐를수록 희석되어 위로 승화되지 못하고 내려갈수록 진해진다고 말하는 이도 있다. 즉 '내리사랑'이 그것이다.

緣定三生
삼생(전생, 현생, 후생)의 인연이 있는 짝.

【出典】《三生石》"圓澤禪師和李源的故事流傳得很廣 到了今天 在杭州西湖天竺寺外 還留下來一塊大石頭 據說就是當年他們隔世相會的地方 稱爲三生石"
원택선사(圓澤禪師)와 이원(李源)의 이야기가 널리 전해져 오늘날 항저우 서호(西湖) 천축사(天竺寺)밖에 큰 바위가 남아 있는데, 바로 그들이 세월을 뛰어넘어 만났던 곳이라 하여 '삼생석'이라 부른다.

【贅言】연정삼생(緣定三生)의 사상적 근원은 불교의 윤회관(輪廻觀)에 있다. '삼생석(三生石)'은 중국에서 매우 유명한 돌로, 여와보천(女媧補天)의 나머지 한 조각의 완석(玩石)과 비견할 수 있으며, 후에 중국인의 생전과 사후에 대한 신념으로 발전하여 많은 이들이 '삼생석'을 간담상조(肝膽相照)의 근거로 삼을 뿐만 아니라, 많은 연인이 삼생석에 그들의 맹세를 적어 "삼생의 인연이 있는 짝을 만나 영원히 사랑의 강물에서 목욕하리라(緣定三生 永浴愛河)."는 조어를 만들었다.

洞房花燭
신혼 초야에 신방의 촛불을 밝히다.

【出典】魚叔權『稗官雜記』《得意詩》"久旱逢甘雨 他鄕見故知 洞房花燭夜 金榜掛名時"
가뭄 끝에 내리는 단비요, 타향에서 만나는 옛 친구라. 신혼 방에 촛불 밝은 밤이요, 금방에 내 걸린 빛나는 이름이라.

【贅言】이는 세상에서 전하는 사쾌시(四快詩)이다. 이에 대하여 이규보(李奎報, 1168~1241) 선생은 말하기를 "그러나 가뭄 끝에 비록 비를 만난다 하더라도 비 뒤에는 또 가물 것이고, 타향에서 친구를 본다 하더라도 방금 또 작별할 것이고, 동방 화촉이 생이별하지 않을 것이라 어찌 보장하며, 금방(金榜)에 이름 걸리는 것이 우환(憂患)의 시초가 아니라는 것을 어찌 보장하겠는가? 이것이 바로 마음에 틀리는 게 많고 마음에 맞는 게 적은 것이니 탄식할 뿐이다."라고 하였다.

佳偶天成
하늘이 맺어준 배필.

【出典】沈從文《靑色魔》"若兩人相愛 可謂佳偶天成"
두 사람이 서로 사랑하는 사이라면 하늘이 맺어준 배필이라 할 수 있다.

【贅言】'천성(天成)'이란 자연스럽게 이루어져 인공(人工)의 힘을 빌리지 아니한 것을 일컫는 말이다. 가우천성(嘉偶天成)으로도 쓴다. 가우(佳偶)란 일두(一蠹) 정여창(鄭汝昌, 1450~1504) 선생의《賀宰安陰》에 "백세를 황하물 맑아지길 기다렸더니 훌륭한 인재가 초야에서 일어났네. 십 년을 좋은 배필 기다렸는데 정숙한 여인이 용모를 꾸몄다네(百世俟河淸 高才起把末 十年待佳偶 靜姬飾容佩)."『一蠹遺集 卷三 附錄』라는 글귀에서 알 수 있듯이 '좋은 배우자'라는 뜻이다.

沒柯斫柱
자루 없는 도끼로 큰 기둥을 깎아낸다.
여인을 맞이해 결혼하고자 하는 간절한 마음을 나타내는 것.

【出典】『三國遺事 卷四 義解 第五 元曉 佛記』
성사(聖師) 원효(元曉, 617~686)는 세속의 성이 설씨(薛氏)이며, 할아버지는 잉피공(仍皮公), 또는 적대공이라 한다. 지금 적대연 옆에 잉피공의 사당이 있다. 아버지는 담날나마(談捺奈麻)이다. 처음 압량부 남쪽(지금 장산군) 불지촌 북쪽 율곡의 사라수 아래에서 태어났다. 마을 이름은 불지 혹은 발지촌(우리말로는 불등을촌이라 함)이라 한다. -중략- 처음 어머니가 꿈에 유성이 품에 들어오더니 인해서 임신하였다. 장차 출산함에 이르러 오색구름이 땅을 덮었으니 진평왕 39년 대업13년 정축년이었다. 원효가 일찍이 어느날 미친 사람처럼 길에서 노래를 부르길 누가 자루가 없는 도끼를 빌려주겠는가? 내가 하늘을 떠받치는 기둥을 찍어내리라. 하니 사람들이 다 뜻을 알지 못했다. 때에 태종이 이를 듣고 말하길 이는 스님이 자못 귀부인을 얻어 훌륭한 자식을 낳고자 하는 것이다. 라고 했다. -중략-『삼국사기 삼국유사의 우물물』다운샘, 1998, pp.101~104.

珠聯璧合
진주 구슬이 한데 꿰이고 옥이 한데 모였네. 선남선녀의 결합을 의미한다.
【出典】『漢書·律曆志上』"日月如合璧 五星如連珠"
해와 달은 벽옥을 합한 듯하고, 오성은 진주를 꿰어놓은 듯하네.

【贅言】이 구절은 진주 구슬이 한데 뭉치고 아름다운 옥이 합쳐져 걸출한 인재나 아름다운 것들이 모여 있는 모습을 비유한 것이다. 결혼식장에서 주례는 의례 "오늘 선남선녀가 부부로서의 인연을 맺게 되었습니다"라는 말을 남긴다. '선남선녀'는 불교에서 비롯된 용어로 '선남자선여인(善男子善女人)'의 줄임말이다. 전생에 지은 선사공덕(善事功德)이 현세에 나타나 부처님의 교법을 듣고 믿는 이"라는 뜻을 담고 있다.

相敬如賓
손님을 대하듯 부부가 서로 공경하다.

【出典】春秋·左丘明『左傳·僖公三十三年』"初 臼季使過冀 見冀缺耨 其妻饁之 敬 相待如賓"
초(初)에 구계(臼季)가 사신으로 기읍(冀邑)을 지나다가 기(冀)에서 김매는 것을 보았는데 그의 처가 들밥을 내와서 공경하여 서로 대하는 것이 손님을 맞는 듯하였다.

【贅言】월사(月沙) 이정귀(李廷龜, 1564~1635) 선생의『月沙集 卷四十三 神道碑銘中』《贈領議政行敦寧府都正金公神道碑銘》에 "여든까지 부부가 해로하며 늘 손님 대하듯 서로 공경했으니 이는 공의 화목한 가정이었어라(八十偕老 相敬如賓 家之睦也)."는 구절이 있다. 또『金史 卷127 隱逸』에는 "장잠(張潛, 1497~1552)의 자는 중승(仲升)이며, 무청(武淸) 사람이다. -중략- 나이 오십에 비로소 노산(魯山) 손씨(孫氏)에게 장가들었는데 그녀 또한 행실이 어질었다. 부부가 서로 손님처럼 공경하였으며, 땔감을 지고 이삭을 주우면서도 노래를 부르고 만족하며 가난한 줄 알지 못했다(張潛 字仲升 武淸人 -중략- 年五十始娶魯山孫氏 亦有賢行 夫婦相敬如賓 負薪拾穗 行歌自得 不知其貧也)."라는 구절이 전한다.

靑靑子衿 悠悠我心
푸른 옷깃의 임 모습만 보아도 내 마음은 설레네.

【出典】『詩經·鄭風』《子衿》"靑靑子衿 悠悠我心 縱我不往 子寧不嗣音 靑靑子佩 悠悠我思 縱我不往 子寧不來 挑兮達兮 在城闕兮 一日不見 如三月兮"
푸르고 푸른 그대 옷깃 내 마음에 아득하여라. 나 비록 가지 못해도 그대는 어찌 소식 전하지 못하는가. 푸르고 푸른 그대 패옥 내 생각에 아득하여라. 나 비록 다녀오지 못해도 그대는 어찌 오지 못오는가. 이리저리 안절부절, 나는 성에 남아 있어도 하루를 못 본 것이 석 달을 못 본 듯합니다.

【贅言】 사랑하는 감정은 성내는 감정과 다르다. 그것은 봄바람처럼 따사롭고 정다우며 아편처럼 사람을 마취시킨다. 여기에 한 번 빠지면 마치 깊은 수렁에 빠진 발처럼 헤어나오기가 어렵다. 정지용(鄭芝溶, 1902~1950) 시인은《호수》에서 "얼골 하나야 손바닥 둘로□ 폭 가리지만, 보고 싶은 마음 호수만 하니 눈 감을밖에"라고 애잔한 연민을 표현하였다. 두 눈을 감을 수밖에 없는 호수만 한 보고픔, 그리움, 간절함, 그것이 곧 '사랑'이다.

一與之訂 千秋不移
한 번 맺은 언약 천년이 지나도 변치 않는다.

【出典】 淸 張潮『幽夢影』 "天下有一人知己 可以不恨 不獨人也 …一與之訂 千秋不移"
천하에 단 한 사람이라도 자신을 알아주는 이가 있다면, 한스럽지 않다고 말할 수 있다. 사람만이 그러한 것이 아니다.…이들은 한번 맺어지면, 천 년이 지나도 옮기지 않았다.

【贅言】 세상에 태어나 나를 알아주는 벗이 단 한 사람, 한 가지라도 존재한다면(天下有一人知己) 그의 인생은 후회스럽지 않을 것이다. 더불어 한 번 맺은 언약은 천년이 지나도 바뀌지 않기(一與之訂 千秋不移)를 바라는 마음이다.

盈盈一水間
찰랑찰랑한 물을 사이에 두다. 즉 서로 만나지 못하는 애틋함을 말함.

【出典】『文選』佚名《迢迢牽牛星》 "迢迢牽牛星 皎皎河漢女 纖纖擢素手 劄劄弄機杼 終日不成章 泣涕零如雨 河漢淸且淺 相去復幾許 盈盈一水間 脈脈不得語"
멀고 먼 저 견우성에 찬란히 반짝이는 직녀성이라. 부드럽고 하얀 손 놀리며 찰칵찰칵 베틀북을 움직인다네. 종일 짜도 무늬 천은 짜지지 않고 눈물은 빗물처럼 계속 흐르네. 은하수는 맑고도 얕으며 서로 간 거리도 멀지 않은데 찰랑대는 저 강물 사이에 두고 바라만 볼 뿐 말도 못 건네네.

【贅言】 간절(懇切)하다[Desperation]는 것은 '정성스럽고[懇]' '절실(切實)'하다는 것을 이르는 말이다. 정성(精誠)이란 자신의 열(熱)과 성(誠)을 다하는 마음이고, 절실(切實)함이란 간절함을 넘어선 '간외지간(懇外之懇)'이다. 작가를 알 수 없는 이 시에서 작자는 서로 바라다 보이는 거리에서 마음속으로만 생각할 뿐 만나서 말 한마디도 건네지 못하는 안타깝고 절실한 심정을 견우(牽牛)와 직녀(織女)에 빗대어 표현하고 있다.

花燭好因緣
동방화촉 좋은 인연.

【出典】金三宜堂『歷代女流漢詩文選』《同裏有河氏 家雖貧而世以文學鳴 有子六人 其第三曰 湜 風彩俊偉 才藝通敏 父母每往見奇之 遣媒妁 結婚姻 遂行卺禮 禮成之夜 夫子連吟二絶 妾連和之》"十八仙郎十八仙 洞房花燭好因緣 生同年月居同此 此夜相逢豈偶然"
열여덟 새신랑, 열여덟 새 각시가 동방화촉 좋은 인연이네. 나기도 같은 연월, 살기도 같은 마을, 이 밤에 만나는 것 어찌 우연이겠나.

【贅言】1769년 10월 13일 전라도 남원의 서봉방(棲鳳坊)에서 태어난 삼의당 김씨(三宜堂 金氏, 1769~1823)는 18세 되던 1786년에 한동네에 살며 생년월일이 같은 담락당(湛樂堂) 하립(河湜, 1769~1830)에게 시집가며 남편의 시에 화답한 2수 가운데 한 수이다. 제목은《같은 마을에 河氏가 있는데, 집은 가난하지만 대대로 문학으로 이름났다. 아들 여섯을 두었는데 그 셋째가 립(湜)이다. 풍채가 준수하고 재주가 민첩하므로 부모들이 갈 적마다 보고 기특하게 여겨 중매자를 보내어 결혼할 것을 약속하여 드디어 예를 올렸다. 첫날밤에 낭군님이 연달아 절구 2수를 읊기로 내가 화답한다》

長松托女蘿
큰 소나무에 여라(女蘿)가 타고 오르다. 즉 남녀가 짝을 맺다.

【出典】佔畢齋 金宗直『佔畢齋集 詩集 卷七』《送表上舍之鹹昌成親》"四月鹹寧縣 祥鍾富貴家 應尋薪斧約 幾竚瑟琴和 吉士吟梅實 長松托女蘿 靑雲知不遠 爲賀小登科"
사월이라 함녕(鹹寧)의 고을에는 부귀한 집에 상서가 모였네. 응당 신부(薪斧)의 약속을 찾았거니와 금슬의 화락을 얼마나 기다렸던가. 길사는 매화의 열매를 읊었고 큰 소나무에 여라가 타고 오르네. 알겠다, 청운이 멀지 않으니 위하여 소과(小科)에 오름을 축하하노라.

【贅言】『詩經·小雅』《頍弁》에 "우뚝한 관[弁]이여 그것이 무엇인가. 네 술이 이미 맛 좋고 네 안주가 아름다우니 어찌 다른 사람이리오. 형제이고 다른 사람 아니로다. 조(蔦)와 여라(女蘿)가 송백을 타고 오르네(有頍者弁 實維伊何 爾酒旣旨 爾殽旣嘉 豈伊異人 兄弟匪他 蔦與女蘿 施於松柏)"라는 대목이 있다. 흔히 남녀의 결합을 '송라공의(松蘿共倚)', 즉 소나무와 댕댕이가 함께 어우러져 있다고 표현한다.

事宗廟繼後世
종묘를 섬기고 후세를 잇다.

【出典】『禮記·昏義』"昏禮者 將合二姓之好 上以事宗廟而下以繼後世也 故君子重之"
혼례란 장차 두 성의 우호(友好)를 합하여 위로는 종묘를 섬기고 아래로는 후세를 잇는 것이다. 그러므로 군자가 중히 여긴다.

【贅言】연암(燕巖) 박지원(樸趾源, 1737~1805) 선생의《蟬橘堂記》에 "성장하고 나서야 네 몸이라는 것을 가지게 되었고 '나'를 입신(立身)하고 나서는 '그'가 없을 수 없으니, '그'가 '나'에게 와서 짝이 되어 몸이 홀연 한 쌍이 되었다. 한 쌍의 몸이 잘 만나서 자녀를 두니 둘씩 짝을 이루는 것이 마치 『周易』의 팔괘와 같았다(及汝壯大 廼有汝身 旣得立我 不得無彼 彼來偶我 遂忽爲雙 雙身好會 有男女身 兩兩相配 如彼八卦)."『燕巖集 卷七 別集 鍾北小選』고 하여 두 성씨의 합함을 주역의 팔괘와 비교하였다.

門前石路半成沙
문 앞 돌길이 모래로 변하다.

【贅言】李玉峰『歷代女流漢詩文選』《自述》"近來安否問如何 月到紗窓妾恨多 若使夢魂 行有跡 門前石路半成沙"
근래 안부하니 어떻게 지내시나요? 달 비친 비단 창에 첩의 한이 사무칩니다. 꿈속에 다녀간 자취라도 있다면, 문 앞 돌 길 절반은 모래가 되었겠지요.

【贅言】제목이《自述: 스스로 술회함》인데 다른 이본에는《贈雲江: 운강에게 드리다》로 되어 있다. 운강(雲江)은 남편 조원(趙瑗, 1544~1595)의 아호이고 그녀는 조원의 소실(小室) 신분이었기에 보고 싶고 그리운 마음이 가슴에 응어리져 꿈속에서도 늘 찾아갔노라는 애닯은 사랑의 감정을 표현한 대표적 시이다. 문 앞 돌길이 모래가 될 만큼 보고 싶은 마음에 찾아갔을 그 심정을 그 누가 헤아릴까? 번지수는 다르지만, 매운당(梅雲堂) 이조년(李兆年, 1269~1343) 선생의 시조 가운데 "다정도 병인양 하여 잠 못들어 하노라."라는 구절이 자꾸만 떠오르는 시이다.

■ 婚姻格言

■ 海枯石爛 同心永結 地闊天高 比翼齊飛

바다가 마르고 돌이 부숴지도록 동심(同心)으로 영원히 연을 맺어, 땅 넓고 하늘 높은 곳에서 비익조가 되어 나란히 날 수 있기를.

■ 白首齊眉 鴛鴦比翼 青陽啟瑞 桃李同心

늙도록 서로 공경하여 원앙(鴛鴦) 같은 비익조(比翼鳥)가 되고, 따뜻한 봄 서기(瑞氣)가 오를 때 도리(桃李)처럼 동심으로 피어나기를.

■ 百年好合 鴛鴦比翼 洞房花燭 滿堂生輝

백년해로하여 원앙같은 비익조가 되고, 동방화촉에 집안 가득 상서로운 빛이 있네.

■ 魚水千年合 芝蘭百世馨

어수(魚水)는 천년의 좋은 짝이고, 지란(芝蘭)은 백세가 되도록 향기롭네.

■ 吉期逢良時 嘉禮演文明

혼사(婚事)가 좋은 시절에 이뤄지니 가례(嘉禮)는 문명(文明)을 연출하네.

■ 琴琵奏雅樂 夫婦敬如賓

금과 슬이 아악을 연주하니 부부 서로 손[賓]을 맞듯 공경한다네.

■ 詩歌詠於歸 好合樂長春

시가(詩歌)는 돌아옴을 노래하고, 좋은 만남 장춘(長春)을 즐거워하네.

■ 同力創新業 四化建奇勳

공력을 함께하여 새롭게 창업하고, 네 가지 변화하니 기이한 공 세우네.

■ 百年修得同船渡 千年修得共枕眠

백년을 수행해야 같은 배를 탈 수 있고, 천년을 수행해야 함께 잠을 잘 수 있네.

■ 相親相愛好伴侶 同德同心美姻緣

서로 친하고 서로 사랑하는 좋은 짝이요, 덕과 마음을 함께하는 아름다운 인연이라.

■ 花燭笑迎比翼鳥 洞房喜開並頭梅

화촉 밝혀 웃으며 비익조(比翼鳥)를 맞이하고, 동방에선 기뻐하며 병두매(並頭梅: 매화 가지에 나란히 핀 꽃송이)를 꽃피우네.

■ 相親相愛幸福永 同德同心幸福長

서로 친하고 서로 사랑하니 행복이 영원하고, 덕과 마음 함께하니 행복이 장구하네.

■ 雙輝華灼映紅氈 鸞鳳和鳴亦夙緣

두 개 불빛 아름답게 붉은 침실 비추고 난봉이 함께 우니 이 또한 숙연(宿緣)이라.

■ 曲奏新詞循舊譜 韻隨玉柱繞朱弦

새로운 사(詞) 연주하나 구보(舊譜)를 따르고, 운치는 대궐따라 주현(朱絃)을 둘렀구나.

■ 閨幃肅穆誠堪贊 泉石風流矧可傳

규방 휘장 엄숙하니 진실로 찬탄할 만하고, 산수(山水)의 풍류 역시 전할 만하네.

■ 鑼鼓喧天慶佳緣 兩情相悅手相牽

징과 북 요란한 가연맺는 경사에 두 사람 서로 좋아 손을 서로 잡았네.

■ 天生才子佳人配 只羨鴛鴦不羨仙

하늘이 낸 재자(才子)는 가인(佳人)의 배필이니 원앙만 부러울 뿐 신선이 부럽지 않네.

■ 鳳冠霞披舞紅妝 玳瑁錦緞著新顔

봉황관 노을 옷 춤추는 홍장(紅粧)이요, 대모(玳瑁)에 비단 신 새 얼굴이라.

■ 合卺筵前旨意有 笙歌疊奏迎新偶

합근연 앞에는 거룩한 뜻이 있어 생황가 이어지고 새로운 짝 맞이하네.

■ 新娘捧茶手春春 良時吉日來合婚

신부가 올리는 차 손은 섬섬옥수요, 좋은 시절 길일에 혼인을 하네.

■ 入門代代多富貴 後日百子與千孫

문에 들어서니 대대로 많은 부귀 누리고, 후일에는 백자(百子) 천손(千孫) 있으리라.

■ 千禧年結千年緣 百年身伴百年眠

천복(千福)이 깃든 해에 천년 인연을 맺으니 백년의 몸이 백년의 잠과 짝하였네.

▣ 鴛鴦比翼日相親 愛甚畫眉敬似賓 癡伯今朝無所贈 願期早獲玉麒麟

원앙과 비익조 날로 서로 친하고, 사랑이 지극해 공경으로 거안제미. 응백(癡伯)은 아침에 드릴 것이 없으니 아침에 옥 기린 잡기를 기약하네.

▣ 快婿如今喜乘龍 濃妝淡抹展花容 明年共慶麟兒獲 美滿夫妻唱阿儂

좋은 사위 오늘은 용을 탄 듯 기뻐하고, 짙은 화장 맑게 지우니 꽃같은 용모. 명년에는 기린 잡는 경사가 있어 행복한 부부 되어 우리 노래 부르세.

▣ 佳期正值小陽春 風暖華堂擁玉人 應是三生緣夙定 漫教相敬竟如賓

혼사일 바로 소양춘에 잡았는데 바람 따뜻한 화당에서 옥인(玉人)을 안았네. 삼생(三生)의 인연을 숙세에 정했어도 서로가 공경하고 손님같이 대하더라.

▣ 於歸愛女老心怡 選婿挑來絕世奇 秀質靈苗原有種 鳳鳴燕喜豈無詩

돌아온 애녀에게 노심은 편안하고 사위를 골랐더니 절세의 기인이라. 어여쁜 진귀한 싹 원래 심은 것이라 봉황 울고 제비 기쁘니 어찌 시가 없으랴.

▣ 凝香髻亂朦朧月 舞影風搖連理枝 快意而翁開口笑 璧人成對見容儀

몽롱한 달빛에 향기 짙고 머리 푸니 바람 부는 연리지에 그림자가 춤을 춘다. 유쾌해진 늙은이 입을 벌려 크게 웃고 벽옥같은 두 사람 마주 보고 있구나.

▣ 燕爾新婚正妙年 親朋爭說好姻緣 珠聯璧合情如蜜 海誓山盟石比堅

신혼의 사랑 환락 소장(少壯)한 나이로다. 친구들은 다투어 좋은 인연 찬탄하네. 구슬 벽옥 만나니 마음이 달콤하여 돌과 같이 굳은 인연 산해(山海)에 맹서한다.

▣ 妯娌融和嫻姆訓 姑嫜待奉見心虔 無邊哲理曾研透 再習人倫第一篇

동서와 화목하라 맏동서가 가르치고, 공경하는 마음으로 시부모 모시라. 가없는 철리(哲理)를 일찍이 통철하여 인륜(人倫)의 제일편을 재습하여라.

▣ 鋒芒略斂夫妻和美 凡事無爭伉儷溫馨

예봉(銳鋒)을 거두니 부부사이 좋아지고, 범사에 다툼이 없으니 부부의 정 따스하네.

▣ 華堂溢喜地天交泰 桂苑飄香人月雙圓

화당은 기쁨이 넘치니 천지(天地)가 동심(同心)으로 통하고, 계원(桂苑)의 향기가 진동하며 사람과 달이 모두 원만(圓滿)하네.

▣ 同心攜手一帆風順 擧案畫眉滿沼鯉歡

동심(同心)으로 손을 잡았으니 순풍에 돛을 올린 듯, 거안제미(擧案齊眉)하니 물 가득한 연못에 잉어가 기뻐하네.

▣ 珠聯璧合洞房春暖 花好月圓魚水情深

구슬과 벽옥이 만났으니 동방은 봄날처럼 따뜻하고, 꽃피고 달 밝으니 어수(魚水)처럼 정이 깊네.

▣ 日吉辰良兮風和日麗 鸞鳳和鳴兮珠聯璧合

일진이 길상하니 바람은 화순(和順)하고, 일기는 청랑(晴朗)한데 난봉이 화명(和鳴)하고 구슬과 벽옥이 만났도다.

▣ 洞房花燭交頸鴛鴦雙得意 夫妻恩愛和鳴鳳鸞兩多情

동방에 화촉을 밝혔으니 목을 비비는 원앙처럼 모두 행복하고, 부부가 은애하니 난봉(鸞鳳)이 화명(和鳴)하듯 다정하여라.

▣ 美滿姻緣情深似海 幸福伴侶志潔如梅

행복한 혼인이니 정이 바다와 같이 깊고, 행복한 짝이니 고결한 뜻 매화같네.

▣ 人生樂事今宵最樂 盛世新婚此日尤新

인생의 즐거움 오늘 밤이 제일 좋고, 성세의 신혼은 이날이 새로워라.

▣ 愛是做出來不是說出來的 老掛在口頭上而不落到實際的愛太蒼白無力 婚姻是現實的 生活是現實的 風花雪月的戀愛 不是真實的生活 婚姻是從柴米油鹽中感受愛的

사랑은 몸소 하는 것이지, 말로 하는 것이 아니다. 말로만 떠들고 실제에 도달하지 않는 사랑은 너무 창백하고 무기력하다. 결혼은 현실이며 삶은 현실적이다. 풍화설월(風花雪月)의 연애는 실제의 생활이 아니다. 결혼은 땔나무와 기름과 소금으로 사랑을 느끼는 것이다.

▣ 物質的追求是無止境的 儞是活自己 不是活給別人看的 鞋子合不合腳只有自箇知道 舒服最重要 其他的都是裝飾是虛設 何況俗話說 千金易得 有情郎難尋 真愛無價 情義無價

물질의 추구는 끝이 없다. 당신은 다른 사람에게 보여주기 위해 사는 것이 아니라 자신을 사는 것이다. 신발이 발에 맞는지 아닌지는 혼자만 안다. 편안함이 가장 중요하며 나머지는 장식이며 허구이다. 하물며 천금은 얻기 쉬워도 정든 사람은 찾기 어렵다는 말이 있다. 진정한 사랑은 값을 매길 수 없으며 정은 값으로 매길 수 없다.

■ 戀愛和婚姻還是有著本質的區別 婚姻意味著責任 成功的經營一樁婚姻是一輩子的事情 所以也是你一輩子的責任

연애와 결혼은 여전히 본질적인 차이가 있다, 결혼은 책임을 의미한다. 결혼을 성공적으로 이끄는 것은 평생의 일이기 때문에, 그것은 또한 당신의 평생 책임이다.

■ 寬容是做人和對待婚姻應有的態度 所以倆要學會自己調整心態 而不是把情緒都發泄到他身上

관용은 사람과 결혼에 대한 당연한 태도이다. 그러니 감정을 다 발산하지 말고 스스로 마음을 다스리는 법을 배우라.

■ 男人看到美女會目不轉睛或回頭行注目禮 倆別認爲他不愛倆 也別認爲他好色 愛看美女是男人的本能 與品格無關 何況 愛美之心人皆有之

남자는 미녀를 보면 눈을 떼지 못하거나 고개를 돌려 목례를 한다. 당신은 그가 당신을 사랑하지 않는다고 생각하지 말고, 그가 여색을 탐한다고 생각하지 말라. 미녀를 좋아하는 것은 남자의 본능이지 성격과는 무관하다. 게다가 아름다움을 사랑하는 마음은 누구나 다 가지고 있다.

■ 愛他一定要尊重他 再生氣也不可以出口傷人 言語的傷口有時一生都在流血的 身體的傷害很容易治愈 精神的傷害後果是很可怕的

그를 사랑하려면 반드시 그를 존중해야 한다. 아무리 화가 나도 남에게 상처를 입혀서는 안 된다. 말의 상처는 때때로 평생 피를 보게 한다. 신체적 손상은 쉽게 치유될 수 있지만, 정신적 손상의 결과는 매우 두렵다.

雲從龍 風從虎 / 135×70cm
용이 나는 곳에 구름이 따르고 호랑이 지나는 곳에 바람이 따른다.
같은 소리는 서로 응하고 같은 기운은 서로 구해서 물은 젖은데로 흐르고 불은 마른데로 나아간다.
성인이 일어남에 만물이 모두 우러러 본다.

제4장 부부하사(夫婦賀詞)

▣ 사람이 교화하기 어려운 대상은 부인(婦人)이요, 탐닉하기 쉬운 것은 부부의 잠자리입니다. 그러므로 덕(德)의 이루어짐은 반드시 여기에서 징험해야 하고 교화의 행동은 반드시 여기에서 시작해야 하는 것입니다. 대개 사람이 혼자서 행하는 미세한 일을 형제는 모르는 것이 있어도 처첩은 알고 있으니, 홀로 삼가며 뜻을 참되게 하여 옥루(屋漏)에 부끄럽지 않게 하지 않으면, 어떻게 부인이 보고서 감화되게 할 수 있겠습니까. "군자의 도는 제일 먼저 부부 사이에서부터 시작된다(君子之道 造端乎夫婦)."라고 한 말씀은 참으로 성인(聖人)의 지론(至論)입니다. 이 때문에 제요(帝堯)가 우순(虞舜)의 성덕(聖德)을 알아보려고 할 때에도 두 딸을 그에게 시집보내어 그의 내면을 살폈던 것입니다(人之所難化者婦人 所易溺者衽席 故德之成必驗於此 化之行必始於此 蓋人之幽暗之中細微之事 兄弟有所不知 而妻妾則知之 如非愼獨誠意 不愧屋漏 安得使婦人觀感而化也 君子之道 造端乎夫婦 誠聖人之至論也 是以帝堯欲知虞舜之聖德 則二女妻之 以觀其內)『孤山遺稿 卷四』「答鄭吉甫別幅問目」

▣ 한 몸 둘에 난화 부부를 삼기실샤 이신 제 함께 늙고 죽으면 한 데 간다 어디서 망녕읫 것이 눈 흘기려 하나뇨.《訓民歌 제5수》「夫婦有恩」

▣ 남자가 가지고 있는 최고의 재산 또는 최악의 재산은 바로 그의 아내이다.
-토마스 풀러(Thomas Fuller, 1608~1661)

▣ 부부가 진정으로 서로 사랑하고 있으면 칼날 폭만큼의 침대에서도 잠잘 수 있지만, 서로 반목하기 시작하면, 십 미터나 폭이 넓은 침대로도 너무 좁아진다.-탈무드(הדמלת)-

▣ 부부란 두 반신(半身)이 되는 것이 아니고 하나의 전체가 되는 것이다.
-V.고호(Vincent Wilem van Gogh, 1853~1890)-

▣ 불 속을 헤쳐나가는 듯한 이 세상의 모진 시련을 함께 겪기 전까지 자신의 사랑하는 아내의 존재가 어떤 것인지 알 수 없다. -워싱턴 어빙(Washington Irving, 1783~1859)-

▣ 정숙한 아내는 남편으로 하여금 많고 아름다운 즐거움을 느끼게 한다. 그러한 아내의 용모는 가장 아름다운 화원과 같고 그 정신은 가장 유익한 서적과 같다. -카우레이-

▣ 진실하게 맺어진 부부는 젊음의 상실이 불행으로 느껴지지 않는다. 왜냐하면 같이 늙어 가는 즐거움이 나이 먹는 괴로움을 잊게 해주기 때문이다. -모로아(André Maurois, 1885~1967)-

▣ 부부 생활은 길고 긴 대화 같은 것이다. 결혼 생활에서는 다른 모든 것은 변화해 가지만 함께 있는 시간의 대부분은 대화에 속하는 것이다. -니체(Nietzsche, 1844~1900)-

▣ 형제는 수족과 같고 부부는 의복과 같다. 의복이 헤어졌을 경우 다시 새것을 얻을 수 있으나, 수족이 끊어지면 잇기가 어렵다. -장자(莊子, 前369?~前286)-

▣ 歲月流轉間 有儞我共度時光 彼此扶持 相互依偎 願我們的愛情曆久彌新 歲歲年年 始終如一 祝我們夫妻恩愛如初 白首不離 永浴愛河！
세월이 흐르는 동안 당신과 내가 함께 시간을 보내고 서로를 도우며 의지합니다. 우리의 사랑이 오래되고 새롭기를, 그리고 해마다 변함없기를 원합니다. 우리 부부의 금슬이 처음과 같고 죽을 때까지 이별하지 않으며 사랑의 강물에서 영원하길 빌어 봅니다.

▣ 願儞們相濡以沫 白頭偕老 風雨同舟 共度人生路 歲月悠長 愛意永駐 祝我親愛的夫妻恩愛如初 幸福安康！
서로 도우며 백년해로하고, 비바람 맞으며 배를 타고, 인생의 길을 함께 하기를 바랍니다. 오랜 세월동안 사랑이 영원하고, 사랑하는 부부가 처음처럼 금슬이 좋고, 행복하고 평안하기를 기원합니다!

▣ 手牽手 心連心 愛意永駐不消停 風雨同舟共度日 情深似海永相依 祝我們夫妻恩愛如初 白頭偕老
손을 맞잡고 마음을 잇는 이 사랑을 멈출 수 없습니다. 비바람에 배를 타고 함께 건너는 날 바다처럼 깊은 정 영원히 의지하네. 우리 부부 금슬이 처음과 같고 백년해로하기를 축원합니다.

同林鳥
같은 숲에 깃든 새.

【出典】明·馮夢龍《警世通言·莊子休鼓盆成大道》"若論到夫婦 雖說是紅線纏腰 赤繩系足 到底是剗肉粘膚 可離可合 常言又說得好 夫妻本是同林鳥 巴到天明各自飛"
부부로 말하자면 붉은 실을 허리에 감고 붉은 끈을 발에 맨 사이라 하지만, 골육지친(骨肉之親)은 아니어서 떨어질 수도 있고 합할 수도 있다. 또 부부는 같은 숲에 사는 새와 같아서 새벽녘에 제각기 날아다닌다는 말이 있다.

【贅言】참 씁쓸한 내용이지만 촌수가 없는 부부관계를 매우 적확하게 표현한 말이기도 하다. 사랑과 애정이 담보되지 않은 부부 사이란 그저 같은 숲에 깃든 새일 뿐이다. 수색(水色) 허적(許𥛚, 1563~1640) 선생은《雨後拱翠亭偶吟》시에서 "정자에 비 그치고 어슴푸레 달빛이 먼 산에 드리우네. 바람은 휘돌아 소리내고 들판은 아스라이 운무 속에 잠기는데, 동림조(同林鳥) 조용하게 쉬는 곳으로 풀벌레 한가하게 짝을 찾는다. 사물 밖의 일들이 고요한 시각, 태고의 심사가 포근하구나(客亭雨初霽 微月映遙岑 風轉灘聲聒 煙迷野色沈 靜同林鳥息 閑與草蟲吟 外事俱消遣 熙熙太古心)." 라며 편안하고 다정한 부부 사이를 '동림조'로 표현하였다.

雲從龍 風從虎
구름은 용을 따르고 바람은 범을 따른다.

【出典】『易經·文言傳』"九五曰 飛龍在天利見大人 何謂也 子曰 同聲相應 同氣相求 水流濕 火就燥 雲從龍 風從虎 聖人作而萬物覩 本乎天者親上 本乎地者親下 則各從其類也"
『역경·문언전』구오에 말하기를 "날아가는 용이 하늘에 있으니, 대인을 만나봄이 이롭다"는 것이 무슨 말인가? 공자께서 말씀하시기를 "같은 소리는 서로 응하고 같은 기운은 서로 구하며, 물은 습한 곳으로 흐르고 불은 건조한 곳으로 나아가며, 구름은 용을 따르고 바람은 범을 따른다. 성인이 나타나면 만물이 우러러본다. 하늘에 근본을 둔 것은 위를 친히 하고 땅에 근본을 둔 것은 아래를 친히 하니, 각기 같은 부류를 따르는 것이다.

【贅言】우리 속담에 "용 가는 데 구름 가고, 범 가는 데 바람 간다"는 말이 있는데 이에 관한 어원이 바로 '雲從龍 風從虎'이다. 이 둘은 늘 '바늘 가는데, 실 가는 것처럼' 서로를 떠나지 않는데 구름이 가니 용이 가고 바람이 가니 범이 가는지는 알 수 없는 일이다. 「선조 28년 을미(1595) 1월 8일」주강(晝講)에서 「상(上)이 이르기를, "'구름이 용을 따른다.[雲從龍]'는 뜻은 알겠으나 '바람이 범을 따른다.[風從虎]'는 것은 무엇을 말함인가?" 하니, 정경세(鄭經世,

1536~1633)가 아뢰기를, "범이 울면 바람이 매섭고 범이 다니면 바람이 저절로 생기니, 이른 바 '같은 유끼리 서로 통한다.[同聲相應 同氣相求]'는 것이 바로 그것입니다." 하였다. 상이 이르기를, "용은 음물(陰物)인가?" 하니, 정경세가 아뢰기를, "위에 있는 것을 양물(陽物)이라 한 것은 변화(變化)를 주로 해서 말한 것이고, 아래에 있는 것을 음물이라 한 것은 물 가운데에 있는 것을 말한 것입니다(上曰雲從龍則予知之矣 風從虎者 何謂也 經世曰 虎嘯風冽 虎行風自生 所謂同聲相應 同氣相求者 是也 上曰 龍是陰物耶 經世曰 在上謂陽物者 主變化而言也 在下謂陰物者 謂在水中也)."하였다.」

與子偕老
그대와 함께 늙어가리라.

【出典】『詩經·邶風』《擊鼓》 "死生契闊 與子成說 執子之手 與子偕老"
죽든 살든 만나든 헤어지든 그대와 약속 이루고자 하였네. 그대의 손을 잡고 그대와 해로하자고.

【贅言】비슷한 성어에 백년해로(百年偕老)가 있다. '검은 머리 파뿌리 되도록 살라'는 의미이다. 개인주의와 의술의 발달로 백세시대를 바라보는 지금의 현실에서 이 말도 퇴색한 지 오래지만 진정한 사랑은 아껴주고 위로하며 정으로 사는 길이다.『周易·序卦傳』에 "부부의 길은 오래 지속되지 않으면 안 된다. 그러므로 항(恒)으로 받는다(夫婦之道 不可以不久 故受之以恒)."고 하였다. 항(恒)은 상(常)이며 불변의 도리다. 검은 머리 파뿌리 될 때까지 변치 않는 것, 그것이 바로 연애와 결혼의 차이 아닐까?

琴瑟好合
거문고와 비파가 서로 아름다운 소리를 만들다.

【出典】『詩經·小雅·常棣』 "妻子好合 如鼓琴瑟 兄弟既翕 和樂且湛"
아내와 자식이 화목함이 비파와 거문고를 타는 것 같구나. 형제가 이미 화합하니 화락하고 또 즐기는구나.

【贅言】호합(好合)이란 좋게 모이거나 서로 잘 맞는 것을 의미한다. 잘 맞거나 잘 만났다는 것은 서로 의기가 투합한다는 것이며 상대의 생각을 헤아려 볼 줄 안다는 것이다. 대표적인 예로 백아(伯牙)와 종자기(鍾子期)에 관한 백아절현(伯牙絕絃)의 고사가 있다. 백아(伯牙: 俞伯牙, 生卒年不詳))는 중국 춘추시대 초나라 사람으로 성련(成連)에게 거문고를 배웠는데 처음

3년 동안은 배움에 진전이 없자 성련이 그를 봉래산에 보내 바닷물이 출렁이는 소리와 새들이 지저귀는 소리를 듣게 하여 감정이 마음을 움직이는 이치를 깨달으면서 실력이 일취월장(日就月將)했다고 전한다. 그의 친구 종자기는 백아가 타는 거문고 소리를 온전히 이해했다. 그런 종자기가 병으로 죽자 백아는 그의 무덤을 찾아 슬픈 곡을 연주한 뒤 거문고 줄을 끊어버렸다. 이 세상에 거문고 연주를 알아줄 사람이 더 이상 없다고 여겼기 때문이었다.『呂氏春秋·列子』에 나오는 고사다. 거문고와 비파는 현(弦)의 수가 다르기에 서로 잘 어울려 타야만 조화로운 소리를 낼 수 있다. 부부 역시 화성과 금성이라 할 만큼 차이가 현격하기에 상호 이해를 기반으로 하는 상화(相和)가 전제될 때 호합(好合)할 수 있을 것이다. 유사한 성구로 <琴瑟之樂> <琴瑟相和> <琴瑟友之> <琴瑟和樂> 등이 있다.

比翼連理
하늘에서는 비익(飛翼)의 새가 되고
땅에서는 연리(連理)의 가지가 되리라.

【出典】唐 白居易《長恨歌》"七月七日長生殿 夜半無人私語時 在天願作比翼鳥 在地願爲連理枝 天長地久有時盡 此恨綿綿無絶期"
칠월 칠일 장생전에서 인적 없는 깊은 밤에 속삭였지. 하늘을 나는 새가 되면 비익조가 되고 땅에 나무로 나면 연리지가 되자고. 천지 영원하다 해도 다할 때가 있겠지만 이 슬픈 사랑의 한은 끊길 때가 없으리라.

【贅言】비익조(比翼鳥)는 상상의 새 이름으로, 암수의 눈과 날개가 하나씩이어서 언제나 깃을 가지런히 하여 하늘을 날아다닌다고 하며, 연리지(連理枝)는 두 나무의 가지가 맞닿아서 결이 서로 통한 것이라는 뜻에서 화목한 부부나 깊은 남녀관계를 가리킨다.

連理花開
연리지에 활짝 핀 꽃, 즉 부부 사이가 좋음을 말함.

【出典】李奎報『東國李相國全集卷十四』《次韻琴相國以任大司成永齡重娶不開慶宴戲贈之什 呈任公 伏希傳獻相國垂覽》"聞公端喜聽卿卿 甲族雙華正的當 養氣得充堪自負 畫眉求媚亦何傷 不呑丹藥髭還黑 似點香膏面有光 連理花開春不老 同心枕暖夢偏長 喬餘久齒人多戲 賀宴高張衆固望 相國欺嘲誠有味 何須屛客守帷房"
듣건대 대감님은 안방 말 듣기를 즐겨한다지 좋은 집안 두 혼인 참으로 적당한 것을. 기운 길러 충만하니 건강에 자신 있거늘 눈썹 그려 아양 떪도 무엇이 해로우랴. 약 안 먹어도 눈썹은

검어가고 향수 기름 바른 듯 낯빛이 윤택하네. 연리지에 꽃 피니 봄이 늦지 않고 동심침 따뜻하니 꿈만이 길었더라. 장가든 뒤 오래도록 인색한 것 사람들은 희롱했고 축하연 크게 열기 모두가 희망했네. 상국의 조롱도 참으로 재미나니 무슨 일로 손님 막고 안방만 지키실까.

【贊言】제목이《대사성(大司成) 임영령(任永齡)이 재혼(再婚)할 때 큰 잔치를 열지 않았다고 희롱한 상국의 시운을 차하여 임공(任公)에게 드리고, 또 이것을 상국에게 전해 드릴 것을 엎드려 바라다》이다. 근간(根幹)이 각기 다른 두 나무의 가지결이 서로 이어져 하나가 된 연리지에 꽃이 활짝 피었기에 '연리화개(連理花開)'란 서로 애정이 깊은 부부(夫婦) 관계를 비유한다. 활짝 피어난 꽃은 상서로운 꽃이기에 길화에 길한 열매가 맺는다(吉花開吉實)「大巡『病勢文·行錄』」는 것은 당연한 이치이리라.

百結碓樂
백결의 방아 놀음, 즉 가난을 한탄하는 아내를 남편이 위로해 주는 것.

【出典】『三國史記 列傳 第八 百結先生』
백결선생(百結先生)은 어떠한 사람인지 알 수 없다. 낭산(狼山) 아래에서 살았는데 집이 매우 가난하여 옷을 100군데나 꿰매어 마치 메추라기를 달아놓은 것 같았으므로 그때의 사람들이 동리(東裏) 백결선생(百結先生)이라고 불렀다. 일찍이 영계기(榮啓期, 前595~前500)의 사람됨을 사모하여 거문고를 가지고 다니면서 모든 기쁘고 노엽고 슬프고 즐거움과 불원한 일을 모두 거문고로써 풀어버렸다. 세모(歲暮)가 되어 이웃에서 곡식을 찧는데 그 아내가 방앗소리를 듣고 말하기를, 사람들은 다 곡식이 있어 방아를 찧는데 우리만 없으니 어찌 이 해를 보내겠소. 하였다. 선생은 하늘을 우러러 탄식하여 말하기를, 대체로 죽고 사는 것은 명(命)이 있고 부귀는 하늘에 있는 것이오. 오면 막을 수 없고 가도 쫓을 수 없는 것인데 당신은 어찌 상심하는가. 내가 그대를 위하여 방앗소리를 내어 위로해 주리다. 하였다. 이에 거문고를 타고 방앗소리를 내니 세상에서 전하여 '대악(碓樂)'이라 이름하였다.『삼국사기 삼국유사의 우물물』다운샘, 1998, p.121

熊羆入夢
아들 낳을 꿈을 꾸다.

【出典】『詩經·小雅』《斯干》"吉夢維何 維熊維羆 …… 維熊維羆 男子之祥"
좋은 꿈이 무엇인가, 곰과 큰곰이로다.…… 곰과 큰곰은 남자를 낳을 상서로움이로다.

【贅言】예전에는 가문의 대를 잇는다는 명분 아래 남아(男兒)를 출산하려는 경향이 강했으나 최근 핵가족 사회에서는 아들보다는 오히려 딸을 선호하는 가정이 비약적으로 늘었다. 하지만 성별이 어떠하든 개인주의적 성향을 앞세운 현대 사회에서 인구 문제에 관한 사회적 현실은 국가의 존립과 연결되기에 결코 가볍게 볼 수 있는 사안이 아니다. 아들이든 딸이든 탄생은 축복 그 자체이다. 회임(懷妊)을 하게 되면 산모나 그 주변 사람들은 태몽을 꾸게 되며 태몽에 따라 태어날 아기의 운명을 들여다보게 되는데, 이를 예지몽(豫知夢)이라 말한다. 덕암(德巖) 이순신(李舜臣, 1545~1598) 장군은 어머니 변씨의 꿈에 돌아가신 시아버지가 나타나 태어날 아들은 나라를 구할 큰 인물이 될 것이니 이름을 '舜'이라 하라고 당부하여 '순신(舜臣)'이라 지었다는 것과 같은 예가 그러하다.

梁鴻孟光
양홍과 맹광, 즉 모범이 될 만한 부부간을 비유한 말.

【出典】『剪燈餘話·長安夜行錄』"唐代豪華久已亡 真魂萬古抱悲傷 煩公一掃荒唐論 爲傳梁鴻與孟光"
당대의 호화로움 오래전에 잊었으나 진혼(真魂)은 만고에 슬퍼했다네. 번공(煩公)이 황당한 말 일소한 것은 양홍과 맹광의 일 전하기 위함이라.

【贅言】양홍(梁鴻, 生卒年不詳) 선생은 후한 때의 은사(隱士)이고 맹광(孟光)은 바로 그의 아내인데, 특히 맹광은 부덕(婦德)이 훌륭하여 남편을 잘 섬겼다 한다. 양홍은 본디 가난한 선비였는데, 맹광이 부유한 가정에서 시집을 와서 처음에 비단옷을 입고 화장을 하곤 하므로, 양홍이 말하기를 "나는 거친 베옷을 입은 사람과 함께 깊은 산 속에 은거하려고 했었는데, 지금 그대는 비단옷을 입고 분단장을 하니, 내가 바라는 바가 아니다." 하자, 맹광이 대번에 가시나무 비녀를 꽂고 베옷을 입고서 양홍의 앞에 나타나니, 양홍이 말하기를 "진정한 양홍의 아내이다." 하고는 함께 패릉산(霸陵山)으로 들어가 살았다는 고사가 있다.

鹿車布裳
부부가 함께 노력하며 청고(淸苦)한 생활을 하다.

【出典】『後漢書 卷八四 列女列傳 鮑宣妻』"漢鮑宣妻桓氏字少君 宣嘗就少君父學 父奇其清苦 以女妻之 裝送資賄甚盛 宣不悅 謂妻曰 少君生富驕 習美飾 而吾實貧賤 不敢當禮 妻曰 大人以先生修德守約故使賤妾 侍執巾櫛 既奉承君子 惟命是從 宣笑曰 能如是 是吾志也 妻乃悉歸侍禦服飾 更著短布裳 與宣共挽鹿車歸鄉裏 拜姑禮畢 提甕出汲 修行婦道 鄉

邦稱之"

한나라 포선의 아내 환씨는 자가 소군이다. 포선이 일찍이 소군의 아버지에게 나아가 배웠는데 (소군의) 아버지는 그의 청고함을 기특하게 여겨 딸로써 (그에게) 아내 삼아 주었는데, 실어 보내는 재물이 매우 성대하였다. 포선이 좋아하지 않으며 아내에게 말하였다. 소군이 부유하고 교만한 곳에서 태어나 아름다운 꾸밈을 익혔는데, 나는 진실로 가난하고 천하니 예를 감당할 수 없다. 아내가 말하였다. "대인(아버지)이 선생(남편)이 덕을 닦고 검약을 지키는 것을 이유로 천첩으로 하여금 모시고 수건과 빗을 잡도록 하였습니다. 이미 군자(남편)를 받들게 되었으니 오직 명령을 이에 따를 뿐입니다." 포선이 웃으며 말하였다. "능히 이와 같이 한다면 이것이 나의 뜻이다." 아내가 이에 모시는 이와 의복과 장식품을 모두 돌려보내고, 짧은 삼베 치마로 바꾸어 입고 포선과 함께 녹거를 끌며 (포선의) 마을로 돌아와 시어머니에게 절하는 예를 마치고 물동이를 들고 나가 물을 길어 부인의 도를 닦아 행하니 시골과 고을에서는 (그를) 칭찬하였다.

【贅言】'鹿車布裳'은 '鹿車共挽', '共挽鹿車'라고도 한다. 포선(鮑宣)과 그의 아내 환소군(桓少君)의 청고(淸苦)한 생활을 미담으로 전하는 고사이다. 녹거(鹿車)는 '사슴 한 마리를 겨우 실을 만한 수레'라는 뜻으로, '소거(小車)'와 같은 말이다.

宿世結業
전생에 맺은 인연.

【出典】《宿世歌》宿世結業同生一處 是非相問上拜白來
전생(前生)에서 맺은 인연으로 이 세상에 함께 났으니, 시비(是非)를 가릴 양이면 서로에게 물어서 공경하고 절한 후에 사뢰러 오십시오. '김영욱 교수 譯'

【贅言】부여 능산리 고분군 옆 절터에서 발굴된 길이 12㎝의 목독(木牘)에 쓰여진 이 노래는 판독 결과 1500년 전 백제인의 시가(詩歌)로 해석되었다. 김영욱 교수는 이를 '사랑을 다짐하는 노래'로 보았고 이종묵 교수는 견해를 달리하여 "전생에 맺은 업으로 같은 곳에 태어나게 해 주소서. 잘잘못을 따지려 하신다면, 위로 절하고 사뢰오리다."라는 '발원문(發願文)'으로 풀이하였다.

琴瑟在禦 莫不靜好
거문고와 비파가 어울어져 고요하고 좋은 날.

【出典】『詩經·鄭風』"弋言加之 與子宜之 宜言飮酒 與子偕老 琴瑟在禦 莫不靜好"

주살로 잡아오면 안주를 만들어 그대에게 드리리다. 안주와 술잔을 기울이며 그대와 함께 백년해로하리다. 거문고와 비파가 어울려 고요하고 좋은 날이로구나.

【贅言】'정호(靜好)'란 조용하고 아늑한 환경을 좋아하는 마음가짐을 의미한다. 조화롭고 아름다운 삶에 대한 시인의 열망으로 '정(靜)'자는 조용하고 평온한 상태를 뜻하며, '호(好)'자는 미(美)와 선(善) 등의 의미를 담고 있다. 따라서 '정호(靜好)'란 조용하고 아름다운 환경을 묘사할 뿐만 아니라 더 나은 삶에 대한 추구와 열망을 반영하는 말이기도 하다.

神龍劍化津
신룡검이 나루에 가라 앉다. 즉 부부를 합장(合葬)할 때 쓰는 말이다.

【出典】王嘉『拾遺記 卷十』『太平禦覽 卷三百四十四』

옛날 오(吳)나라의 무고(武庫) 안에 두 마리의 토끼가 있어서 무기의 쇠를 모두 먹어치웠는데, 이를 잡아 배를 가르니 쇠로 된 쓸개가 나왔다. 오왕이 검공(劍工)에게 명해서 이 쓸개로 검 두 개를 만들었는데, 하나는 간장(幹將)으로 수컷이고, 다른 하나는 막야(鏌鋣)로 암컷이었다. 오왕은 이를 돌 상자에 넣어서 깊숙이 감추어 두었다. 그 뒤 진(晉)나라 때 이르러서 오 땅에 자색 기운이 하늘의 우수(牛宿)와 두수(鬥宿) 사이로 뻗침에 장화(張華)가 보물이 있는 것을 알아, 뇌환(雷煥)이 천문(天文)과 술수(術數)에 정통하다는 소문을 듣고서 그에게 가서 가르쳐 주기를 청하니, 뇌환이 말하기를, "하늘 위의 우수와 두수 사이에 자색 기운이 있는 것은 보물의 정기이다." 하였다. 장화가 뇌환을 풍성현(豐城縣)의 현령으로 보내 이 두 검을 얻은 다음 하나씩 나누어 가졌다. 그 뒤에 장화가 화를 당하자 장화가 가지고 있던 검은 양성(襄城)의 물속으로 날아 들어가고, 뇌환이 가지고 있던 검은 뇌환이 죽고 나서 뇌환의 아들이 검을 차고 연평진(延平津)을 지나갈 때 갑자기 허리춤에서 빠져나가 물속으로 들어갔다. 이에 잠수부를 시켜서 검을 찾게 하였는데, 물속에는 단지 두 마리의 용이 서로 똬리를 틀고 있는 것만 보일 뿐 검은 찾지 못하였다.

【贅言】요즘도 선산에 안치된 부모님의 묘를 합장하는 예를 목도(目睹)한다. 살아서도 원수 같았는데 죽어서까지 같이 묻히랴 할 수 있으련만, 죽은 이는 말이 없고 자식이 효도하고자 하는 일을 부모가 말릴 방도가 없으니 어찌할 수 없구나. 잠곡(潛穀) 김육(金堉, 1580~1658) 선생의 시《挽李判書 敬輿 大夫人》에 "백마강은 한강수와 서로 통하고 신룡검은 연평진(延平津)서 화해 용이 되었네(白馬江通漢 神龍劍化津)."라는 구절이 보인다.

雉鳴雁飛高
꿩이 울고 기러기 높이 난다. 즉 신랑 신부를 비유한 말.

【出典】文無子 李鈺《雅調》 "郎執木雕雁 妾奉合乾雉 雉鳴雁飛高 兩情猶未已"
신랑은 나무 기러기 붙잡고 신부는 말린 꿩을 받드네. 그 꿩이 울고 그 기러기가 높이 날도록 두 사람 사랑이 끝이 없기를.

【贅言】이 시는 문무자(文無子) 이옥(李鈺, 1760~1815)이 지은 17수 연작시 가운데 한 수로 불가능한 사실(말린 꿩이 울고, 나무 기러기가 나는 일)을 전제로 말린 꿩이 울고 나무 기러기가 높이 날아가도록, 두 사람의 사랑이 끝이 없기를 기원하는 것이다. 그 두 번째 수는 이러하다. "하나로 결합하였으니 검은 머리가 파뿌리 될 때까지 함께 하자 약속했지요. 부끄럼 없자 하나 오히려 부끄러워 서방님과 석 달 내내 말도 못했답니다(一結靑絲髮 相期到蔥根 無羞猶有羞 三月不共言)."

穀異室死同穴
살아서는 방을 달리해도 죽어서는 같은 묘혈에 묻히리라.

【出典】先秦 佚名《大車》 "穀則異室 死則同穴 謂予不信 有如皦日"
살아서는 집을 달리하나 죽어서는 묘혈(墓穴)을 함께 하리라. 나더러 믿지 못하겠다고 한다면, 밝은 해를 두고 맹세하리라.

【贅言】살아서 함께 하지 못하지만 죽어서라도 함께 하겠다는 저자의 심경이 절절하다. 김정희(金正喜, 1786~1856) 선생 또한 제주도 유배 중에 아내의 부음을 듣고서 아내의 죽음을 애도하는《悼亡》시를 지었다. "어떻게든 월모(月姥: 월하노인)로 명사(冥司: 저승장관)와 송사하여 내세엔 부부가 자리 바꿔 태어날까. 나 죽고 그대가 천 리 밖에 산다면 나의 이 슬픔을 그대도 알게 되리(那將月姥訟冥司 來世夫妻易地爲 我死君生千裏外 使君知我此心悲)." '洪愚基 譯' 나와 그대 입장 바뀐 처지가 되어보면 그대도 나의 심정 헤아릴 수 있을 것이라는 서글픈 넋두리가 애닯다.

夫婦和而後家道成
부부가 화목하여야 가법이 이루어진다.

【出典】清 程允升『幼學瓊林·夫婦』 "孤陰則不生 獨陽則不長 故天地配以陰陽 男以女爲室 女以男爲家 故人生偶以夫婦 陰陽和而後雨澤降 夫婦和而後家道成"

음(陰)만으로 낳지 못하고, 양(陽)만으로 자라지 못한다. 그러므로 천지는 음과 양이 어울어져야 하는 것이다. 남자는 여자를 방실(房室)로 삼고, 여자는 남자를 가택(家宅)으로 삼으니, 그러므로 인생의 짝으로 부부가 된다. 음양이 화락(和樂)한 이후 비가 내리고 부부가 화락한 이후 집안의 법도가 이루어진다.

【贅言】 "군자의 도는 제일 먼저 부부 사이에서부터 시작된다(君子之道 造端乎夫婦)."고 하였다. 부부는 사회의 세포인 가정을 이루는 근본이기에 세상이 화평해지는 첫 번째 조건은 가정의 화목이고, 가정 화목의 비결은 부부 화목에 있으며, 부부 화목의 비결은 조건 없는 사랑을 나누는 데 있다. 부부는 인륜이라는 큰 틀의 벼리[綱]가 되기에 남녀가 만나 혼인하는 것을 '인륜지대사(人倫之大事)'라 한다.

翩翩黃鳥 雌雄相依
펄펄나는 저 꾀꼬리 암수 서로 벗 삼았네.

【出典】 琉璃王《黃鳥歌》 "翩翩黃鳥 雌雄相依 念我之獨 誰其與歸"
펄펄나는 저 꾀꼬리 암수 서로 벗 삼았네. 외로울 사 이내 몸은 어느 뉘와 돌아갈까.

【贅言】 10월에 왕비 송씨(松氏)가 죽었다. 왕은 골천(鶻川) 사람의 딸 화희(禾姬)와 한인(漢人)의 딸 치희(雉姬)를 계실(繼室)로 삼았다. 두 여자는 사랑을 다투어 서로 화목하지 않자, 왕은 양곡(涼穀)의 동서에 두 궁을 짓고 각기 살게 하였다. 뒤에 왕이 기산(箕山)으로 사냥을 나가서 7일간 돌아오지 않은 사이에 두 여자가 서로 다투게 되었다. 화희가 치희에게 "너는 한가(漢家)의 비첩(婢妾)일 뿐인데, 무례함이 어찌 이리 심한가?"라고 꾸짖으니, 치희가 부끄러워 원한을 품고 도망쳐 돌아갔다. 왕이 이를 듣고 말을 달려 쫓아 갔으나, 치희는 노하여 돌아오지 않았다. 왕은 나무 밑에 쉬면서 꾀꼬리가 함께 날아다니는 것을 보고 자신의 처지를 생각하며 느낀 바가 있어《황조가》를 지었다고 한다.『三國史記·高句麗本紀 琉璃王條』

福善之門 / 44×32cm
복덕과 선행을 쌓은 가문.

제5장 가정하사(家庭賀詞)

▣ 가족에게 자상하지 않으면 헤어진 뒤에 후회한다. -주희(朱熹, 1130~1200)-

▣ 모든 행복한 가족들은 서로 서로 닮은 데가 많다. 그러나 모든 불행한 가족은 그 자신의 독특한 방법으로 불행하다. -톨스토이(Lev Nikolayevitch Tolstoy, 1828~1910)-

▣ 가족들이 서로 맺어져 하나가 되어 있다는 것이 정말 이 세상에서의 유일한 행복이다.
-마리 퀴리(Maria Curie, 1867~1934)-

▣ 어머니란 스승이자 나를 키워준 사람이며, 사회라는 거센 파도로 나가기에 앞서 그 모든 풍파를 막아주는 방패 막 같은 존재이다. -스탕달(Stendhal, 1783~1842)-

▣ 가정에서 마음이 평화로우면 어느 마을에 가서도 축제처럼 즐거운 일들을 발견한다.
-인도속담-

▣ 한 아버지는 열 아들을 기를 수 있으나 열 아들은 한 아버지를 봉양하기 어렵다. -독일 격언-

▣ 아내인 동시에 친구일 수도 있는 여자가 참된 아내이다. 친구가 될 수 없는 여자는 아내로도 마땅하지가 않다. -윌리엄 펜(William Penn, 1644~1718)-

▣ 저녁 무렵 자연스럽게 가정을 생각하는 사람은 가정의 행복을 맛보고 인생의 햇볕을 쬐는 사람이다. 그는 그 빛으로 아름다운 꽃을 피운다. -베히슈타인(Carl Bechstein, 1826~1900)-

▣ 가정이야말로 고달픈 인생의 안식처요, 모든 싸움이 자취를 감추고 사랑이 싹트는 곳이요, 큰 사람이 작아지고 작은 사람이 커지는 곳이다. -허버트 조지 웰스(H.G.Wells, 1866~1946)-

▣ 이 세상에 태어나 우리가 경험하는 가장 멋진 일은 가족의 사랑을 배우는 것이다.
-조지 맥도날드(George MacDonald, 1824~1905)-

▣ 가정은 누구나 "있는 그대로" 의 자기를 표시할 수 있는 유일한 장소이다.
-앙드레 모루아(André Maurois, 1885~1967)-

▣ 가정이란 어떠한 형태의 것이든 인생의 커다란 목표이다.
-조지아 길버트 홀랜드(J.G.Holland, 1819~1881)-

▣ 행복한 가정은 미리 누리는 천국이다. -로버트 브라우닝(R.Browning, 1812~1889)-

▣ 마른 빵 한 조각을 먹으며 화목하게 지내는 것이, 진수성찬을 가득히 차린 집에서 다투며 사는 것보다 낫다. -『聖經·箴言17:1』-

▣ 저음으로 말할 것 잔잔하게 웃을 것 햇빛을 가득하게 음악은 고풍으로 그리고 목숨을 걸고 그 평화를 지킬 것. - 유자효(1947~)《가정》

▣ 가정에 충실하지 못하는 사람이 어떻게 세상을 다스릴 수 있겠는가. 인류에 커다란 공을 세우는 사람은 반드시 가정에 충실한 사람이다. -헨리 포드(Henry Ford, 1863~1947)-

治家格言

■ 家庭是個安樂窩 家庭是個大本營

가정은 안락한 집이요 가정은 대본영이다.

■ 家庭給人以溫馨 家庭使人更智勇

가정은 사람에게 따뜻함과 향기로움을 주고 가정은 사람을 더욱 지혜롭고 용감하게 한다.

■ 家庭和睦關系好 頭腦時刻要冷靜

가정이 화목하면 관계가 좋아지니 두뇌가 시시각각 냉정해야 한다.

■ 做人充滿人情味 不可對人冷冰冰

사람에게 인정미를 충만하게 해야지 사람을 냉냉하게 대해서는 안 된다.

■ 面帶笑容最可愛 家庭立時見光明

얼굴에 웃음 띠면 가장 사랑스럽고 가정이 바로 서면 광명이 보인다.

■ 相親相愛並相敬 家庭才會有溫情

서로 친하고 서로 사랑하며 서로 공경해야 가정에 비로소 온정이 모인다.

■ 如果時常相爭吵 日久天長沒感情

만약 자주 서로 다투면 오래도록 애정이 사라진다.

■ 謙敬人人都仰慕 禮讓個個受歡迎

겸손하고 공경하면 사람들 모두 흠모하고 예의 있고 양보하면 모두에게 환영받는다.

■ 愛護家庭即愛己 家庭不和己不幸

가정을 애호하는 것이 곧 자기를 사랑하는 것이요 가정이 불화하면 자신이 불행해진다.

■ 互相信任爲至上 心裏不要藏陰影

서로 믿는 것이 지상의 덕목이니 마음속에 그늘과 그림자를 담아두지 마라.

■ 熱情換得人感動 難忘真情記心間

열정은 사람을 감동하게 하고 잊지 못할 진정은 마음에 기억하게 된다.

■ 凡事應須留餘地 何必樣樣計較淸

범사에 여지를 남겨두라. 어찌하여 이것저것 분명하게 논쟁하려는가?

■ 事事齊心合力辦 快樂環繞在家庭

모든 일에 마음을 합치면 협력하여 일하게 되고 즐거움이 가정에 두루 깃든다.

■ 家務需要勤料理 物品擺放要整齊

집에서 필요하면 부지런히 요리하고 물건은 놓을 때는 가지런히 하라.

■ 屋裏屋外常潔淨 心情舒暢少得病

집 안팎을 항성 청결히 하고 마음은 편안하게 하면 병환이 사라진다.

■ 不講排場不擺闊 平時處處要節省

겉치례를 강구하지 말고 뽐내지 말며 평상시에 곳곳마다 절약을 하라.

■ 事事都要有准備 不能臨渴再掘井

모든 일에 모두 준비해야 한다. 목이 말라 다시 우물을 팔 수 없다.

■ 尙若家庭遇災禍 沉著應變要冷靜

만약 가정에 재난을 만나면 침착하고 냉정하게 응대를 해야한다.

■ 風雨過後天氣晴 雲開霧散日月明

비바람 지나간 후에 천기는 맑아지고 구름과 안개 걷힌 뒤에 일월이 밝은 법이다.

■ 敎育子女要學好 代代繼承好家風

자녀를 교육할 때는 좋은 일을 배워야 하고 대대로 좋은 가풍을 계승하게 하라.

■ 要與鄰裏團結好 家庭才能更安定

이웃들과 더불어 단결해야만 가정이 비로소 안정될 것이다.

■ 愛惜家庭小天地 永遠入春暖融融

가정을 아끼는 것은 소천지라 영원히 봄에 들어 따뜻하고 화목해진다.

聯璧
연결된 두 개의 벽옥.

【出典】南朝·梁 劉孝標《廣絶交論》"日月聯璧 贊亹亹之弘致 雲飛電薄 顯棣華之微旨"
일월은 두 개의 옥이라 진실한 홍치(弘致)를 찬탄하고 구름 날고 번개가 치면 형제의 미지가 드러난다.

【贅言】'연벽(聯璧)'은 '쌍벽(雙璧)', '연벽(連璧)'과 같다. 연결된 두 개의 옥인데, 아름다운 형제 간을 비유한다. 유의경(劉義慶, 403~444)의 『世說新語·容止』에 "반안인(潘安仁)과 하후잠(夏候湛)이 모두 용모가 수려하였는데 동행하기를 좋아하였으므로 그때 사람들이 연벽으로 일컬었다(潘安仁夏候湛並有美容 喜同行 時人謂之連璧)."고 하였다.

愛日
(살아 계실) 날을 사랑한다.
즉 살아 계실 때 효성을 다하고자 하는 정을 말한다.

【出典】漢 揚雄 『法言·孝至』"事父母自知不足者其舜乎 不可得而久者 事親之謂也 孝子愛日"
부모를 섬기되 스스로 부족한 줄 아는 이는 순(舜)이로다. 오래 할 수 없는 것이란 어버이를 섬기는 것을 이르니, 효자는 부모 모실 날이 줄어듦을 안타까워한다.

【贅言】'애일(愛日)'이란 노모의 곁을 차마 떠날 수가 없기에 떠나면서 자꾸 뒤돌아보게 된다는 말이다. 간이(簡易) 최립(崔岦, 1539~1612) 선생의《申同樞慶壽圖詩序》에 "효자라면 날을 아껴야 마땅한 법 노친의 연세를 몰라서야 될 일인가. 봄 술잔을 어찌 초백(椒柏) 뒤로 미루며 여름 잔치 역시 앵순(櫻筍) 전에 해야 하리라(孝子由來惟愛日 老親寧可不知年 春樽未待椒柏後 夏宴還宜櫻筍前)."는 구절이 보인다.

手中線
손 안의 실, 즉 자모(慈母)가 지어 준 옷.

【出典】唐 孟郊 『孟東野詩集 卷1』《遊子吟》"慈母手中線 遊子身上衣 臨行密密縫 意恐遲遲歸 誰言寸草心 報得三春暉"
자애로운 어머님 손에 실을 쥐시고, 길 떠나는 아들 위해 옷을 지어 주시네. 길 떠나니 촘촘히 꿰매시지만 늦게 돌아올까 걱정하시네. 누가 말하든가? 작은 풀의 마음으로 석 달 봄볕 공덕을 갚을 수 있다고.

【贊言】 사람들은 부모를 말할 때 부모의 은혜는 하늘보다 넓고 바다보다 깊다고 한다. 하지만 하늘보다, 바다보다 넓고 깊은 사랑에 보답하기는 커녕 사랑은 '내리사랑'이라는 말로 얼버무리며 자식들 건사하기에 바쁘다. 아니 요즈음은 아예 손주들 보느라 부모가 더 바쁜 세상이 되었다. 맹교(孟郊, 751~814) 선생은 빈한한 가정에서 태어나 젊어서는 뜻을 이루지 못하다가 40대 중반에 이르러서야 관직에 나아갈 수 있었다. 그 긴 세월 동안 노심초사했을 어머니의 심정이 이 시 한 수에 고스란히 담겨 있다. 아! 한 마디 풀처럼 나약한 효성으로 어찌 삼춘(三春)의 어머니 사랑을 헤아릴 수 있으리오.

直而溫
강직하면서도 온화한 성품.

【出典】『書經·舜典』 "直而溫 寬而栗 剛而無虐 簡而無傲"
강직하면서도 온화하고 관대하면서도 위엄있으며 강하면서도 사납지 않고 간결하면서도 오만하지 않은 사람이 되게 하라.

【贊言】 이 성어는 순(舜)임금이 기(夔)에게 음악을 관장하는 직책을 맡기면서 한 말이다. 사람이 너무 곧으면 온화함이 떨어지고, 너무 너그러우면 근엄함이 부족해진다. 또 강직함은 사나움으로 비치기 쉽고, 소탈함은 오만함으로 나아가기 쉽다. 순임금은 기에게 왕족과 귀족의 자제들에게 음악을 가르치면서 극단에 치우치지 않는 미덕을 갖추라고 한 것이다.

兄弟孔懷
형제들이 진심으로 걱정하다.

【出典】『試經·小雅』《常棣》 "死喪之威 兄弟孔懷 原隰裒矣 兄弟求矣"
죽을 고비 당해서도 형제를 생각하고 송장 깔린 그곳에도 형제는 찾아가네.

【贊言】 천자문에도 '형제(兄弟)를 깊이 생각하라, 기운이 같고 가지가 이어졌다(孔懷兄弟 同氣連枝)'고 하였다. 막막한 두려움 속에서도 서로를 걱정해주는 것은 오직 형제(兄弟)뿐이다. 형제는 부모(父母)의 기운을 함께 나눈 존재이니 나무에 비유(比喻)하면 한 뿌리에서 나온 이어진 가지와 같아서 서로 한 몸처럼 아끼고 사랑해야 한다.

燕翼之謨
자손의 미래를 위해 계책을 잘 세우는 것을 말한다.

【出典】『詩經·大雅』《文王有聲》 "武王豈不仕 詒厥孫謀 以燕翼子"
무왕께서 어찌 기르지 않으리오. 그 자손에게 모훈을 끼쳐 일을 신중히 할 자손을 편안케 하셨다.

【贅言】연(燕)은 연(宴)과 같은 글자로 '편하게 즐기는 것'이고 익(翼)은 도움을 주는 것이다. 그러므로 '연익지모(燕翼之謨)'는 조상이 자손을 위해 세운 계책이나 교훈을 말한다. 고조(高祖) 광무제(光武帝:1897~1919)《哀冊文》에 "제사를 검소하게 지내며 법도에 맞지 않으면 거행하지 않았으며, 백성을 가르치고 농사짓는 일은 후손에게 크게 교훈을 남기시니 이를 말하여 연익(燕翼)이라 하겠네."라는 예문이 보인다.

地湧石鍾
땅에서 석종이 솟아오르다.
지극한 효성에는 천지도 감동해 반드시 어떤 보상이 있다.

【出典】『三國遺事 卷五 효선 제9 孫舜賣兒 興德王代』
손순 <고본에는 (孫舜)으로 썼다> 은 모량리 사람으로 아버지는 학산이다. 아버지가 돌아가시자 처와 더불어 남의 짐 품팔이를 하고 곡식을 얻어 늙은 어머니를 봉양했다. 어머니 이름은 운오이다. 손순에게는 어린 자식이 있어 매번 어머니의 음식을 뺏어 먹으니 손순이 난감해하며 그의 처에게 일러 말하길 아이는 가히 얻을 수 있으나 어머니는 다시 구하기가 어려운데 그 음식을 빼앗아 먹으니 어머니의 아픔이 얼마나 심하겠소. 또한 이 아이를 매장하여 어머니를 배부르게 합시다. 하고 이내 아이를 업고 취산 <산은 모량리 서북쪽에 있다> 북쪽 들판으로 가서 땅을 파다가 갑자기 돌종을 얻으니 심히 기이하게 생겼다. 부부가 놀라 잠깐 나무 위에 달아 놓고 시험삼아 쳐보니 종소리가 가히 아름다웠다. 처가 말하길 기이한 물건을 얻음은 자못 아이의 복이나 묻지 맙시다 하니 남편 또한 그렇게 어겨 곧 아이와 종을 가지고 집으로 돌아왔다. 대들보에 달고 이것을 치니 그 소리가 궁까지 퍼졌다. 흥덕왕이 이를 듣고 좌우 신하들에게 일러 말하길 서쪽 들판에서 기이한 종소리가 나는데 맑고 멀리까지 들려 보통 것이 아닌 듯하니 속히 가서 조사해 보시오. 하였다. 왕이 보낸 사람이 그 집에 와서 살피고 다 사실을 왕에게 아뢰니 왕이 말하길 옛날 곽거가 자식을 묻으려 하자 하늘이 금솥을 하사했는데 지금 손순이 아이를 묻으려니 땅에서 돌종이 솟았으니 전세의 효와 후세의 효가 다 천지에 귀감이 된다. 하고 곧 집 한 채를 하사하고 매년 500섬을 주어 지극한 효를 높였다. 손순이 옛집을 내어 절로 삼아 홍효사라하고 돌종을 안치했다. 진성왕때 백제의 횡포한 도적이 이 마을에 들어온 후 종은 없어지고 절만 남았다. 그 종을 얻은 땅을 완호평이라 했는데 지금 와전되어 지량평이라 부른다. 사자성어집 엮어 올리기 모임『삼국사기 삼국유사의 우물물』다운샘, 1998, p.259

穆如淸風
부드러운 청풍과 같다.

【出典】『詩經·大雅』《烝民》"吉甫作誦 穆如淸風 仲山甫永懷 以慰其心"
길보가 노래를 지으니 온화함이 맑은 바람 같구나. 중산보(仲山甫)는 언제나 이 노래를 생각하고 그 마음을 위로하리라.

【贅言】화목할 목(睦)은 목(穆)과 동자(同字)이다. 목(睦)은 '목(目)'과 언덕 '륙(坴)'이 결합하여 언덕처럼 불룩한 눈가의 모습을 그려 표정이 서글서글하다는 의미를 부여하였고, 목(穆)은 '화(禾)'와 잔무늬 '목(𥥾)'이 결합하여 식량이 넉넉하다는 것을 의미한다. 배가 불러 화목하든, 바라보는 눈길이 화목하든 서로가 서로를 위하는 것은 권장할 일이다. 훌륭한 가르침은 마치 봄바람이 만물을 기르듯 세상의 풍속을 평온하게 한다. 가정에서의 가르침 또한 이와 같다.

悅豫且康
마음 편하게 즐기고 살피면 단란한 가정이다.

【出典】『注解千字文 第四章』《處身治家之道》"絃觴歌舞 所以悅豫而康樂也"
현악기를 타며 술잔을 올리고 노래하며 춤추는 것은 기뻐하여 편안하게 즐기는 것이다.

【贅言】西晉 반악(潘嶽, 247~300)의《閑居賦》에 "축수(祝壽)의 잔을 드니 어머니의 얼굴 불그레하다. 잔을 띄워 즐겁게 마시고 관현악(管絃樂)을 연주하니 발을 굴러 춤을 추고 목청 높여 노래하네. 인생이 이리도 즐거운데 누가 그 다른 것을 알리오(壽觴擧 慈顔和 浮杯樂飮 綠竹駢羅 頓足起舞 抗音高歌 人生安樂 孰知其他)." 하였다. 어머니의 수연(壽宴)에서 잔을 올리는 아들의 모습, 또 반주에 맞추어 노래하고 춤추는 모습에서 자식의 부모를 향한 효심이 절절하게 묻어난다.

玉樹芝蘭
금옥 같은 나무, 향기 나는 난초. 남의 집 자제를 높이는 말.

【出典】『晉書·謝安傳』"譬如芝蘭玉樹 欲使其生於庭階耳"
비유하면 지초·난초·금옥같은 나무라. 그들을 자신의 뜰에서 살게 할 따름이다.

【贅言】옥수(玉樹)는『駢雅·釋木篇』에 "느티나무처럼 생겼는데 잎이 가늘다." 했고,『晉書·謝玄傳』에 "종형(從兄) 사랑(謝朗)과 함께 숙부(叔父)의 중히 여김을 받았는데, 현이 말하기를 '저는 한 그루 옥수(玉樹)처럼 우리집 뜰에 서고자 합니다.' 라고 했다." 이는 인물이 뛰어남을 비유한 말이다. 지란(芝蘭)은 지초(芝草)와 난초(蘭草)를 의미하고 '높고 맑은 자질'을 비유하는 말이다. 그러므로 옥수지란(玉樹芝蘭)이란 '남의 훌륭한 자제'를 일컬을 때 쓰는 말이다.

鳲鳩甚均
뻐꾸기의 공평함, 즉 자식들을 자애로써 잘 기른 것을 비유한 말.

【出典】『詩經·曹風』《鳲鳩》"鳲鳩在桑 其子七兮 淑人君子 其儀一兮 其儀一兮 心如結兮"
뽕나무에 사는 뻐꾸기 그 새끼가 일곱이로다. 정숙한 군자의 거동은 한결같구나. 그 한결같은 거동이여 마음에 맺은 약속과 같구나.

【贅言】시경(詩經) 시구편(鳲鳩篇)은 군자(君子)의 마음이 전일(專一)하고 공평무사한 것을 찬미한 시이다. 여기에 등장하는 뻐꾸기[鳲鳩]는 탁란(托卵)의 대표라 하여 사람들은 염치없는 새로 몰기도 하지만, 그 과정 속에는 최선을 다해 자기 유전자를 후세에 전하기 위한 지극히 힘든 노력이 숨어 있다. 그런 정성 때문인지 뻐꾸기를 여러 새끼를 공평하게 잘 먹여 기르는 인애(仁愛)함이 있다 하여 시구심균(鳲鳩甚均)이라고 한다. 또 자식이 부모의 은혜에 보답하는 것을 시구혜(鳲鳩惠)라고 한다.

立愛惟親
사랑의 시작은 오직 어버이.

【出典】『書經·商書』《伊訓》"立愛惟親 立敬惟長 始於家邦 終於四海"
사랑의 시작은 오직 어버이요 공경의 시작은 오직 어른이라. 가방(家邦)에서 시작하여 천하(天下)에서 끝난다.

【贅言】녹문(鹿門) 임성주(任聖周, 1711~1788) 선생의《答李伯擎書》에 "혈구(絜矩)는 급인

(及人)을 하는 일인데, 천하(天下)라면 인(人)에 대해서 다한 것입니다. 그리고 천하를 말했으면 가(家)와 국(國)도 그 안에 들어 있는 것입니다. 하니 묻기를 '이 세 가지의 효험이 그림자와 메아리보다도 빠르니, 이른바 집안이 가지런해짐에 나라가 다스려진다는 것이다(三者捷於影響 所謂家齊而國治也).'라고 하였습니다. 이것은 치국평천하장(治國平天下章)인데 또 가제(家齊)의 일을 말한 것은 무엇 때문입니까?"하니 답하기를 "사랑의 도리를 세우되 친한 이로부터 하며, 공경의 도리를 세우되 어른으로부터 하는 것(立愛惟親 立敬惟長)이니, 예로부터 다스림을 논하는 것이 모두 이와 같아서, 이로써 수신(修身)을 하고 이로써 제가(齊家)를 하고 이로써 치국평천하(治國平天下)를 하였습니다. 이것이 주자(朱子)가 '근본과 말단이 실로 한 가지이고, 처음과 끝이 실로 한 몸이다(本末實一箇 首尾實一身).'라고 말한 이유이니, 깊이 음미해야 할 것입니다."라고 하였다.

福善之門
선행을 베푸는 가문.

【出典】『漢書·宣元六王傳』"福善之門莫美於和睦 患咎之首莫大於內離"
선행하는 가문에 화목보다 더 큰 미덕은 없고, 가장 큰 재앙과 허물은 내부의 분란보다 심한 것은 없다.

【贅言】'福善之門'은 복과 상서로움이 들어오는 길 또는 그 원천을 가리킨다. 복(福)이란 사람의 삶에 관련된 선악·행복·불행을 나타내는 말로『書經·洪範九疇』에는 장수[壽], 가멸[富], 건강[康寧], 후덕[攸好德], 임종[考終命]을 오복(五福)이라 하였고(五福 一曰壽 二曰富 三曰康寧 四曰攸好德 五曰考終命),『韓非子·解老』에서는 장수[壽], 가멸[富], 귀함[貴]을 복이라 하였다(全壽富貴之謂福).

上和下穆
웃사람들이 화목하면 아랫사람도 사이가 좋다.

【出典】元 嶽伯川《鐵拐李》"常則是戶靜門清 上和下睦 立計成家 眾口流傳"
늘 집안이 조용하고 청결하며 윗사람과 아랫사람이 화목하고 계획을 세워 가도를 이루니 많은 이들에게 전하여지더라.

【贅言】주흥사(周興嗣, 469~537)의『千字文』에 "위에서 화합하며 아래에서 화목하고, 남편은 선창하고 부인은 따른다(上和下睦 夫唱婦隨)."고 하였다. 위에 있는 이가 사랑하여 가르쳐

줌을 화(和)라 하고, 아래에 있는 이가 공손하여 예의를 다함을 목(睦)이라 하니, 아버지는 자애하고 아들은 효도하며, 형은 사랑하고 아우는 공경하는 따위가 이것이다. 남편은 강함과 옳음으로 선창(先唱)하고, 부인은 유순함으로 따른다.

易子教之
나의 자식과 남의 자식을 바꾸어 교육하다.

【出典】『孟子·離婁上』"公孫醜曰 君子之不教子 何也 孟子曰 勢不行也 教者必以正 以正不行 繼之以怒 繼之以怒則反夷矣 夫子教我以正 夫子未出於正也則是父子相夷也 父子相夷則惡矣 古者易子而教之 父子之間不責善 責善則離 離則不祥莫大焉"

공손추(公孫醜)가 묻기를 "군자가 아들을 직접 가르치지 않는 것은 무슨 이유입니까?" 맹자가 말했다. "효과가 없기 때문이다. 가르치는 것은 반드시 바른 것을 행하라는 것이다. 그런데 배우는 사람이 바른 것을 행하지 않게 되면 가르친 사람은 계속 화를 낸다. 계속 화를 내면 마음이 상하게 된다. 자식은 '아버지가 올바르게 행하라고 나를 가르치시고는 아버지는 올바름을 내보이지 않으시네'라고 생각하게 된다. 그러면 아비와 아들이 서로 마음만 상할 뿐이다. 아비와 아들이 서로 마음 상하면 미워하게 된다. 옛사람은 자식을 바꾸어서 가르쳤고, 부자지간에는 잘하라고 꾸짖지 않았다. 잘하라고 꾸짖으면 사이가 멀어진다. 사이가 멀어지면 이보다 큰 불행은 없다.

【贅言】"키우기만 하고 가르치지 않으면 부모의 잘못이고, 가르침이 엄격하지 않으면 선생의 나태함이다(養不教 父之過 教不嚴 師之惰)."라는 말이 있다. 하지만 가르침은 아무나 할 수 있는 것이 아니다. 더욱이 자신과 사적인 연(緣)이 있는 사람을 가르친다는 것은 더욱 힘든 일이다. 그래서 옛사람도 자기 자식 가르치는 것은 '역자이교(易子而教)' 즉 서로 상대의 자식을 가르치는 방법을 택하였다. 자기 자식은 사적 감정이 개입하여 정작 본질적 가르침의 핵심을 잃기 쉽기 때문이다.

不愧屋漏
비 새는 집을 부끄러워 하지 않는다.

【出典】『詩經·大雅』《抑》"視爾友君子 輯柔爾顔 不遐有愆 相在爾室 尚不愧於屋漏 無曰不顯 莫予雲覯 神之格思 不可度思 矧可射思"

네가 군자를 벗함을 볼진대 네 얼굴을 화하게 하고 부드럽게 하여, 무슨 허물이 있지 않은가 하도다. 네가 집안에 있음을 보건대 오히려 비가 새는 집을 부끄러워하지 않으니, 드러나지 않음이 없는지라. 나를 보는 이가 없다 하지 말라. 신의 이르심을 가히 헤아릴 수 없거늘 하물며 가히 싫어하랴.

【贅言】구봉(龜峯) 송익필(宋翼弼, 1534~1599) 선생의《樂天》시에 "저 하늘은 지극히도 어질 거니와 하늘 본디 사사로움 없네. 하늘 이치 따르면 편안해지고 하늘 이치 거스르면 위태롭네. 병들거나 복록 받은 것들이 모두 하늘 이치 아닌 것이 없네. 이런 이치 걱정하면 소인인 거고 이런 이치 즐긴다면 군자인 거네. 군자에겐 이 즐거움 있는 법이라 옥루에도 부끄럽지 않다네. 자신의 몸 잘 닦아 기다리면서 의심이나 좌절 따위 하지 않네. 나 자신이 더하거나 깎지 않는데 하늘 어찌 후하거나 박하게 하겠는가. 존성하며 하늘의 뜻 즐기거니와 올려 보고 내려 봄에 부끄러움 없네(惟天至仁 天本無私 順天者安 逆天者危 痾瘵福祿 莫非天理 憂是小人 樂是君子 君子有樂 不愧屋漏 修身以俟 不貳不忒 我無加損 天豈厚薄 存誠樂天 俯仰無怍)." 하였다.

鹿鳴食野
우는 사슴은 들의 맑은 쑥을 뜯는다.

【出典】『詩經·小雅』《鹿鳴之什》"呦呦鹿鳴 食野之蘋 我有嘉賓 鼓瑟吹笙"
유유히 우는 사슴은 들의 맑은 쑥을 뜯고, 나의 아름다운 길손은 비파를 뜯고 젓대를 부네.

【贅言】사슴이 풀을 뜯고 손님이 악기를 연주하는 것은 모두 삶이 안정되고 평화로울 때 이루어지는 행위이다. 서로 다정한 사이에는 마음에 맞는 손님을 지성으로 대하고 즐거운 잔치를 베푸는 것이 자연스러운 이치이다.『書經·益稷』에 기(夔)가 "명구를 치고 거문고와 비파를 타며 노래를 읊으니, 조고(祖考)가 오시어 우빈의 자리에서 제후들과 덕으로 사양합니다. 당하에는 관악기와 땡땡이북을 진열하고, 음악을 합하고 멈추되 축과 어로 하며 생황과 용[큰북]을 번갈아 울리니, 새와 짐승이 너울너울 춤을 추며, 소소 아홉 장이 끝까지 연주되자 봉황이 와서 춤을 춥니다(夏擊鳴球 搏拊琴瑟以詠 祖考來格 虞賓在位 群後德讓 下管鼗鼓 合止柷敔 笙鏞以間 鳥獸蹌蹌 簫韶九成 鳳凰來儀)."라고 하였다.

黃香溫席
어버이를 봉양하는 황향의 마음.

【出典】『後漢書 卷八十』"昔漢時黃香 江夏人也 年方九歲 知事親之理 每當夏日炎熱之時 則扇父母帷帳 令枕席清涼 蚊蚋遠避 以待親之安寢 至於冬日嚴寒 則以身暖其親之衾 以待親之暖臥 於是名播京師 號曰 天下無雙 江夏黃香"

후한(後漢) 때 황향(黃香, 約68~122)은 강하 사람이다. 나이 구세에 어버이를 섬기는 도리를 알아서 항상 여름이면 부친의 와상과 베개에 부채질을 하여 시원하게 해 드렸고, 겨울이면 자신이 부친의 이부자리 속에 먼저 드러누워 자리를 따뜻하게 하였다. 그 이름이 서울에 퍼져 부르기를 (효도로) '천하에 비할 수 없는 이는 강하의 황향이다(天下無雙 江夏黃香).' 라고 하였다.

【贅言】어버이를 봉양하는 효행에 관한 이야기는 무수하게 많다. '부빙득리(剖氷得鯉)'나 설리구순(雪裏求筍)도 모두 그러하다. 후한(後漢)의 황향(黃香)은 무더운 여름철, 어버이를 위해 침상에서 부채를 부쳐 시원하게 해 드리고[扇床枕], 추운 겨울에는 자신의 체온으로 이부자리를 따뜻하게 해 드렸던[身溫席] 고사가『東觀漢記 黃香』에 전한다. 봉양에는 크게 심지(心志)와 구체(口體)의 봉양이 있는데, 심지의 봉양은 어버이의 뜻에 맞추어 드리는 것을 말하고, 구체의 봉양은 의식(衣食)을 풍족하게 해 드리는 것을 말한다.『孟子·離婁上』

夢識年豐
꿈이 풍년을 알리다.

【出典】『詩經·小雅 鴻雁之什』《無羊》"牧人乃夢 眾維魚矣 旐維旟矣 大人占之 眾維魚矣 實維豐年 旐維旟矣 室家溱溱"
소 치는 이 꿈을 꾸니 수많은 물고기와 여러 가지 깃발이라네. 점쟁이가 점을 치니 수많은 물고기는 풍년이 들 징조이고 여러 가지 깃발은 집안이 창성할 징조라네.

【贅言】꿈(Dream)은 수면 시 경험하는 일련의 영상, 소리, 생각, 감정 등의 느낌을 말한다. 꿈에서 일어나는 일들은 대부분 현실에서 일어나기 어렵지만, 꿈이 현실이 되는 경우도 간혹 있어서 이를 예지몽(豫知夢)이라 한다. 현실과 미래에 대한 확신이 없는 인간의 대부분은 꿈이 허황하다고 믿으면서도 한편 꿈을 풀이하고 분석하여 자기 확신을 갖고자 하는 경향이 있으며 그 매개자(媒介者)가 곧 점쟁이다.

積德之家 必無災殃
덕을 쌓은 집에는 정녕 재앙이 없다.

【出典】漢 陸賈『新語·懷慮』"積德之家 必有餘慶 積德之家 必無災殃"
덕을 쌓은 집에는 반드시 남는 경사가 있고, 덕을 쌓은 집에는 반드시 재앙이 없다.

【贅言】이 말의 정확한 근거는 주역에 있다.『易經·坤卦』에 "선을 쌓은 집은 반드시 남은 경

사가 있고, 불선(不善)을 쌓은 집에는 반드시 남은 재앙이 있다(積善之家 必有餘慶 積不善之家 必有餘殃)."고 하였다. 적선(積善)은 곧 적선적덕(積善積德)이다. 선을 베풀고 덕을 베푸는 일이 곧 선업(善業)을 쌓고 덕업(德業)을 쌓는 일이어서 불교의 세계관에서 선업을 쌓으면, 다음 생에서 복락을 누리고 악업을 쌓으면 고해 속에 헤맨다는 교훈이 전제되어 있다. 유사한 표현으로 '적덕누선(積德累善: 덕을 쌓고 선행을 거듭함)', '활인적덕(活人積德: 사람을 살려서 덕을 쌓음)', '작은 선이라도 행하지 않아서는 안 되며, 작은 악이라도 행해서는 안 된다(勿以善小而不爲, 勿以惡小而爲之)', '적선성덕(積善成德: 선을 쌓아 덕을 이룬다)', '화인악적 복연선경(禍因惡積 福緣善慶)' 등이 있다.

花朝共席 笑傾肝膈
형제가 함께 모여 간장이 찢어지게 실컷 웃다.

【出典】清 蒲松齡《代畢刺史祭新城五十二太翁文》"後同客乎京華 又戀戀於晨夕 雨夜連床 花朝共席 笑傾肝膈"
조석으로 그리워하다가 비오는 밤 침상을 나란히 하고, 아침에는 자리를 함께하며 간장이 찢어지게 실컷 웃었다.

【贅言】'비내리는 밤에 침상을 마주한다(雨夜連床)'는 말은 당나라 사람들이 많이 사용하는 표현이다. 위응물(韋應物, 737~792) 선생의 시 외에 백거이(白居易) 선생의《雨中招將司業宿》이라는 시에도 "함께 자지 않으려가, 빗소리 들으며 침상을 마주하려네(能來同宿否 聽雨對床眠)."하였고 정곡(鄭穀) 선생의 시《穀自離亂之後》에 "늘 다정한 말 생각하며 비 내리는 밤 침상을 마주하네(每思聞淨語 雨夜對禪床)." 하였는데 이는 모두가 친구들끼리 모여서 정다운 이야기를 주고받는 것을 형용한 말이다.

雞鳴慶有康
첫닭 울면 평안하심 경사롭구나.

【出典】盧守愼『穌齋集 卷一』《家君生辰 在觀音寺》"年年十二月 和氣滿中堂 棣萼欣無故 雞鳴慶有康"
해마다 십이월이면 화기가 집안에 가득하였네. 체악(棣萼: 兄弟)들의 무고함도 기쁘거니와 첫닭 울면 평안하시니 경사로웠지.

【贅言】가군(家君: 자신의 아버지)의 생신날[12월]에 관음사에서 지은 시이다. 체악(棣萼)이

무고하다 함은 형제 사이의 의리가 좋다는 말이다.『詩經·常棣』에 "상체의 꽃 악(鄂)이 빛나지 않는가. 지금 사람들 형제만 한 이가 없네(常棣之華 鄂不韡韡 凡今之人 莫如兄弟)."라고 하였는데, 상체 꽃[華]과 그 꽃받침[鄂]이 한 가지에서 나와서 서로 보호하여 줌으로 이를 형제간의 우애에 비유한 것이다. 또 첫닭이 울면 부모의 침실에 들어가 문안을 드리는 것은 자식이 부모를 섬기는 당연한 도리였기에 문후를 드리고 편안한 모습에 경사스럽다는 것이다.

家和萬事興
집안이 화목하면 만사가 잘되리라.

【出典】『二十年目睹之怪現狀』"大凡一家人家 過日子 總得要和和氣氣 從來說 家和萬事興";《家和萬事興》"孝悌忠信傳家風 母慈妻賢子順敬 由來室雅人善美 自古家和萬事興"
효도, 공경, 충직, 신망을 가풍으로 전하며, 어머니는 자애롭고 아내는 현명하며 자식은 순종하고 공경하니 집안에 단아한 풍취가 전해오는 까닭에 사람들이 착하고 아름답다. 예로부터 집안이 화목하면 만사가 잘되리라.

【贅言】지난날 이발소에 가면 보게 되는 작품 가운데 하나가 돼지가 새끼들에게 젖을 먹이는 그림 아니면 집안이 화목하면 모든 일이 잘 이루어진다는 '가화만사성(家和萬事成)'이었다. 그때는 주의 깊게 보지 않았던 것들이 지금에 새롭게 떠오르는 것은 그 속에 담긴 의미가 새롭게 느껴지기 때문이다. '가화만사성(家和萬事成)'을 중국에서는 '가화만사흥(家和萬事興)'이라고 쓴다. 차를 타고 중국 거리를 지나다 보면 집 대문에 크게 써 붙여놓은 것을 볼 수 있다. 성(成)과 흥(興)은 어떤 차이가 있는 것일까? 아마도 성(成)은 결과를 중시하는 한국 문화의 특성이 반영된 글자일 것이고, 흥(興)은 관계를 중요시하는 중국인 특유의 문화가 반영된 글자일 것이다.

餘慶德照隣
남겨놓은 덕이 이웃에 비추다.

【出典】杜甫『杜少陵集 卷三』"…北門司喉舌 東方領縉紳 持衡留藻鑑, 聽履上星辰 獨步才超古 餘波德照鄰 聰明過管輅 尺牘倒陳遵 豈是池中物 由來席上珍 廟堂知至理 風俗盡還淳…"
북두에선 후설(喉舌)같은 신하였고 동방에선 진신(縉紳)을 거느렸네. 균형있는 조감(藻鑑)을 남겼으나 발소리를 듣고는 성신으로 올라갔지. 독보적인 재주가 고인을 능가했고 남겨 놓은 덕은 이웃까지 비췄더라. 총명은 관로(管輅)보다 더 했고 척독은 진준(陳遵)을 압도(壓倒)했

家和萬事興 / 30×55cm
집안이 화목하니 모든 일이 흥겹다.

으니 어찌 못속에 용이 될 수 있나. 예로부터 석상에서 진귀한 존재인데 묘당에서 지극한 이치를 아니 풍속은 모두 순박해졌더라.

【贅言】인촌(仁村) 김성수(金性洙, 1891~1955) 선생의 고가(古家)에는 "덕(德)은 반드시 이웃이 있다(德必有隣)."는 현판이 걸려 있다. 덕(德)이란 마음을 곧게 하여 앞으로 나아가는 것이다. 그러므로 덕 있는 사람은 자신을 속이지 않기에 타인의 신임을 얻는다. 덕이 있는 사람이 베푸는 신뢰는 타인의 마음을 움직여 따뜻하게 한다. 그러므로 "덕(德)은 외롭지 않으며 반드시 알아주는 사람이 있다(德不孤 必有隣)."

賢婦和六親
어진 부인은 육친을 화목하게 한다.

【出典】『明心寶鑑·婦行篇』 "賢婦和六親 佞婦破六親"
어진 부인은 육친(父母兄弟妻子)을 화목하게 하고 간악한 부인은 육친의 화목을 깨뜨린다.

【贅言】여자가 낯선 남의 가문에 들어가 새 가족이 된다는 것은 비유컨대 음식의 간을 맞추는 소금[鹽]과 같은 존재라 할 것이다. 소금은 바닷물을 말려 만들어낸 노력의 산물이다. 그 하얀 소금 결정이 혀에 닿아 녹아내릴 때 소금은 소금으로서의 역할을 하는 것이다. 하지만 만약 소금이 음식에 들어가서도 녹지 않고 소금 그대로 있다면 아마도 짜서 먹을 수가 없을 것이다. 그러므로 어진 아내, 어진 며느리는 음식 속에 녹아 음식 맛의 조화를 이끄는 소금이라 할 수 있는 것이다.

樹萱自頤養
원추리 심어놓고 스스로 화락(和樂)하다.

【出典】唐 元稹《春餘遣興》 "春去日漸遲 庭空草偏長 餘英間初實 雪絮縈蛛網 …樹萱自頤養"
봄은 가고 날 점차 길어지는데 빈 들에 풀만이 쑥쑥 자라네, 남은 꽃들 사이사이 열매를 맺고 유서(柳絮)는 거미줄에 걸려 있구나. …원추리 심어놓고 스스로 화락(和樂)하네.

【贅言】원추리[萱草]는 꽃말이 근심을 잊게 하는 풀[忘憂草]이다. 그래서 남의 어머니를 훤당(萱堂) 혹은 자당(慈堂)이라고 부르는 것이다. 수훤당(樹萱堂)은 본디 어머니가 거처하는 북당(北堂) 앞에 심는 망우초(忘憂草)로, 즉 어머니의 걱정을 덜어준다는 의미한다.

糞堆上産靈芝
거름더미에서 영지가 자란다.

【出典】元 楊文奎《兒女團圓》"粗奘腰肢 卻生的這般俊秀的孩兒 敢則是鴉窩裏出鳳凰 糞堆上産靈芝 這言語信有之"
건장한 허리와 사지를 가진 생을 탐하지 않는 이 준수한 아이는 반드시 갈가마귀 둥지에서 봉황(鳳凰)이 출현하고 똥 더미 위에서 영지(靈芝)가 자랄 것이라 하니 이 말에 믿음이 간다.

【贅言】순암(順菴) 안정복(安鼎福, 1712~1791) 선생의《詠物十絶·螓螗》에 "오래 썩은 두엄 속에 있을 때는 볼썽사납게 더럽기만 하더니 때가 되어 매미로 변하자 도리어 사람들의 사랑을 받네그려(久在腐草裏 醜穢不可見 時至化爲蜩 翻爲人所羨)."라는 시가 딱 그 격이다.

一門和氣盡春風
한 집안의 화기는 모두가 봄바람.

【出典】三宜堂金氏《附夫子次韻》"吾家家法擅吾東 久沐西京聖德隆 之子歸來花灼灼 一門和氣盡春風"
우리 집안 가법은 온 나라에 으뜸이라. 서경(西京)의 높은 은덕 오랫동안 젖었네. 그대가 시집 올 제 복사꽃 활짝 피어, 한 집안의 화기에 모두가 봄바람이었네.

【贅言】명재(明齋) 윤증(尹拯, 1629~1714) 선생의《挽梅邊成表叔》에 "손자와 증손자 구십 명에 가까우니, 온 집안에 화기가 봄날처럼 물씬물씬. 보고 듣는 자들이 부러워서 찬탄하니, 복선의 이치가 무궁함을 알겠노라(膝下孫曾九十餘 一門和氣春融融 瞻聆感慕競咨嗟 福善之理知無窮)." 라는 시구가 보인다.

得之家庭 自相師友
가정에서 얻어 서로가 스승이나 벗이 되다.

【出典】『葛庵集 附錄 卷五』《祭文[權斗紀]》"先生之學 得之家庭 自相師友 樂有賢兄 德畜道成 光輝乃發 弓旌鼎至 白駒言秣 所養於窮 宜施諸達 鴻漸之漸 羽可爲儀"
선생의 학문은 가정에서 얻은 것으로 서로들 스승이나 벗이 되니 어진 형님이 계심을 즐거워하였다. 덕이 쌓이고 도가 이루어져 찬란한 빛이 마침내 발하니 초빙하는 행차가 성대하게 이르고 흰 망아지에게 꼴을 먹이게 하였다. 궁할 때 길렀던 바를 달하여 펴야 할 것이니 기러기가 공중으로 점진하여 그 깃이 의법(儀法)이 될 만하였다.

好山盡在家庭內
좋은 산이 집 뜰 안에 모두 들어오다.

【出典】『梅泉集 卷三』《少晴》"窓外暄暄認載陽 徐攜藜杖出溪傍 天晴盡放遊絲下 風嫩偏
生小麥光 偶喚隣童忘小字 爲摩稚犢嗅微香 好山盡在家庭內 獨自徜徉意更長"

창 밖이 따스하니 아하 볕이 들었구나, 천천히 지팡이 짚고 시냇가로 나가 보네. 하늘이
활짝 개어 온통 아지랑이 피어나고, 바람은 산들산들 유독 밀밭이 반짝이네. 이웃 아이
부르려다 이름이 생각 안 나, 송아지 쓰다듬으며 그 냄새를 맡아 보네. 좋은 산이 집 뜰 안
에 모두 들었으니, 홀로 거닐자니 생각이 더욱 길어지네.

孝友家庭繼篤行
효도와 우애의 가정에 도타운 행실이 이어지다.

【出典】『明齋遺稿 卷四』《挽樸老範》"嗟君美質儘淸明 孝友家庭繼篤行 半世甘貧安素分
平生守靜恥浮名"

훌륭한 그대 자질 청명하기 그지없고, 집안의 전통 이어 효우가 독실했네. 오십 평생 가난을
내 분수로 여겼고, 고요한 삶 누리며 명리(名利)를 부끄러워했지.

【贅言】『月沙集 卷一八 倦應錄下』에 "효우는 가정에서 얻은 것이요, 어진 성품은 천성으로
타고났지. 생계는 가난해 집안이 텅 비었지만, 가업 이어갈 다섯 아들이 어질도다(孝友家庭
得 慈良稟賦然 謀身四壁靜 傳業五郞賢)." 라는 구절이 있다.

吉祥 / 54×46cm

경사스럽고 상서로움.

제6장 천거하사(遷居賀詞)

■遷居格言

◉ 良禽擇木
좋은 새는 나무를 가려 앉는다.

◉ 喬木鶯聲
교목에서 꾀꼬리 소리 들려온다.

◉ 鶯遷吐吉
꾀꼬리 날아와 길상(吉祥)을 노래하네.

◉ 德必有鄰
덕있는 사람은 반드시 이웃이 있네.

◉ 良辰安宅 吉日遷居
좋은 날엔 안거(安居)하고, 길일에는 천거(遷居)하네.

◉ 安居樂業 豊衣足食
편히 살며 즐겁게 일하니 의식이 풍족하다.

▣ 松茂竹苞及時而秀 蘭馨桂馥遷地爲良

송죽(松竹)이 우거지니 때맞춰 경관 빼어나고, 난과 계수 향기로워 옮긴 곳이 평온하다.

▣ 燕築新巢春正暖 鶯遷喬木日初長

제비가 새집을 짓는데 봄날 따뜻해지고, 꾀꼬리 높은 나무에 옮겨 드니 날이 길구나.

▣ 鶯遷仁是裏 燕喜德爲隣

꾀꼬리는 인자(仁慈)한 마을로 옮겨 다니고, 제비는 현덕(賢德)과 이웃함을 기뻐한다네.

▣ 簾捲星風重門燕喜 堂開畫錦高第鶯遷

발 걷으니 별빛에 바람 불고 중문(中門)엔 제비가 재잘대며 문을 여니 그림 비단 고제(高第)엔 꾀꼬리 날아왔네.

▣ 公平有德 和氣致祥

공평하면 덕이 있고, 화기는 상서를 불러들인다.

▣ 華廳集瑞 旭日臨門

화려한 대청(大廳)에 서기(瑞氣) 모이고, 밝은 아침 햇살은 문을 비추네.

▣ 喜到門前 淸風明月 福臨宅地 積玉堆金

기쁨이 문전에 이르니 바람 맑고 달이 밝으며, 복이 택지(宅地)에 이르니 옥과 금이 쌓이네.

▣ 出穀鶯聲舊 來儀鳳羽新

골짜기를 나오니 꾀꼬리 여전하고, 님이 오니 봉황깃도 새로워라.

▣ 出穀來仁裏 遷喬入德門

골짜기를 나와서 인리(仁裏)로 왔고, 이사를 하여 덕문(德門)으로 들어왔네.

▣ 春臨福宅地 福載善人家

봄은 복택지(福宅地)에 이르고, 복은 선인가(善人家)에 충만하네.

▣ 德賢萬事順 富吉百年昌

덕이 있고 현명(賢明)하니 만사가 순조롭고 부귀하고 길상하니 백년이 창성하다.

▣ 風移金穀屋 喬木好音多

바람은 부귀한 집에 불어오고, 교목에는 좋은 소리도 많아라.

▣ 遷宅吉祥日 安居大有年

상서로운 날에 집을 옮기고, 풍년이 든 해에 안거하네.

▣ 春風麗日開畫棟 綠柳紅花掩門庭

봄바람 부는 좋은 날엔 예쁜 집 열고, 푸른 버들 붉은 꽃 피니 문정(門庭)을 닫네.

▣ 春風堂上新來燕 香雨庭前初種花

봄바람 부는 대청 위에 제비가 새로 날고, 향우(香雨)가 내리는 정원에 새로 꽃을 심네.

▣ 春風楊柳鳴金屋 晴雪梅花照玉堂

봄바람에 양류(楊柳)는 금옥에서 울고, 맑은 날 설매화는 옥당(玉堂)을 비추네.

▣ 家和業興剩快活 恭祝喬遷天天樂

집안이 화목하고 사업이 흥성하니 쾌활해지고, 천거(遷居)를 축하하니 나날이 즐거워라.

▣ 江山聚秀歸新宇 奎璧聯輝映畫堂

강산이 빼어나니 새집으로 몰려들고, 규벽(奎璧)의 광명이 화당(畫堂)에 비치네.

▣ 宏圖大展興隆宅 泰雲長臨富裕家

큰 기획은 번성하는 집에서 펼쳐지고, 태평한 구름은 부유한 집안에 오래 머문다.

▣ 喬第喜遷新氣象 換門不改舊家風

큰 집으로 옮기니 기상(氣象)이 새롭고, 문을 바꿨으나 옛 가풍은 고치지 않았네.

▣ 花香入室春風靄 瑞氣盈門淑景新

꽃향기 집에 드니 봄바람 모여들고, 서기(瑞氣) 문에 가득하니 춘광(春光)이 새로워라.

▣ 喜遷新居全家樂 德昭鄰壑福氣多

새집으로 옮기니 식구 모두 즐거워하고, 덕이 부근산곡(附近山穀)까지 밝히니 수복(壽福) 운기(運氣) 많아라.

燕賀
새집 낙성을 축하합니다.

【出典】『淮南子·說林』 "湯沐具而蟣虱相吊 大廈成而燕雀相賀"
목욕물이 갖춰지니 이들[蟣虱]이 서로 죽고 큰 집이 낙성되니 제비, 참새가 서로 치하하네.

【贅言】타인의 축성(築成: 집을 지은 것)을 축하하는 말이다. 제비는 본디 사람의 집에 둥우리를 틀고 사는 새이기에 제비가 집을 짓듯 사람이 집을 지으면 서로 축하하며 기뻐한다는 데서 온 말이다. 제비와 참새들이 서로 축하한다는 의미의 '연작상하(燕雀相賀)'도 같은 말이다.

吉慶
길한 경사.

【出典】圃隱 鄭夢周『東文選 卷十六』《甲辰十月。贈江南使胡照磨》 "十載風塵首獨回 與君今日共含杯 三冬足用文章富 五世同居吉慶來 使節遠遊箕子國 歸舟卻向越王臺 何時四海淸如鏡 共上天台一笑開"
10년 동안 풍진 속에서 혼자 고개를 돌리다가 오늘 그대를 만나 함께 술잔을 드네. 삼동에 닦은 문장이 풍부하고 다섯 대를 같이 산 집에 경사가 왔네. 사절이 멀리 기자 나라에 와 놀더니 돌아갈 배가 문득 월왕대로 향하는구나. 어느 때나 사해가 거울처럼 밝아져 천태산 함께 올라서 한 번 웃음 웃을까.

【贅言】삼동에 닦은 문장이란 한(漢)나라 동방삭(東方朔)의 글에 "나이 열둘에 글을 배워, 삼동(三冬) 공부에 문사(文史)를 족히 쓸 만하다."는 말에서 인용한 것이다. 『朝鮮王朝實錄·正祖實錄』에 대제학 서유신(徐有臣, 1735~1800) 선생이 지은 시에 "경사가 바야흐로 이르러 오니 온유하고 선한 덕이 두루 빛난다(吉慶方至 柔嘉彌章)."라는 구절이 보인다.

竹窩
대나무 집.

【出典】西山 金興洛『西山先生文集 卷一』《次黃聖倫 冕九 竹窩九詠》 "聞道沙上友 竹裏

開庭戶 此君成宿契 千馴安足顧"

들으니 사상(沙上)에 사는 벗님이 대숲 가운데 집을 열었다네. 차군(此君)과 오랜 약속 이루었으니 천사만종(千馴萬鍾: 4천 마리 말과 1만 종의 녹으로 곧 부귀를 말함)이야 어찌 돌아볼 만이나 하랴.

【贅言】노극성(盧克誠, 1558~?) 선생의 호는 매죽와(梅竹窩)이고, 대진헌장(大津憲章)은 호를 죽와(竹窩)라 하였으며, 권상규(權相奎, 1829~1894) 선생 또한 호를 죽와(竹窩)라 하였다. 이처럼 옛 문인 묵객들이 대를 사랑하여 자신의 아호로 삼은 것은 뜻을 굽히지 않는 지조와 절개를 군자의 가장 큰 덕목으로 여겼던 유교사회에서 변함없는 신념과 굽히지 않는 마음을 드러내고자 한 것이었기 때문이다. 흔히 '대쪽같은 사람'이라는 표현 속에서 대의 속성과 그 사람의 성정을 엿볼 수 있다.

愛吾廬
나의 집을 사랑하다.

【出典】晉 陶淵明《讀山海經》"孟夏草木長 繞屋樹扶疏 眾鳥欣有托 吾亦愛吾廬 既耕亦已種 時還讀我書 窮巷隔深轍 頗回故人車 歡然酌春酒 摘我園中蔬 微雨從東來 好風與之俱 泛覽周王傳 流觀山海圖 俯仰終宇宙 不樂複何如"

초여름 초목이 자라니 집을 두른 수목이 무성해졌네. 새들은 의지할 곳 있음을 기뻐하고 나도 내 초막을 좋아하노라. 밭을 갈고 씨도 뿌렸으니 때때로 다시 나의 책을 읽는다. 궁벽한 거리는 수레길과 떨어져 친구의 수레를 자주 돌려보냈네. 기쁜 마음으로 봄 술 들고 내 텃밭 안의 채소를 따노라. 보슬비는 동쪽에서 좋은 바람과 함께 불어오고 주나라 임금 이야기 읽어보며 산해경의 그림도 본다. 굽어보고 또 올려다보며 우주를 다 헤아리니 즐거워하지 않고서 또 어찌하겠는가.

【贅言】진(晉)대 도연명(陶淵明)의《산해경을 읽고 나서(讀山海經)》라는 시 13수 가운데 한 수이다. '산해경(山海經)'은 중국 선진(先秦) 시대에 저술된 대표적인 신화집(神話集) 및 지리서(地理書)인데 그 속에는 550개의 산, 300개의 하천, 50개의 부족 국가, 400여 마리의 괴수 동물, 100여 명의 인물이 포함되어 있어서 후인들의 상상력을 제고하는 근간이 된다. 도연명 역시 자신의 글을 풀어줄 상상력을 이 책을 보면서 키웠을지도 모를 일이다.

宴息齋
편안히 쉬는 집.

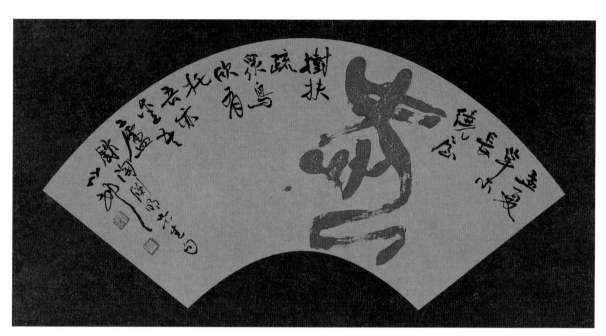

愛 / 66×33cm 사랑

【出典】『周易·澤雷隨卦』《象》曰 澤中有雷 隨 君子以嚮晦入宴息"

《상전》에서 말했다. 연못 속에 우레가 있는 것이 '수(隨)'이니, 군자가 이를 본받아 어두운 곳으로 들어가 편안하게 쉰다.

【贅言】택뢰수(澤雷隨) 괘는 주역 64괘 중 17번째 괘이다. 이 괘는 수시로 변통하는 지혜의 괘로 알려져 있다. 하괘는 진(震), 진은 우레[雷], 상괘는 태(兌), 태는 연못[澤]으로 우레가 연못에 들어가니 대지가 얼어붙고 만물이 칩거한다. 군자는 이러한 괘상을 보고, 하늘에 따라 고요해지는 우레소리에서 배우고, 어두운 방에 들어가 휴식을 취한다. 안식재(安息齋)는 언제든 편안하게 숨을 쉴 수 있는 집이다. 택당(澤堂) 이식(李植, 1584~1647) 선생의《憶舊遊 奉寄松禾韓明府》시에 "편히 쉬며 재 안에서 술 마시던 일, 어느새 다섯 차례 봄날이 지났구려(宴息齋中飮 居然五過春)."라는 시구가 보인다.

如斯軒
이와 같은 집.

【出典】西山 金興洛『西山先生文集 卷一』《如斯軒九詠》"吾祖當時溪上蔔 秪要子弟三餘讀 百年修廢意無窮 看取川流日夜續"

우리 선조 당년에 시냇가에 자리 잡아 다만 자제들에게 삼여독 하라 하셨네. 백 년의 폐허 수리하니 뜻이 무궁하여 밤낮으로 그치지 않는 저 물을 보면 알리라.

【贅言】'여사헌(如斯軒)'이라는 이름은『論語·子罕』에 "공자께서 시냇가에 계시면서 말씀하시기를 '가는 것이 이 물과 같구나. 밤낮을 쉬지 않고 흐르누나(逝者如斯夫 不舍晝夜)'하고 말하셨다."라는 구절에서 인용한 것이다. '여사헌'이라는 이름도 멋지지만 '삼여독(三餘讀)' 즉 학문하기에 가장 좋은 세 가지 여가로, 해의 나머지[歲之餘]인 겨울, 날의 나머지[日之餘]인 밤, 농시의 나머지[時之餘]인 흐린 날[陰雨]을 의미하는 '삼여재(三餘齋)'가 문득 떠오른다.

安樂窩
편안함을 주는 작은 움막.

【出典】宋 邵雍《無名公傳》"所寢之室謂之安樂窩 不求過美 惟求冬暖夏涼"

자신의 침소를 '안락와(安樂窩)'라고 하고 너무 예쁘게 꾸미지 않았으며 다만 겨울에는 따뜻하고 여름에는 시원함만을 구하였다.

【贅言】안락와는 낙양현(洛陽縣) 천진교(天津橋) 남쪽에 있는 거실(居室) 이름인데, 송(宋)나라

때 소옹(邵雍, 1022~1077) 선생이 친구들의 도움으로 오대(五代) 시대 주(周) 나라 안심기(安審琦)의 고택(故宅)을 얻어 거처하면서 농사를 지어 의식을 해결하면서[歲時耕稼 但給衣食] 유유자적하며 '안락와'라 명명하고 또 안락선생(安樂先生)이라 자호하였던 데서 온 말이다.

葡居赤甲
적갑에 터를 잡다.

【出典】茶山 丁若鏞『茶山詩文集 卷六』《簡寄玄溪》"赤甲遷居空悵望 靑州從事莫追陪 龍門煮菽何年事 逝水東流不復回"

적갑으로 옮기어라, 슬피 바라만 볼 뿐 좋은 술로 뒤따라 뫼실 수가 없었네. 용문서 콩 구워 먹던 게 어느 해의 일이던고 동으로 흐르는 물 다시 돌아오지 않아라.

【贅言】'적갑(赤甲)'이란 딴 곳으로 이사한 것을 비유한 말이다. 적갑은 산명(山名)인데, 두보(杜甫, 712~770)가 적갑산으로 거주를 옮기고 지은 시에 "적갑산에 집 잡아 옮겨 삶이 새로우니, 무산과 초수의 봄을 두 번 보았네(葡居赤甲遷居新 兩見巫山楚水春)." 한 데서 온 말이다.『杜詩批解 卷20』

布川石窟
포천산의 석굴,
즉 도(道)를 닦아 성공할 수 있는 조건이 갖추어진 곳을 의미.

【出典】『三國遺事』卷五《避隱 제8 布川山 五比丘 景德王代》

삽량주 동북 20리쯤에 포천산이 있는데 석굴이 기이하고 태어나 마치 사람이 깎아 놓은 것 같았다. 여기에 다섯 비구가 있었는데 이름을 알 수 없다. 와서 살면서 아미타불을 염불하여 서방 정토를 구하기가 무릇 10년이 되었다. 홀연히 성중(聖衆)이 서쪽으로부터 와서 맞이했다. 이에 다섯 비구는 각각 연화대에 앉아 공중으로 올라서 갔다. 통도사 문밖에 이르러 머무는데 하늘의 음악이 간간이 들려왔다. 절의 중들이 나와 이를 보니 다섯 비구가 무상고공의 이치를 설(說)하고 유해를 버리고 큰 빛을 내며 서쪽을 향하여 갔다. 그 유해가 버려진 곳에 절의 중들이 정자를 짓고 치루(置樓)라 하니 지금도 있다. 사자성어집 엮어 올리기 모임『삼국사기 삼국유사의 우물물』다운샘, 1998, p.282.

永與隩區
영원토록 오구와 함께하리라.

【出典】唐 杜甫『杜少陵詩集 卷3』《橋陵》"永與奧區固 川原紛眇冥"
영원토록 오구와 함께 보전될 곳, 물이며 언덕이며 아스라이 멋지도다.

【贅言】산이 높고 골이 깊어 풍수지리학상으로 명당인 곳을 오구(奧區)라고 한다. 오지(奧地) 라는 말에서 알 수 있듯이 깊고 험준한 곳에 위치한 두메산골이다. 내면에 감추어진 깊고 고상한 이치를 표현할 때도 오지(奧旨) 혹은 오묘(奧妙)라 한다. 교릉(橋陵)은 당(唐) 예종(睿宗)의 능묘이다.

廬阜溪源
여부(廬阜)의 시내 본류,
즉 염계(濂溪) 주돈이(周敦頤)의 마음 근원이라는 의미.

【出典】『宋史 卷427·周敦頤傳』
주돈이가 만년에 강서(江西)의 여부(廬阜) 즉 여산(驪山) 연화봉(蓮花峯) 아래에 옮겨 와 살면서, 그 아래에 흐르는 냇물의 이름을 염계(濂溪)라고 하고는 이를 자신의 호로 삼았다.

【贅言】여부(廬阜)는 강서성(江西省)에 있는 여산(廬山)을 가리킨다. 진(晉)나라 때 혜원(慧遠)이 이 산에 있는 동림사(東林寺)에서 18명의 학승(學僧)들과 더불어 수업(修業)한 곳이다. 「박종길의 땅이야기」에 보면 남해안 계원마을의 지명을 소개한 내용이 있다. "계원마을은 마을 냇가 주변에 형성되어 있어서 '냇가돔'이라는 마을 이름을 한자말로 바꾸어 '계원(溪源)'이라 하였다."고 하였는데 '냇가돔'이라는 우리말이 정겹게 느껴진다.

樂天安土
천명을 즐겨하고 사는 땅을 편안하게 여긴다.

【出典】『周易·系辭上』"樂天知命 故不能憂 安土敦乎仁 故能愛"
하늘의 도를 즐겨하여, 스스로 명(命)을 안다. 그러므로 근심하지 않는다. 땅을 편안히 여기고 어진 일(仁)을 돈독하게 한다. 그러므로 능히 만물을 사랑할 수 있는 것이다.

【贅言】예기(禮記) 애공문(哀公問)에 "안토(安土)하지 못하면 낙천(樂天)하지 못하고, 낙천하지 못하면 완전한 인격을 이룰 수가 없다(不能安土 不能樂天 不能樂天 不能成其身)." 하였는데, 명(明)대 왕정상(王廷相, 1474~1544) 선생은 『愼言·作聖篇』에서 "어디에 있든 편안한 것을 '안토'라 하고, 어떤 일을 하든 편안한 것을 '낙천'이라 한다." 하였다.

安宅正路
편안한 집에서 바른 길을 가다.

【出典】『孟子·離婁上』"仁人之安宅也 義人之正路也 曠安宅而弗居 舍正路而不由 哀哉"
맹자가 말하기를 "인(仁)은 사람의 편안한 집[安宅]이고 의(義)는 사람의 바른 길[正路]이다. 그런데 편안한 집을 비워 놓고 살지 않으며 바른 길을 버리고 가지 않으니, 슬프도다!"하였다.

【贅言】유가의 가르침에서 인(仁)과 의(義)는 사람이 편안히 거주하는 집과 바로 걸어가야 할 길과 같다고 하였다. 정조(正祖)의『弘齋全書 卷七十六 經史講義 十三〇 孟子』에 "자포(自暴)는 예의(禮義)로써 말하고 자기(自棄)는 인의(仁義)로써 말하였다. 그 나누어 붙인 까닭을 들을 수 있겠는가? 아래 문장에 안택(安宅)과 정로(正路)로 비유한 것은 위 문장의 거인유의(居仁由義)라는 구절을 이어받은 것인데, 자포자(自暴者)의 언비예의(言非禮義)에 대해서는 아무 결과가 없음은 어째서인가? 김재찬이 대답하였다. 여기서 예의라고 말한 것은 바로 인의입니다. 사욕(私欲)을 누르고 예(禮)로 돌아가는 것이 인(仁)이 되니, 예는 단지 인의 규구(規矩)이자 범위(範圍)입니다. 그러므로 선유가 말하기를, "예의는 도리(道理)라는 말과 같고 인의는 바로 핵심적인 글자입니다. 그래서 아래에 단지 인의만을 거듭 말한 것입니다(自暴以禮義言 自棄以仁義言 其所以分屬之說 可得聞歟 下文安宅正路之喩 承上居仁由義之句 而自暴者之言非禮義 仍無結果者何歟 載瓚對 此曰禮義 卽仁義也 克己復禮爲仁則禮只是仁之規矩範圍也 故先儒曰禮義 猶言道理 仁義 乃實落字 所以下段只申言仁義)."라고 하였다.

天衾地席
하늘은 이불이요, 땅은 베개, 즉 초연한 삶.

【出典】진묵대사(震默大師, 1562~1633) 偈頌《無題》"天衾地席山爲枕 月燭雲屏海作樽 大醉遽然仍起舞 卻嫌長袖掛崑崙"
하늘은 이불, 땅은 자리 태산은 베개 삼고, 달은 촛불, 구름은 병풍 바다는 술통이라. 크게 취해 거연히 일어나 춤을 추니, 긴 소매 곤륜산에 걸릴까 싶네.

【贅言】당대 이백(李白)이 쓴《登廬山五老峰》시에 "오로봉으로 붓을 만들고, 삼상 동정호를 벼루로 삼아, 푸른 하늘을 한 장의 종이로 펴서 마음속의 시를 쓰노라(五老峰爲筆 三湘作硯池 靑天一張紙 寫我腹中詩)." 하였는데 진묵대사(震默大師)는 아예 천지가 내 집이요, 내 술방이라 하였다. 시공간을 초월하여 혹여 이 두 분 만난다면 참 재미있지 않겠는가!

雄宅信園
양웅의 저택과 유신의 정원. 작고 초라한 집의 비유.

【出典】圃隱 鄭夢周『圃隱集 卷二』《寄金正郎 九容》"自有遷居約 教兒靜掃門 喧嘩遙市井 寂寞近山村 錯比楊雄宅 還疑庾信園 主人偏愛客 胡不枉高軒"

이사 온다는 약속이 있고 난 뒤부터 아이더러 고요히 대문 쓸게 하였네. 시끄러운 도회지를 멀리하였고 적막한 산촌을 가까이하였다네. 잘못 양웅의 집으로 견주었다가 도리어 유신의 정원인가 한다네. 주인이 몹시 손님을 사랑하거늘 어찌 수레 타고 왕림하지 않으시는지.

【贅言】한(漢)나라의 양웅(揚雄, 前53~前18) 선생은 그의 5대조 때부터 자신에 이르기까지 민산(岷山) 남쪽 비현(郫縣)에서 전답 한 뙈기와 집 한 채로 근근이 생업을 꾸렸고, 북주(北周)의 시인 유신(庾信, 513~581) 선생은 그의《小園賦》에서 "나에게 몇 이랑 오두막이 있으니, 애오라지 바람 서리를 피할 뿐이네(餘有數畝弊廬 聊以避風霜)."라고 하였다.

南開書室
남쪽으로 열린 글방.

【出典】眉庵 柳希春『眉庵集 卷二』《見成仲規畫大廳 因成四韻》"營度規模誰是奇 夫人心匠似班垂 南開書室新明朗 北接樓廡舊桷楣 老叟倚窓長寄傲 兒孫開卷效唔咿 卻思先子遷居訓 啓我雲仍百歲禧"

건립한 규모는 누구의 기교인가, 부인의 솜씨는 반수와 같구려. 남으로 열린 서실 새롭고 환한데 북으로 접한 누대 묵은 서까래라. 늙은이 창에 기대 거드름 피우고, 자손들 책 펴서 글 읽기 본받겠지. 선친의 이사하라던 말씀 생각하니 우리 자손에게 백세의 복 열었네.

【贅言】진(晉) 도잠(陶潛, 約365~427) 선생이《歸去來辭》에서 "남쪽 창가에 기대어 오만한 마음 부치니, 무릎을 들여놓을 만한 방의 편안함을 알겠네(倚南窓以寄傲 審容膝之易安)."라고 하였다.

花竹小園
꽃과 대나무 있는 작은 정원.

【出典】巖棲 曹兢燮『암서집 제24권 上樑文』《晚松亭上樑文》"抛樑下 花竹小園淸且野 恐有幽居入畫圖 曾無俗客喧車馬"

들보 아래쪽에 던져진 꽃과 대나무 있는 작은 정원 맑고도 순박하네. 그윽한 거처 그림 속에 들까 두려우니 일찍이 속객의 시끄러운 수레 없었네.

【贅言】‘소원(小園)’은 말 그대로 작은 정원이나 텃밭을 가리킨다. 삼의당(三宜堂) 김씨《送春》
시에 "임 생각에 이 밤도 잠을 못 이루는데, 누구를 위하여 거울을 볼 것인가. 정원에 핀 도리
화(桃李花)를 보니 또 한 해가 덧없이 지나가는 구나(思君夜不寐 爲誰對明鏡 小園桃李花 又
送一年歲)."라는 구절이 있다.

山水繞吾廬
산과 물이 내 집을 둘러싸고 있구나.

【出典】淸 王應詮《題讀書樓》"人生何謂富 山水繞吾廬 人生何謂貴 閉戶讀我書"
사람이 살면서 무엇을 부유하다고 하는가? 산과 물이 내 집을 둘러싸고 있구나. 사람이 살면
서 무엇을 소중하게 여기는가? 문을 닫고서 나의 책을 읽는다.

【贅言】월곡(月穀) 오원(吳瑗, 1700~1740) 선생의《遊楓嶽日記》에 "해가 뜨자 길을 나서 다
락원(樓院)에서 점심을 지어 먹고 동정(東亭)에 도착하여 앉아 쉬었다. 녹음이 산에 가득하였
고 폭포와 샘의 물소리는 옥이 구르는 듯하였다. ‘나는 내 집이 좋아라(吾愛吾廬)'는 말이 참
으로 맞는 말이다(日出發行 午炊樓院 止東亭坐憩 綠陰滿山 瀑泉淙琤 吾愛吾廬 眞實際語
也)."『月穀集 卷十』

遷居養後生
거처를 옮겨 후생을 양성하다.

【出典】茶山 丁若鏞『茶山詩文集 卷三』《李周臣山亭値雨 同諸友遣興三十韻 用拈韻法
棋子三十 每書一韻 貯之瓶中 任瀉一棋 點綴成文》"學圃安時論 遷居養後生 灌蔬資廣採
栽樹湊均榮 浩歎將何賴 呼兒更洗觥"
농사일 배워 시론에 태연하고 사는 곳 옮겨 후생이나 길러야지. 채소 가꿔 많은 사람 먹게 하
고 나무 심어 고루 무성하게 하자꾸나. 호호장탄 내 믿을 게 무엇이냐 아이 불러 술잔이나 또
씻어 오래야지.

【贅言】제목이《이주신(李周臣) 산정(山亭)에서 비를 만나 여러 벗들과 함께 흥풀이로 삼십
운(韻)을 읊었는데, 점운법(拈韻法)을 썼다. 바둑알 30개에 각기 운(韻) 하나씩을 써서 병 속
에다 넣어 두고 그것을 하나씩 나오는 대로 꺼내 이리저리 서로 이어서 말을 만들었다》이다.

清輝落滿庭
맑은 빛이 뜰에 가득한 집.

【出典】星湖 李瀷『星湖全集 卷一』《寓宿茅山》"瑣瑣遷居候氣更 靑山盡日閉門扃 地深未害稀來客 身靜惟能習看經 適處淹留聊跟定 明時生老已心冥 黃昏與約東峰月 也有淸輝落滿庭"

자잘하게 거처 옮긴 뒤 절후가 바뀌었건만 청산에서 진종일 문을 닫고 홀로 지내네. 지역이 외지니 오는 손 적을 수밖에, 몸이 고요하니 경서 보는 데 습관이 들었다. 편안한 곳에 머물러 애오라지 발길을 안정했고, 밝은 시대에 나고 늙으매 세상 욕심 이미 없어라. 황혼이면 동쪽 봉우리 달과 약속하니 또한 맑은 빛이 있어 뜰에 가득 비추네.

【贅言】청휘(淸輝)'는 '맑은 빛'이란 뜻이다. 해와 달이 비추는 밝은 빛을 의미하지만, 해의 양기보다 달의 음기를 시인들은 더 사랑하여 주로 밝은 달빛을 가리킬 때 쓰인다. 당나라 두보(杜甫)의 시《月圓》에 "고향에는 계수 꽃이 피었으리니, 만 리에서 이 달빛[淸輝]을 함께하겠지(故園松桂發 萬裏共淸輝)."라는 구절이 있다.

陶屋規模半
도연명 집 크기의 반, 즉 작고 초라한 집을 의미함.

【出典】穌齋 盧守愼『穌齋集 卷三』《移居》"壬子至月朔 遷居西裏西 戶間無複壁 齋左有溫棲 摠計八楹植 才占三丈畦 苟完床席蔽 奚暇矩繩攜 陶屋規模半 張船氣像齊 門編黃荻短 簷陰白茅低"

임자년 동짓달 초하룻날에 서쪽 마을 서쪽으로 이사를 했는데 지게문 사이엔 홑 벽이 쳐져 있지만, 방 아랫목엔 다스운 온돌이 놓여 있네. 기둥은 모두 여덟 주가 세워졌는데 겨우 서 발쯤의 땅을 차지했을 뿐이네. 상석을 가릴 만해 그런대로 완비됐거니 곡척이랑 먹줄을 사용할 겨를이 있으랴. 규모는 도잠의 집 절반쯤 되고 분위기는 장한의 배와 비슷하구나. 노란 갈대로 엮은 거적문은 짤막하고 흰 띠로 이은 처마 그늘은 나직하네.

【贅言】가옥(家屋)이 아주 작고 초라함을 의미한다. 동진(東晉)의 처사(處士) 도잠(陶潛)의 집 규모에 대해서는 전해진 설(說)이 없으나, 백거이(白居易)의《小宅》시에 "유신의 정원은 자못 작거니와, 도잠의 집 또한 넉넉지 못하다오(庾信園殊小 陶潛屋不豐)."라는 말에서 유추하게 된다.『白樂天詩後集 卷13』

退閒專一壑
퇴직 후 한 골짝을 차지하다.

【出典】聾巖 李賢輔 『聾巖先生年譜 卷一』 "我自退閒專一壑 君胡早歲亦雲乎 自知理屈供雖在 他日還爭未信無"

나는 퇴직하고부터 한 골짝을 차지했는데 그대는 어찌하여 젊은 나이에 그리하는가. 이치에 어긋났다는 글이 있기는 하더라도 훗날 도로 다투지 않을지 믿지 못하겠구려.

【贅言】이현보(李賢輔, 1467~1555) 선생의 글에 "동지 이튿날 퇴계와 영지산(靈芝山) 정사(精舍)에서 놀았다. 그리고 전에 우스개로 했던 주인과 객을 내용으로 시를 지었다. 이에 퇴계가 차운하였다. '잡고 있다고 혐의스러워 거처를 옮겼는데 어찌 감히 새삼 다투려고 하겠습니까. 이미 경계하여 자손들이 나의 뜻 아니 이제부터 연하를 절대 시기하지 않으리다(嫌於仍執爲遷居 豈敢還爭再度乎 已戒兒孫知我意 煙霞從此斷猜無).'라고 하였다."

煙霞不老齋
연하가 쇠하지 않는 집.

【出典】巖棲 曺兢燮 『巖棲集 卷二十四 上樑文』《晚松亭上樑文》 "伏願上樑之後 煙霞不老 棟宇長新 兄及弟矣無相猶 茂松苞竹 吾與子之所共樂 明月淸風 生涯不貧 有錦裏之收芋 世業未墜 無陶家之覓梨"

삼가 바라건대, 상량한 뒤에 연하는 쇠하지 않고 건물은 길이 새롭게 하소서. 형과 아우는 서로 도모하지 말아 무성한 소나무와 우거진 대나무와 같고 나와 그대 함께 즐기는 것은 밝은 달과 맑은 바람이게 하소서. 생활은 가난하지 않아 금리의 수우(收芋)는 있고 세업은 실추하지 않아 도가의 멱리(覓梨)는 없게 하소서.

【贅言】암서(巖棲) 조긍섭(曺兢燮, 1873~1933) 선생은 상량문에서 『詩經·射幹』의 구절을 인용하여 형과 아우들이 서로 화목하게 지내고 돈목하지 말기를 바라고(兄及弟矣 式相好矣 無相猶矣), 두보(杜甫)의 시《南隣》을 인용하여 생활이 가난하지 않도록 해달라고 하였으며(금리 선생은 오각건을 쓰고서, 전원에서 토란 밤 거두니 가난하지만은 않구나(錦裏先生烏角巾 園收芋栗不全貧), 도잠(陶潛)의 시《責子》를 이용하여 자손이 학문을 좋아하도록 해 달라고 기원하였다(…통이란 놈은 아홉 살이 돼 가지만 배와 밤만 찾는구나. 천운이 진실로 이와 같거니 또한 술잔이나 기울여야지(……通子垂九齡 但覓梨與栗 天運苟如此 且進杯中物).

分田不分屋
전답은 나누지만 집은 나누지 않는다.

【出典】明 湯顯祖《癸醜四月十九日分三子口占》"分器不分書 聊以惠群愚 分田不分屋 聊以示同居"

그릇은 나누지만 책은 나누지 않으니 책은 여러 어리석음을 일깨워주기 때문이요, 전답은 나누지만 집은 나누지 않으니, 이로써 함께 사는 것을 보여주기 때문이다.

【贅言】부부간에도 시대를 반영하듯 졸혼(卒婚)이라는 신조어가 생겼다. 말 그대로 '혼인생활을 마친다'는 뜻이다. 주례가 의례 하던 '검은 머리 파 뿌리'는 이제 옛말이다. 중국 속담에 "잠자리는 따로 하지만, 집은 따로 하지 않으니 집을 따로 하면, 아내가 울게 된다(分床不分屋 分屋妻會哭)."고 하였다. 부부 생활은 곧 감정의 문제라는 말이 있듯이 보통 부부간에는 낮에 아무리 싸워도 밤에 같이 자면 화해가 되지만, 별거하는 순간 그 결혼은 이상 유지되지 못한다는 데서 나온 말이다.

傍山松覆瓦屋
산 자락 소나무가 기와지붕 덮은 집.

【出典】東州 李敏求『東州集 詩集 卷八』《遷居》"客裏遷居避世喧 時危何處覓桃源 簪纓近接烏衣巷 魚稻斜通白石村 矮屋傍山松覆瓦 幽溪帶壑竹侵門 西偏細麓便登覽 留與他年比謝墩"

객지에서 거처 옮겨 시끄러운 세상 피하려 해도 위태한 시절 어디에서 무릉도원 찾을까. 양반들 사는 오의항과 가깝고 어부와 농부들 사는 백석촌과 비스듬히 통하네. 작은 집 산자락에 있어 소나무가 기와지붕 덮고 계곡 시냇물 흐르고 대나무 사립문에 뻗었네. 서쪽 아담한 등성이 올라보기 좋으니 후대에 남겨 사돈(謝墩)에 비교되게 하리라.

【贅言】오의(烏衣)와 백석(白石)은 마을 이름이다. 새로 정한 거처의 서쪽에 있는 작은 등성이를 자주 오르며 노닐어서, 진(晉)나라 사안(謝安)의 돈대(墩臺)에 비교되도록 하겠다는 말이다. 사돈(謝墩)은 사공돈(謝公墩)의 줄임말로, 사안이 항상 노닐던 돈대를 가리킨다.

孟母遷居得接隣
맹모가 이사와 이웃에 살다.

【出典】東州 李敏求『東州集 別集 卷一』《全城君夫人挽詞》"孟母遷居得接隣 張家鷄黍

慣留賓 暮年百福聞邦族 早歲多男葍太人"

맹모가 이사와 이웃에 살고 장씨 집 닭과 기장밥이 손님 머물게 했네. 노년의 많은 복 온 나라에 알려지고 일찍 많은 아들 두었으니 태인의 점 맞았네.

【贅言】 '맹모천거(孟母遷居)'란 자녀 교육에 전념했던 전성군(全城君)의 부인이 이민구와 이웃에 살았다는 말이다. 맹자(孟子)의 어머니가 맹자를 가르치기 위하여 세 번이나 집을 옮겼다는 맹모삼천(孟母三遷)의 고사를 인용한 것이다. 전성군의 아들은 이공익(李公益)인데 이민구는 "군과 나는 함께 공부했고, 진사시에도 함께 합격하였다(君與餘同治筆硏 又同進士)."라고 하였다.『東州集 文集 卷九 坡州牧使李公墓碣銘 幷序』장씨는 후한의 장소(張劭)를 가리킨다. 범식(範式)이 장소와 헤어질 때, 2년 뒤 9월 15일에 시골집에 찾아가겠다고 약속하였으므로, 그날 장소가 닭을 잡고 기장밥을 지어 놓고 기다리자 과연 범식이 찾아왔으며, 또 장소가 임종(臨終)할 무렵에 "죽음까지도 함께할 수 있는 벗을 보지 못하는 것이 한스럽다(恨不見死友)."라고 탄식하면서 숨을 거두었는데, 영구(靈柩)가 꼼짝하지 않다가 범식이 찾아와서 위로하자 비로소 움직였다는 고사가 전한다.『後漢書 卷八十一 獨行列傳 範式』

小堂分與白雲棲
작은 집을 나누어 흰구름과 머물다.

【출전】『石洲集 卷七』《林下十詠·無爲》避俗年來不過溪 小堂分與白雲棲 晴窓日午無人到 唯有山禽樹上啼

속세를 떠난 지 한 해 남짓, 골짜기 밖으로 나가지 않은 채. 작은 집을 나누어 흰 구름과 함께 머물러 사네. 맑은 창가엔 한낮이 되어도 찾아오는 사람 없고, 오직 멧새만이 날아와 나무 위에서 지저귀네.

【贅言】석주 권필(權韠, 1569~1612) 선생의 《임하십영》가운데 《無爲》이다. 무위(無爲)는 도가(道家) 사상의 핵심이다. 무위는 아무것도 하지 않는다는 뜻이 아니라 자연의 이치를 거스르는 일을 인위적으로 하지 않는다는 의미다. 노자의 글 가운데 대표적인 문장이 '상선약수(上善若水)'이다. 물은 만물을 이롭게 하면서도 다투지 아니하고 자신을 한없이 낮추며 제 할 일만을 하기에 이 세상에서 으뜸가는 선의 표본으로 여긴다.

松覆瓦屋 / 93×47cm
소나무가 기와를 덮은 작은 집.

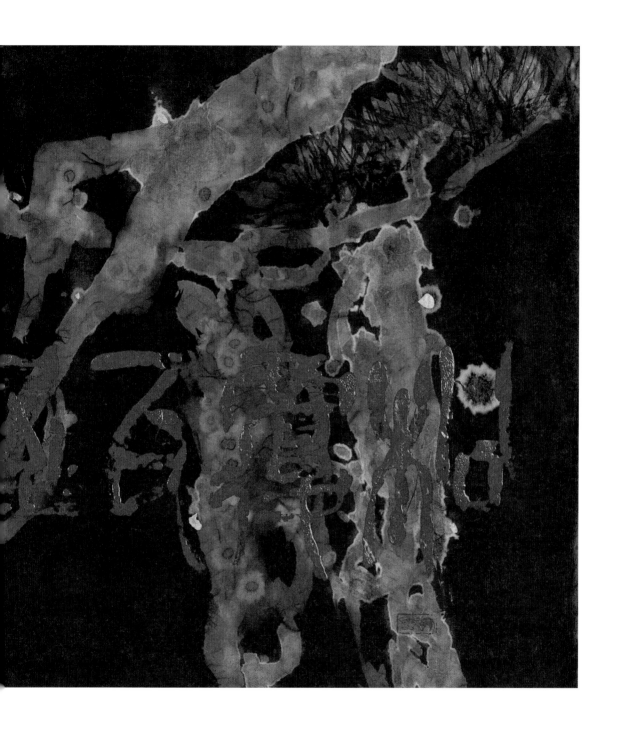

제7장 개업하사(開業賀詞)

■ 開業格言

◉ 恭喜發財
부자되세요.

◉ 開業大吉
개업을 맞아 크게 길하라.

◉ 財源廣進
재원(財源), 즉 돈이 사방팔방에서 우리 집에 들어온다.

◉ 宏圖大展 裕業有孚
웅장한 계획을 크게 펼치고, 사업을 여유롭게 하여 믿음을 주라.

◉ 考績課功應上選
공적을 생각하고 공을 헤아리면 응당 승진할 수 있다.

◉ 鴻基始創 駿業日新
거대한 터전이 창립되고, 준업이 나날이 새롭다.

▣ 永隆大業 昌裕後人
영원토록 큰 사업을 일으켜 창대한 넉넉함을 후인에게 남기자.

▣ 開業之喜 生意興旺
사업을 여는 기쁨이 있으니 생기가 왕성하네.

▣ 吉祥開業 生意興隆
길하고 상서로운 개업으로 생기가 드높네.

▣ 大展宏圖 鴻運高照
원대한 꿈을 펼치고, 큰 운세를 높이 비추네.

▣ 財源滾滾 如日中天
재물은 넘실넘실 중천에 뜬 해와 같네.

▣ 興旺發達 開張大吉
왕성하게 자라 길한 사업 여네.

▣ 蒸蒸日上 紅紅火火
찔 듯이 해는 떠오르고 붉게 불은 타오르네.

▣ 蓬勃發展 興業長新
쑥쑥 발전하여 사업을 일으키고, 새롭게 성장하네.

▣ 華堂煥彩 日久彌新
밝은 집 안에 광채가 일고, 갈수록 두루 새롭네.

▣ 賓客如雲 福開新運
손님이 구름 같이 몰려들고 새로운 운으로 복이 열리네.

▣ 吉星高照 財運亨通
길한 별이 높이 떠 비추고, 재산 운이 형통하네.

■ 敬賀開張 並祝吉祥

확장 개업을 경하드리고, 아울러 길하고 상서롭기를 축원합니다.

■ 鴻基始創 駿業日新

크나큰 터전을 개창하였으니 사업이 잘되고 날로 새로워지소서.

■ 吉祥開業 大富啟源

길상하게 개업(開業)하니 대부(大富)의 재원을 여소서.

■ 開張大吉 財源廣進

개창(開創)한 사업 대길하여 재부(財富)가 사면팔방에서 들어오길.

■ 隆聲援布 興業長新

큰 명성 드날려 지지(支持) 합작(合作) 얻으니 사업은 흥성하고 길이길이 새롭기를.

■ 鴻猷丕展 華廈開新

큰 계획 크게 펼치고, 화려한 집 새로이 짓네.

■ 經之營之 財恒足矣 悠也久也 利莫大焉

경영(經營)하고 관리하니 재원(財源) 항상 풍족하고, 사업이 유구(悠久)하니 이익이 막대하리.

■ 創廈維新 堂構增輝 美侖美奐 金至滿堂

대하를 지으니 오직 새롭고 방을 만드니 빛이 더하며, 웅장(雄壯)하고 화려(華麗)하니 금옥(金玉)이 집에 가득하네.

飛翔
날아오르다.

【出典】李奎報『東國李相國全集 卷十』《溫上人所蓄獨畫鷺鷥圖》"白鷺見人處拂翼沙頭 決爾一起驚飛翔 白鷺窺魚時植足葦間 聳然不動難低仰 那敎雪客閑放態 遣作黃雀多驚忙"
저 백로 사람을 보았다면 모래톱 머리에서 날개치며 화닥닥 일어나 놀라 날아갈 것이며, 저 백로 고기를 엿볼 때라면 갈대밭 사이에 우뚝 서서 움직이지 않은 채 한가롭기는 어려우리라. 어찌 백로의 한가로운 태도로 하여금 도리어 참새처럼 깜짝깜짝 놀라게 할 수 있겠는가.

【贅言】새처럼 날아오를 수만 있었다면 인간이 비상(飛翔)에 대해 그렇게 비상한 관심을 갖지는 않았을 것이다. 그리스 신화의 이카루스(Icarus)처럼 밀납으로 만든 새의 날개로라도 자신의 꿈과 희망을 실어 멀리 날아보고 싶은 것이다. 천재 시인 이상(李箱, 1910~1937)은 그의 산문집《날개》에서 "그래 날자, 박제(剝製)된 날개에 다시 살 돋고 피 돌아 다시 한번 훨훨 날아보자꾸나. 화평(和平)과 상생(相生)의 세상 그 푸른 하늘 높이, 더 높이."라고 부르짖었다.

食舊德
옛 덕을 먹다.

【出典】『周易·訟卦』《六三》"食舊德 貞厲 終吉"
옛 덕을 먹어 정(貞)하면 위태로우나 끝내 길하리라.

【贅言】미산(眉山) 한 장석(韓章錫, 1832~1894) 선생의 묘갈(墓碣)에 "하늘은 겸손한 사람에게 복을 내리시니 후손들이 이 복을 이어받았네. 이미 선조들의 은덕을 입었고 또 후손들에게 복된 길을 열어주었으니 가을걷이하고 땅을 일구어 해마다 풍년이 드는 것과 같네(天道福謙 昆裔繩繩 旣食舊德 又啓後承 如穫且菑 嗣歲屢登)."라는 구절이 보인다.

守與爲
지킬 것은 지키고 할 것은 한다.

【出典】白湖 尹鑴『백호전서 제2권』《答寄石江》"風塵滿四海 威鳳何歲遲 觀我出與處 觀我出與處 方言守與爲 手持後天圖 知非草玄類 斯言君會取 吾與爾同歸"
풍진이 사해에 가득한데 봉황은 어이 서성거리나. 내 처신을 올바르게 해야만 지키고 하는 것을 말할 수가 있으리라. 손에 후천도(後天圖) 들고 있다면 초현(草玄)하는 무리는 아닐 것 아닌가. 이 말은 그대나 알고 있게나 나는 그대 따라 가려네.

【贅言】학문을 하든 사업을 하든 성공의 첫째 조건은 지켜야 할 것은 지키고 해야 할 일은 하는 것이다. 백호는 이 시에서 『周易』의 후천팔괘도를 공부하는 이가 도가(道家)의 『太玄經』을 쫓지는 않을 것이라고 하였다. 『太玄經』은 한대 양웅(揚雄)이 『周易』을 본떠서 지은 책으로 알려져 있다.

圖南鵬翼
남쪽을 향한 붕새의 날개짓, 즉 원대한 포부.

【出典】李奎報『東國李相國全集 卷五 古律詩』《呈內省諸郎·起居舍人白光臣》"珠璣咳唾到頭新 復見元和白舍人 夜聽金宵傳刻漏 朝陪玉帝草絲綸 圖南鵬翼凌蒼海 拱北星芒耀紫宸 幸是青雲知己在 不應虛掉自鳴唇"

구슬 같은 시문(詩文) 너무도 새로워 원화 때 백 사인을 이제 다시 보겠네. 밤에는 금서에서 시각 알리는 소리를 듣고 아침엔 임금을 모셔 윤음(綸音)을 초하네. 남으로 날려는 붕새는 창해를 박차고 북으로 향하는 성광(星光)은 자미궁에 비쳤네. 다행히 그대 같은 청운의 지기 있으니 내 부질없이 입술만 놀린 것은 아니겠지.

【贅言】『莊子·逍遙遊』에 "붕새가 북쪽에서 단숨에 남쪽으로 날아가려는 웅지를 품고 있다." 하였다. '도남붕익(圖南鵬翼)'은 대붕(大鵬)이 날개를 펴고 남(南)쪽으로 옮겨가려 한다는 말로, 대업(大業) 또는 원정(遠征)을 계획(計劃)하는 큰 뜻을 의미한다.

至誠感神
지극정성이면 신(神)도 감동한다.

【出典】『書經·虞書』「大禹謨」"惟德動天 無遠弗屆 滿招損 謙受益 時乃天道……至誠感神 矧茲有苗"

순(舜) 임금이 우(禹)를 시켜 유묘(有苗)를 정벌케 하였는데 유묘가 완강히 불복하자, 익(益)이 우에게 돕는 말을 하여 "덕만이 하늘을 감동시켜 아무리 멀어도 이르지 않음이 없으니, 자만하면 손해를 부르고 겸손하면 이익을 받는 것이 천도입니다.……지극한 정성은 귀신도 감동시키는데, 더구나 이까짓 유묘(有苗)이겠습니까."

【贅言】우리 속담에 '지성(至誠)이면 감천(感天)이다(至誠感天)'라는 말이 있다. 지극한 정성은 사람뿐 아니라 하늘도 움직이는 놀라운 힘이 있다고 하였다.『中庸』에서도 '지성여신(至誠如神)'이라 하여 사람의 성(誠)을 다하면 신과 같은 놀라운 힘이 생긴다고 하였다. 그래서 '진인사대천명(盡人事待天命)'이라는 말에 설득력이 있는 것이다.

福爲吉祥
길이 길상을 누리소서.

【出典】茶山 丁若鏞『茶山詩文集 卷十三 序』《兵曹判書葉西權公 襏 七十一壽序》"夫人

鳳宿 / 24×129cm
葉鳳宿 대나무에 길조의 상징인 봉황새가 깃들다.

之謂福爲吉祥者 以福之必可樂也 則所期在樂不在乎福 然人有生而貴生而富 居然而子居
然而老者 雖福不知其爲樂也"

사람이 복을 일러 '길상(吉祥)하다' 하는 것은 복이 반드시 즐거워함 직하기 때문이다. 그렇다
면 기대하는 바는 즐거움에 있고 복에 있지 않다. 그러나, 태어나면서부터 부귀를 타고 나고
자신도 모르는 사이에 자식을 낳고 늙어가는 사람은 복이 있는 인생이지만, 그것이 즐거움
이 되는 줄을 모른다.

【贅言】다산(茶山) 정약용(丁若鏞, 1762~1836) 선생의『與猶堂全書』에 "사람이 복을 일러
'길상(吉祥)하다' 하는 것은 복이 반드시 즐거워함 직하기 때문이다. 그렇다면 기대하는 바는
즐거움에 있고 복에 있지 않다. 그러나, 태어나면서부터 부귀를 타고 나고 자신도 모르는 사
이에 자식을 낳고 늙어가는 사람은 복이 있는 인생이지만, 그것이 즐거움이 되는 줄을 모른
다(夫人之謂福爲吉祥者 以福之必可樂也 則所期在樂 不在乎福 然人有生而貴生而富 居然而
子居然而老者 雖福不知其爲樂也)."고 하였다.

思日孜孜
매일 열심히 하려고 노력하다.

【出典】『書經·虞書』「益稷」"予思日孜孜"

나는 매일 열심히 하려고 노력한다.

【贅言】향산(響山) 이만도(李晩燾, 1842~1910) 선생이 쓴《近裏齋重修記》에 "천하의 모든 이
치를 궁구하여 그 까닭을 알고 천하의 대도를 준수하여 사람의 윤리를 행한다. 정밀함과 추
솔함, 안과 밖의 이치는 한가지이고 존양(存養) 공부와 성찰 공부 모두 온전히 해야 한다. 이
런 까닭에 내면으로 채찍질하여 독려하는 것에 내가 뜻을 두지만 실천하지 못하니 그 때문
에 날마다 부지런히 노력하며 삶을 마치련다(究天下之衆理而知其所以然 循天下之大道而
行其所當然 精粗內外理一致 存養省察工兩全 是所以鞭驅督約向裏來者 蓋餘有志而不能 故
思日孜孜以終年)."라고 하였다.『響山集 卷十 記』

救生最大
목숨을 구해주는 것이 가장 큰 일이다.

【出典】唐 劉禹錫『救沈志』"浮屠之慈悲 救生最大 能援彼於溺 我當爲魁"

부도(浮屠)의 자비(慈悲)는 목숨을 구해주는 것이 최대이고, 빠짐에서 저들을 구원할 수 있으

니 나는 마땅히 으뜸이 되리라.

【贅言】구생(救生)이란 타인의 삶을 구원하는 것이므로 살신성인(殺身成仁)을 말한다. 『論語·衛靈公』에 "지사(志士)와 인인(仁人)은 목숨을 구하고자 인을 해치지 않고, 목숨을 바쳐서 인을 이루는 일은 있다(志士仁人 無救生以害仁 有殺身以成仁)."라고 하였다.

播厥百穀
온갖 곡식의 씨앗을 뿌리다.

【出典】『詩經·周頌』《良耜》 "畟畟良耜 俶載南畝 播厥百穀 實函斯活"
날카롭게 생긴 좋은 보습으로, 남녘의 밭을 갈기 시작하여 온갖 곡식 씨앗 뿌리면, 그 씨알 물기 머금고 자란다.

【贅言】『詩經·大田』에서도 "비로소 남쪽 밭을 갈아 온갖 곡식을 심으니 이미 싹이 곧고 또 크므로 후손의 마음이 이에 흡족하네(俶載南畝 播厥百穀 旣庭且碩 曾孫是若)."라는 구절이 보인다. 일찍이 공자(孔子)는 "스스로가 늙은 농부에 미치지 못한다(吾不如老農)."고 했다. 정신의 씨앗을 뿌려 3천 제자를 거느린 공자이지만, 하늘과 땅을 떠받들 줄 알고 만물을 성심껏 섬기며 자연의 순리에 따라 사는 늙은 농부의 삶이 공자 자신도 부러웠던 모양이다.

天聞若雷
하늘의 들음이 우레와 같다.

【出典】『明心寶鑑·天命篇』 "玄帝垂訓曰 人間私語 天聞若雷 暗室欺心 神目如電"
현제가 훈계하여 말하기를 "인간의 사사로운 말도 하늘이 듣는 것은 우레와 같고, 암실에서 마음을 속여도 신이 눈여겨 봄은 번개와 같다"고 하였다.

【贅言】송암(松巖) 권호문(權好文) 선생의 《獨樂八曲》에 "병풍 하나 탑상 하나 좌우에는 잠(箴)과 명(銘) 귀신은 번개처럼 잘 보니 암실에서 마음을 속이겠으며 하늘은 우레처럼 잘 들으니 삿된 말을 함부로 하랴? 경계하고 삼가며 두려워함을 은미한 순간에도 잊지 말게. 시동(屍童)처럼 앉아서 진지하게 생각하고 종일토록 노력하고 저녁에도 조심하는 뜻은 천군(天君)을 잘 섬겨서 외부의 누(累)를 제거하면 백체가 마음의 명령 따라 오상(五常)을 싫증내지 않도록 하여 태평의 사업을 모두 이루려고 하였더니 시운이고 운명이라 끝내 공을 못 이룬 채 세월이 나와 함께 하지 않으니 흰머리로 임천에서 할 일이 전혀 없네."라고 하였다.

嬴縮爲寶
성공의 길에는 전진과 퇴보가 모두 보배가 된다.

【出典】『管子·勢』"成功之道 嬴縮爲寶 毋亡天極 究數而止 事若未成 毋改其形 毋失其始"
성공하는 방법은 진퇴를 보배로 생각하고 하늘의 지극함을 잊지 말며 이치를 궁구함에 도달해야 한다. 일이 이루어지지 않으면 그 형태를 고치지 말고 그 시작을 잃지 마라.

【贅言】우리 속담에 '이보(二步) 전진을 위한 일보(一步) 후퇴'가 있다. 또 '척확지굴(尺蠖之屈)' 이란 고사성어도 있는데 그 의미는 『周易·繫辭傳下』의 "자벌레가 (몸을) 구부리는 것은, 그로써 (몸을) 펴고자 하는 것이고, 뱀이 겨울잠을 자는 것은, 그로써 몸을 보존하고자 하는 것이다(尺蠖之屈 以求伸也 龍蛇之蟄 以存身也)."에서 나왔다. 자벌레가 몸을 구부리는 것은 움추리고자 하는 데 목적이 있는 것이 아니라 그 행위를 통해 몸을 더 펴서 앞으로 나아가고자 함에 목적이 있고, 뱀이 겨울잠을 자는 것은 삶을 포기해서가 아니라 그 행위를 통해 혹독한 환경을 견디고 자신의 몸을 보존시키고자 함에 목적이 있는 것이다. 성공을 향한 길에도 순풍(順風)만 있지는 않다. 첫 마음을 잃지 않고 역경(逆境)의 고난을 잘 이겨낸 자만이 성공의 정상에 오를 수 있다.

和氣致祥
화평한 기운이 일어 상서로움이 가득하다.

【出典】李奎報『東國李相國全集 卷第三十九 佛道疏』《西普通寺行別例談禪文》"伏願遄承保護 丕擁吉祥 和氣致祥 七政葉璣衡之正 生民樂業 四方無鼙鼓之鳴"
바라건대 빨리 보호함을 얻고 길상(吉祥)을 받아서 화기(和氣)가 상서를 이루어 칠정(七政 일월(日月)과 금목수화토(金木水火土)의 오성(五星)이 선기옥형(璿璣玉衡)의 바름에 화합하며 생민이 업을 즐기고 사방에 전쟁하는 소리가 없게 하소서.

【贅言】'화기치상(和氣致祥)'에 관하여 『漢書 卷36 楚元王傳』에 "화평한 기운은 상서로움을 부르고 어긋난 기운은 재이(災異)를 부르니, 상서로움이 많으면 그 나라가 안정되고 재이가 많으면 그 나라가 위태로우니, 이는 천지에 변하지 않는 법칙이고 고금에 두루 적용되는 이치이다(和氣致祥 乖氣致異 祥多者其國安 異衆者其國危 天地之常經 古今之通義也)."라고 하였고, 이이(李珥) 선생의 『聖學輯要·統說』에서는 "임금이 마음을 바르게 하여 조정의 백관과 만민을 바르게 해서 음양이 화합하고 풍우가 때에 맞아 모든 복이 이른다(人君正心 以正朝廷百官萬民 而陰陽和風雨時 諸福之物畢至)."라는 동중서(董仲舒)의 말을 인용하였다.

永綏吉祥
길이 길상을 누리라.

【出典】記言 許穆『記言 卷五十四 續集 慶賀』《上壽慶禮後獻頌箚》"黎民以休以豫 邦家之光 百福來求 永綏吉祥"

백성들 덕분에 휴식하고 기뻐하니 나라의 영광이라. 온갖 복록들 찾아드니 길이 길상을 누리시라.

【贅言】『莊子·人間世』에 "저 뚫린 벽을 보면 빈방 안에 흰빛이 있고, 거기에는 길한 징조가 깃들어 있다(瞻彼闋者 虛室生白 吉祥止止)."라 하였다.

不違危殆
위험을 두려워하지 말라.

【出典】『淮南子· 脩務訓』"聖人知時之難得 務可趣也 苦身勞形 焦心怖肝 不避煩難 不違危殆"

성인(聖人)은 얻기 어려운 시기를 알아 취할만한 것에는 힘쓴다. 몸을 수고롭게 하고 마음을 두렵고 지치게 하지만 번거롭고 어렵다고 피하지 않고 위태한 곳에서도 달아나지 않는다.

【贅言】정면돌파(正面突破)다. 어렵다고 피하고, 불리하다고 피하고, 타산 없다 피하면 소는 누가 키우나? 대의(大義)를 위한 것이라면, 어려워도, 불리해도, 손해를 보더라도 하는 것이다. 그 위험을 두려워하지 않는 것, 이것이 진정한 용기(勇氣)이다.『詩經·小雅』《皇皇者華》에 "청흑(靑黑)의 준마를 타고 여섯 개의 고삐를 실같이 다루네. 달리고 또 몰면서 충심으로 좋은 계책을 얻었네(我馬唯騏 六轡如絲 載馳載驅 周爰諮謀)."라는 시가 바로 그것이다.

開物成務
만물(萬物)의 이치(理致)를 깨닫고,
이치에 따라 업무를 처리하면 성공(成功)하게 된다.

【出典】『周易·繫辭上』"子曰 夫易何爲者也 夫易開物成務 冒天下之道 如斯而已者也 是故 聖人 以通天下之志 以定天下之業 以斷天下之疑"

공자가 말하였다. 역(易)이라는 것은 어찌하여 만든 것일까? 역(易)이란 물리(物理)를 깨닫고 일을 이루어 천하의 모든 도(道)를 포용(包容)하니, 이와 같을 따름이다. 이런 까닭에 성인(聖人)은 이로써 천하의 뜻을 통하며, 천하의 업(業)을 정하며, 천하의 의문(疑問)을 단절하는 것이다.

【贅言】『周易·繫辭傳 10장』에 "『역』에는 성인의 도가 네 가지 있다.『역』을 매개로 하여 무엇인가 말을 하려는 자는 그 언사(言辭)를 숭상하고, '역'을 매개로 하여 행동을 정하려는 자는 그 음양 변화를 숭상하고,『역』을 이용하여 기구를 만들려고 하는 자는 그 상(象)을 숭상하고,『역』을 이용하여 미래를 점치려는 자는 그 점괘(占卦)를 숭상한다." 하였고, 이어 11장 첫머리에서『역』은 만물의 도리를 알아 일을 성취하게 해 주는 것(開物成務)."이라고 하였다.

春耕夏耘
봄철에 밭을 갈고 여름철에 김을 매네.

【出典】明 馮夢龍『警世通言』"春時耕種夏時耘 粒粒顆顆費力勤"
봄철에 밭을 갈아 씨 뿌리고 여름철에 김을 매며, 알알이 모두 부지런히 힘을 쓰네.

【贅言】서거정(徐居正) 선생의《南孝溫》에 "흙을 움직인다 하여 성내지 않는다는 것을 무엇으로 아는가.' 하므로, 나는 말하기를, '건(乾)은 건장함으로써 움직이고, 곤(坤)은 유순함으로써 움직이므로, 곤의 상을 취하기를, 암말의 정(貞)이라 하였으니, 그 움직임을 취한 것이다. 그러므로 봄에 갈고 여름에 김매고 오행이 상극(相克)하여 오곡(五穀)을 낳고 오곡이 성숙하면 흙을 봉하여 제사하나니, 토신은 진실로 흙을 움직인다 하여 성내지 않는다. 만약 호미와 쟁기로 흙을 일구고 쇠끝으로 흙을 다듬지 않는다면, 오곡이 생겨날 수도 없고, 사토(社土)하여 제사할 수도 없을 것이니, 그렇다면 흙을 움직이지 않는 것이 토신에게 무슨 이익이 되겠는가(不以動土爲怒 何以知之 曰乾健而動 坤柔而動 故坤之取象曰牝馬之貞 取其動也 故春耕夏耘 五行相克 以生五穀 五穀成而社土以祭 土神固不以動土爲怒也 若不鉏耰起土 鐵齒治土 則五穀不得以生 而社土不得以祭矣 然則土之不動 何益於土神哉)."하였다.

春花秋實
봄에는 꽃 피우고 가을에는 열매 맺네.

【出典】『履園叢活·夢幻·永和銀杏』"楊州鈔關官署東隅 有銀杏樹一株 其大數圍 直幹淩霄 春花秋實"
양주 초관(鈔關) 관서(官署) 동쪽 귀퉁이에 은행나무 한그루가 있는데 그 크기가 수위(數圍)였고 곧은 줄기가 하늘 높이 솟았는데, 봄에는 꽃이 피고 가을에는 열매를 맺었다.

【贅言】봄에 꽃을 피운다는 것은, 그 이전 이미 파종하였다는 의미이고, 가을에 열매를 맺는다는 것은 여름에 열심히 김을 매주었다는 것이다. 세상사는 공짜가 없고 땀 흘린 만큼 거두

어들이는 법이다. 학고(鶴皐) 김이만(金履萬, 1683~1758) 선생의《食桃子》시에 "작은 씨를 심어 열자 크기로 키우니 봄에 꽃이 피고 가을에 열매 맺어 함께 향기롭구나. 요지의 만설을 삼천 번 읽은들 동산의 저 한 해 맛만 못하구나(寸核栽成十尺長 春花秋實共芬芳 瑤池謾說三千熟 不及吾園歲一嘗)."라는 시가 있다.

阮籍靑眼
완적의 푸른 눈, 즉 오는 손님을 반갑게 맞는다는 의미.

【出典】『晉書 卷四十九 阮籍傳』"阮籍母終 籍見禮俗之士 以白眼對之 及嵇喜來吊 籍作白眼 喜不懌而退 喜弟康聞之 乃齎酒挾琴造焉 籍大悅 乃見靑眼"
완적의 어머니가 죽자 완적(阮籍)은 문상객을 보는데 백안으로 대했다. 혜희(嵇喜)가 조문을 왔는데 완적이 백안으로 대하니 혜희는 불쾌하여 물러났다. 혜희의 아우 혜강(嵇康)이 이런 얘기를 듣고는 술과 거문고를 들고 갔더니 완적이 크게 기뻐하며 청안으로 보았다.

【贅言】푸른 눈[靑眼]이란 곧 반겨주는 표정의 눈을 말한다. 진(晉)의 완적(阮籍)이 본디 법도 있는 선비를 미워하여 자기 어머니 초상을 당했을 때, 혜희(嵇喜)가 예의를 갖추어 조문하자 그것이 못마땅하여 눈을 희게 뜨더니[白眼], 혜강(嵇康)이 술과 거문고를 가지고 찾아가자 그제야 좋아하여 눈을 푸르게 떴다는 고사에서 온 말이다.

天保九如
경사스러운 일 아홉 가지.

【出典】『試經·小雅』《天保》"天保定爾 以莫不如 如山如阜如岡如陵 如川之方至 以莫不增"
하늘이 그대를 보정케 하시어 흥하지 아니함이 없는지라. 산 같고 언덕 같으며, 산마루 같고 능선 같으며, 냇물이 바야흐로 이르는 것 같아서 불어나지 아니함이 없도다.

【贅言】죽기 전에 해야 할 일이나 달성하고 싶은 목표를 적은 목록을 의미하는 버킷리스트(bucket list) 라는 것이 있다. 이를 통해 내 삶의 순위에서 잠시 멀어졌던 일들을 하나하나 이루어내는 성취감은 이루 말할 수 없을 것이다. 천보(天保)란 그러한 일을 할 수 있도록 하늘이 도와주는 것이다. 본래 국가의 기업(基業)이 장구하여 공고함을 기원하는 내용이라 하기도 하고, 장수(長壽)를 축원하는 말로 쓰인다고도 한다.

振領裘正
옷깃을 들면 갖옷이 바르게 된다.
어떤 일의 틀을 만들어 크게 성공시킨다는 것.

【出典】『三國史記列傳 第一 金庾信 上』
건복(建福) 29년 이웃에서 도둑이 쳐들어와 공은 더욱 씩씩한 마음을 부추기어 홀로 칼을 들고 인박산(咽薄山) 깊은 골에 들어가서 향을 피우고 하늘에 고하고, 중악에서 하던 말과 같이 빌었더니 천관이 빛을 주고 보검 위에 영기를 내려주었다. 사흘되는 밤 허성과 각성 두 별이 빛살을 환하게 드리워서 칼이 움직이는 것 같았다. 건복 46년 기축 가을 8월 왕이 이찬 임영리(任永裏), 파진찬 용춘(龍春), 백룡(白龍), 소판, 대인(大因) 서현 등에게 군사를 이끌고 고구려 낭비성을 치게 하였는데 고구려 군사가 나서 마주치니 우리 군사가 불리하여 죽은 이가 많고 사기가 꺾이어서 다시 싸울 마음이 없었다. 유신은 그때 중당당주(中幢幢主)였는데 아버지 앞으로 나아가서 투구를 벗고 말하기를 우리 군사가 졌습니다. 저는 평생 충과 효를 하기로 기약하였으니 싸움에 나서서 용감하게 싸우지 않으면 안됩니다. 들으니 옷깃을 들면 갖옷이 바로 되고, 벼리를 당기면 그물이 펼쳐진다 했으니 제가 그 벼리와 옷깃이 되어야 하지 않겠습니까. 하고 말에 올라 칼을 빼들고 구덩이를 넘어 적진을 드나들면서 적의 장수를 베고 그 머리를 들고 왔다. 우리 군사가 그걸 보고 승세를 타서 들이쳐 5천여 명을 베어 죽이고 1천여 사람을 사로잡았다. 성안이 흉흉하고 두려우니 아무도 대항하는 이가 없고 모두 나와 항복하였다. 사자성어집 엮어 올리기 모임『삼국사기 삼국유사의 우물물』다운샘, 1998, p.260.

徒木立信
나무 옮기기로 백성의 믿음을 얻다.

【出典】漢 司馬遷『史記·商君列傳』"令既具 未布 恐民之不信 已乃立三丈之木於國都市南門 募民有能徙置北門者予十金 民怪之莫敢徙 複曰能徙者予五十金 有一人徙之 輒予五十金以明不欺 卒下令"
(새로운) 법령(法令)이 이미 준비되었으나 아직 선포하지 아니하였다. 백성들이 믿지 않을 것이 두려워서였다. (선포를) 중지하고 이에 나라의 도시 남문에 삼 장(丈)의 나무를 세우고, 백성들을 불러모아 북문으로 옮겨서 세울 수 있는 사람은 십금(十金)을 주겠다고 하였다. 백성들은 이를 괴이하게 여기며 감히 옮기려 하지 않았다. 다시 말하였다. "옮길 수 있는 사람은 오십금(五十金)을 주겠다." 어떤 한 사람이 나무를 옮기자, 거짓이 없음을 분명히 하기 위하여 바로 오십금을 주었다. 그리고 마침내 새로운 법령을 선포하였다.

【贅言】전국시대 진국(秦國)의 책사였던 상앙(商鞅, 前390~前338) 선생이 백성들에게 믿음을 주기 위하여 실행한 계책으로 나무를 옮겨 믿음을 얻는 '상앙사목입신(商鞅徙木立信)'이란 고사에서 유래하였다. 옛날이나 지금이나 정치의 첫 번째 덕목은 관부가 국민을 속이지 않고 믿음을 주는 것이다. '이목지신(移木之信 : 나무를 옮기게 한 믿음)', '사목지신(徙木之信 : 나무를 옮겨 믿음을 얻음)'이란 성어도 같은 의미이다.

暴虎馮河
맨손으로 호랑이를 대적하고 걸어서 강을 건너다.
즉 무모한 용기를 말한다.

【出典】『詩經·小雅』《小旻》 "不敢暴虎 不敢馮河 人知其一 莫知其他 戰戰兢兢 如臨深淵 如履薄氷"
감히 호랑이를 맨손으로 때려잡지 못하고, 황하를 배 없이 건너지 못한다. 사람들은 하나만 알고 다른 것은 알지 못하니 두려워 벌벌 떨며, 깊은 연못 앞에 이른 듯이 하고, 마치 얇은 얼음을 밟듯이 하라.

【贅言】일에는 순서가 있고 갖추어야 할 조건들이 있다. 그것들을 무시하고 일을 진행하는 것은 모래 위에 성을 쌓는 사상누각(沙上樓閣)과도 같다. 공자는 자로(子路)에게 "맨주먹으로 범을 치고 맨발로 강을 건너면서 죽어도 뉘우치지 않는 자와는 내가 함께하지 않을 것이다. 일을 앞에 두었을 때 두려워할 줄 알고, 계획을 잘 세워서 일을 잘 마무리하는 사람과 함께할 것이다(暴虎馮河 死而無悔者 吾不與也 必也臨事而懼 好謀而成者也)."라고 충고한 말이 있다.『論語·述而』목은(牧隱) 이색(李穡) 선생의《有感》시에 "내가 잘못해도 정말 크게 잘못했지 천균(千鈞)을 가볍게 들어 올리려 하였으니. 일에 임해 두려워하는 자세가 부족했고 게다가 사람을 보는 눈도 밝지 못했다. 이제와서 후회한들 또 어찌하겠는가, 만 번 죽을 고비에서 살아남았으면 다행이지. 나 홀로 앉아 근심하고 두려워하면서도 입을 오므려 때때로 소리 내어 읊노라(我有一大錯 欲擧千鈞輕 爲欠臨事懼 又昧知人明 縱悔亦已矣 萬死幸一生 獨坐每惕若 縮口時出聲)." 마치 나의 푸념처럼 들리는 말이다.

負荷之規
짐을 등에 진다, 즉 선업(先業)을 계승하는 것을 비유하는 말.

【出典】崔致遠『桂苑筆耕集』《蘇聿補衙前虞候》 "前件官 早從吏役 久習武才 父也暮年 既思休退 子之壯氣 可代勤勞 且令職在於早趨 乃欲功歸於歷試 無爽聿修之訓 勉成負

荷之規"

전건(前件) 관원은 일찍부터 관리의 업무에 종사하였고 오래도록 무예(武藝)를 익혔다. 그의 부친이 노쇠하여 은퇴를 생각하고 있는데, 그 아들의 기상이 씩씩하니 대신 수고하게 해도 좋을 것이다. 얼른 직무(職務)에 임하게 해서 경력(經歷)을 쌓는 공을 이루게 하려 하니, 율수(聿修)의 가르침을 어기지 말고 부하(負荷)의 법도를 이루도록 힘쓸지어다.

【贅言】 이 말은 『春秋左氏傳 昭公7年』의 "아비가 장작을 쪼개 놓았는데, 아들이 등에 지지 못한다(其父析薪 其子弗克負荷)."라는 말에서 유래한 것이다.

功成身退
공이 이루어지면, 자신이 물러나는 것.

【出典】 老子『道德經』"持而盈之 不如其已 揣而梲之 不可長保 金玉滿堂 莫之能守 富貴而驕 自遺其咎 不可長保也 功成身退 天之道也"

움켜쥐고 채우는 것은 그만두는 것만 못하고, 두드려서 날카롭게 하는 것은, 오래 보존할 수 없다. 금과 옥으로 집을 가득 채우면, 누구도 그것을 지킬 수 없고 부유하고 귀한데 교만하면, 스스로 자기 허물을 남긴다. 공이 이루어지면 자신이 물러나는 것이 하늘의 도이다.

【贅言】 세상 모든 일에는 정점(頂點)이 있다. 정점을 찍고 나면 남은 것은 내려오는 일이다. 이를 실행하지 못하면 그 결과는 비참해진다. '잘 나갈 때 조심하라'는 것은 이래서 생긴 말인 듯 하다. 구사당(九思堂) 김낙행(金樂行, 1708~1766) 선생의 시에 "공훈 이루고 몸 물러나 강호에 누웠으니 뇌락하고도 풍류를 지닌 참된 대장부로다. 친구들 조정에 가득해도 편지 보내지 않았고 영화는 웃음에 날리며 꿈속 일처럼 생각했네(功成身退臥江湖 磊落風流大丈夫 故舊滿朝書斷絶 繁華一笑夢虛無)."라는 구절이 보인다. 급류에 휩쓸리지 않고 용감하게 물러난다는 의미의 '연퇴급류(緣退急流)'라는 성어도 있다.

十之十之
'하고 싶다' 는 의미의 문자 유희(遊戲).

【出典】 李元圭《가루지타령》"一之一之 글이나 一之, 二之二之 金을 이지, 三之三之 짚신이나 삼지, 四之四之 브즈런•야 四之, 五之五之 세월 가면 늙을 씌가 五之, 육지육지 航業은 水路오 農業은 六之, 七之七之 암컷이나 七之, 八之八之 쓰고 남거딘 八之, 九之

九之 窮交貧族 가난九之, 十之十之 生前事業 성취ㅎㆍ야 流芳百世 ㅎㆍ고十之"「대한매일신보」제1959호(1912. 5. 1)

【贅言】이는 한시(漢詩)에 깊은 소양을 지녔던 개화기 문인들이 자신에게 익숙한 한시의 유형을 한글과 접목하여 창작한 문자 유희이며 그 속에는 당시 시대상과 촌철살인(寸鐵殺人)의 해학이 숨어 있다.

利之所在 天下趨之
이익이 있는 곳으로 천하는 쏠린다.

【出典】宋 蘇洵《上皇帝書》"利之所在 天下趨之 不忘初心 方得始終"
이익이 있는 곳에 천하 사람들이 몰려드니, 초심을 잊지 말아야 시종(始終)을 얻을 수 있다.

【贅言】소순(蘇洵, 1009~1066) 선생이 인종황제(仁宗皇帝)에게 올린 글에 "신은 듣건대, 利益이 있는 곳에 천하가 달려간다고 합니다. 이런 까닭으로 부유(富裕)한 집의 자제가 이익 되는 일을 하고자 하면 백 집의 시장에 편안히 있을 사람이 없을 것입니다. 옛날의 성인은 큰 이익의 권한을 잡고서 천하를 분주히 하여 뜻하는 바가 있으면 천하가 다투어 먼저 하였습니다. 지금 폐하는 천하를 분주히 할 수 있는 권한이 있으면서 쓰지 아니하시니 어째서이겠습니까?(臣聞 利之所在 天下趨之 是故 千金之子 欲有所爲 則百家之市 無寧居者 古之聖人 執其大利之權 以奔走天下 意有所向 則天下爭先爲之)."『唐宋八大家文鈔 卷一 上書·狀 上仁宗皇帝書』라는 예문이 보인다.

春若不耕 秋無所望
봄에 만약 밭 갈지 않으면 가을에 바랄 것이 없다.

【出典】『明心寶鑑·立敎篇』"一生之計 在於幼 幼而不學 老無所知 一年之計 在於春 春若不耕 秋無所望"
일생의 계획은 어릴 때 있어서 어릴 때 배우지 않으면 늙어서 아는 것이 없고 일년의 계획은 봄에 있으니 봄에 경작하지 않으면 가을에 바랄 것이 없다.

【贅言】《孔子三計圖》에 "일생의 계획은 어릴 때 있고, 일 년의 계획은 봄에 있고, 하루의 계획은 새벽에 있다. 어려서 배우지 않으면 늙어서 아는 것이 없고, 봄에 밭 갈지 않으면 가을에 바랄 것이 없으며, 새벽에 일어나지 않으면 그날에 하는 일이 없다."고 하였다. 이에 대해 원(元)나라 노명선(魯明善, 1271~1368) 선생의 『農桑衣食撮要·十二月』에는 "일생의 계획은

화(和)에 있고, 근(勤)에 있으며, 일 년의 계획은 봄에 있고 하루의 계획은 새벽에 있다(一生之計在於和 一生之計在於勤 一年之計在於春 一日之計在於晨)." 하였으며 『增廣賢文』에서는 "일년의 계획은 봄에 있고, 하루의 계획은 새벽에 있으며, 한 집안의 계획은 화(和)에 있고 일생의 계획은 근(勤)에 있다"고 하였다. 또 어떤 이는 말하기를 "일 년의 계책은 곡식을 심는 일이요, 십 년의 계책은 나무를 심는 일이요, 백 년의 계책은 덕을 심는 일이다(一年之計 樹之以穀 十年之計 樹之以木 百年之計 樹之以德)."라고 하여 종덕(種德)이 인생의 가장 중요한 일임을 강조하기도 하였다.

三折乃良醫
팔이 세 번 부러져야 좋은 의사가 된다.

【出典】唐 劉禹錫『學阮公體』"少年負志氣 信道不從時 只言繩自直 安知室可欺 百勝難慮敵 三折乃良醫 人生不失意 焉能暴己知"
젊어서는 원대한 뜻 품은지라 정도만 믿고 세속은 따르지 않았노라. 법도대로 행하면 만사가 절로 바르게 될 줄 생각했으니 밀실에서 음모 꾸밀 줄 어찌 알았으랴. 백 번 싸워 이기기만 하면 적을 헤아리기 어렵고, 팔이 세 번 부러져야 良醫(양의)가 될 수 있는 법. 인생에 좌절이 없다면 어찌 자기의 지혜 드러낼 수 있겠는가.

【贅言】『春秋左氏傳·定公13년』에 "팔뚝을 세 차례쯤 부러뜨린 다음에야 그 방면의 명의가 되는 것으로 알고 있다(三折肱知爲良醫)"는 말이 나온다. 간이(簡易) 최립(崔岦, 1539~1612) 선생이 쓴《琅玕卷序》에도 "근래에 석양정(石陽正)이 그린 대나무 그림을 보면 그야말로 핍진(逼眞)해서 이 세상에서는 아마도 찾아보기 어려울 것이라는 생각이 들기도 한다. 그런데 그가 전란(戰亂) 중에 팔뚝을 부러뜨린 이후로 그 솜씨가 더욱 기막히게 되었으므로, 내가 언젠가 우스갯소리로 그에게, "어쩌면 세상의 의사들처럼 팔뚝을 부러뜨리고 나서야 명의(名醫)가 된 모양이다."고 농담을 한 적도 있었다(近者石陽正所爲逼眞 殆世所稀見 而自渠折臂後愈奇 餘嘗戲之曰 折臂而成醫 俗之醫耶).『簡易集 卷三』는 구절이 있다.

有事須相問
일이 있으면 서로 상의하라.

【出典】唐 王梵志『全唐詩補逸』"有事須相問 平章莫自專 和同相用語 莫取婦兒言"
일이 있으면 반드시 서로 상의해야 한다. 공정하게 다스려야지 스스로 전횡해선 안된다. 화합할 때 사용하는 언어는 부인이나 아이의 말에서 취하지 마라.

【贅言】왕범지(王梵志, 隋末唐初人) 선생은 평생 300편 이상의 시를 썼지만, 시단에서 인정받지 못한 풀뿌리 시인이다. 그의 시는 경전의 틀을 벗어나 반항과 비판의 정신을 드러내는가 하면, 동시에 깊은 인간성을 보여주기도 한다. 이 시 역시 금언(禁言)과 같은 가족 윤리의 성격을 지닌 시로 일이 있을 때는 서로 상의하고 공정하게 배려하며 상대에게 상처가 되는 말은 삼가라는 것이다. 상대를 배려하는 배려심(配慮心)의 부족과 말의 유희(遊戱)가 심각한 지금의 현실에서 왕범지의 일침은 쓴 약이 될 것이다.

風送滕王閣
등왕각에 바람이 불다.

【出典】宋 許月卿《贈談命韓東野》"時來風送滕王閣 運去雷轟薦福碑 莫道去年曾算了 從知禍福逐年移"
때가 오면 바람이 등왕각(滕王閣)에 불고, 운이 가면 천복비(薦福碑)에 벼락이 때린다. 지난해는 이렇다 계산하지 말지니, 화(禍)와 복(福)은 해마다 옮겨 다닌다는 것을.

【贅言】뜻밖에 일이 잘 풀릴 때 우리는 샐리의 법칙(Sally's law)을 들이대고, 일이 잘 풀리지 않으면 머피의 법칙(Murphy's law)을 떠올린다. 등왕각(滕王閣)은 강서성에 있는 유명한 정각으로 당의 왕발(王勃, 650~684) 선생이 등왕각에서 열리는 문회(文會)에 닿기가 어려웠을 때 바람이 배를 휘몰아서 마당(馬當)에서부터 남창(南昌)까지 하루에 도달하여《滕王閣詩序》를 짓게 되었다 하여 천운(天運)이 따르는 것을 말하고, 천복비(薦福碑)는 천복산(薦福山)에 있는 비석으로 구양순(歐陽詢)이 글을 썼다고 전해지는 비석이다. 송나라 때 시골 서생 서조(西朝)가 이 비석의 글씨를 탁본하러 찾아갔으나 전날 벼락을 맞아 비석이 부서지는 바람에 돌아와야만 했다는 고사에서 운(運)이 없음을 비유적으로 이를 때 쓴다.

若陟遐必自邇
멀리 가려면 가까운데서부터 시작하라.

【出典】『尙書·太甲下』"若升高 必自下 若陟遐 必自邇"
높이 올라가려면 반드시 아래로부터 시작해야 한다. 오를 곳이 멀면 반드시 가까운 곳으로부터 시작해야 한다.

【贅言】리처드 바크(Richard Bach)의「갈매기의 꿈(Jonathan Livingston Seagull)」에 "가장 높이 나는 새가 가장 멀리 본다(The bird sees farthest that flies highest)."는 말은 세계적 명언이다. 리

처드 바크는 꿈을 통해 도전 정신과 피나는 노력으로 비행기술을 완성한 갈매기 조나단의 비상(飛翔)을 통해 완전한 자유를 획득하는 과정과 자기완성을 이루어 가는 과정, 사랑과 친절함의 의미를 묘사하고 있다. '천리 길도 한 걸음부터(千裏之行 始於足下)'라는 말처럼 높은 곳에 오르고자 할 때는 내 발아래에서부터 시작하는 지혜와 용기가 필요하다.

酒滿金樽客滿堂
동이에 술 가득하고 마루에 손님 가득하길.

【出典】稼亭 李穀『稼亭集 卷十五』《壽揭以忠》"弧矢高門志四方 宦遊萬裏近扶桑 願君到處逢今日 酒滿金樽客滿堂"
고문에서 사방을 경륜할 호시(弧矢)의 뜻 품고서 부상(扶桑) 가까이 만리타국에서 벼슬하시는 분. 바라건대, 그대 가는 곳마다 오늘처럼 동이에 술 가득하고 마루에 손님 가득하길.

【贅言】게이충(揭以忠)의 장수를 축원하며 쓴 시로 게이충은 원나라 게혜사(揭傒斯, 1274~1344)의 동생이다.

■ 成功格言

▣ 昌期開景運 泰象啟陽春
창성(昌盛)한 계절은 좋은 시운을 열고, 태평한 운수는 양춘(陽春)에 시작되네.

▣ 生意似春筍 財源如春潮
활기(活氣)는 봄 죽순(竹筍)과 같고, 재원(財源)은 봄날 조수(潮水)와 같아라.

▣ 恒心有恒業 隆德享隆名
항심(恒心)에는 항업(恒業)이 있고, 고상(高尙)한 덕으로 큰 명성(名聲)을 누리다.

▣ 春意春前草 財源雨後泉
사랑은 봄날에 풀과 같이 자라고, 재원(財源)은 비온 뒤 샘과 같이 넘쳐나네.

▣ 秉管鮑精神 因商作戰 富陶朱學術 到處皆春
관포(管鮑)의 정신으로 작전을 도모하며, 도주학술(陶朱學術) 풍후(豐厚)하니 도처가 모두 봄이라.

◉ 財源滾滾達三江 生意興隆通四海

재원(財源)은 도도이 흘러 삼강(三江)에 달하고, 생의(生意)는 흥성(興盛)하여 사해(四海)에 통한다네.

◉ 生意如同春意滿 財源更比流水長

생기(生機)는 봄날처럼 가득하고, 재원(財源)은 유수처럼 장구(長久)하게 흐르네.

◉ 門迎曉日財源廣 戶納春風喜慶多

문(門)으로 새벽해를 맞으니 재원(財源)이 많아지고, 집에 춘풍(春風)을 들이니 경사가 많겠네.

◉ 友以義交情可久 財從道取利方長

의(義)로써 벗을 사귀니 정이 오래가고, 재물을 도에 따라 취하니 이익이 많아지리.

◉ 根深葉茂無疆業 源遠流長有道財

뿌리가 깊으면 잎도 무성해지며 사업이 한없고, 근원이 유원(流遠)하면 흐름도 길어지고 재물의 길이 생긴다.

◉ 一點公心平似水 十分生意穩如山

일 점 공심(公心)은 평평하기 물과 같고, 십 분 흥취(興趣)는 평온하기 산과 같다.

◉ 物質文明稱巨子 商情豁達屬先生

물질문명에는 거두(巨頭)를 칭송하고, 상정(商情)이 활달하면 선생을 따른다.

◉ 東風利市春來有象 生意興隆日進無疆

동풍은 대길(大吉)하여 봄이 오면 상(象)이 있고, 흥취가 흥성하여 날이 가도 한이 없다.

◉ 門迎曉日財源廣 戶納春風喜慶多

문에 새벽해를 맞으니 재원이 많아지고, 집에 춘풍을 들이니 경사가 많네.

◉ 友以義交情可久 財從道取利方長

의로써 벗을 사귀니 정이 오래가고, 재물을 도에 따라 취하니 이익이 오래도록 간다.

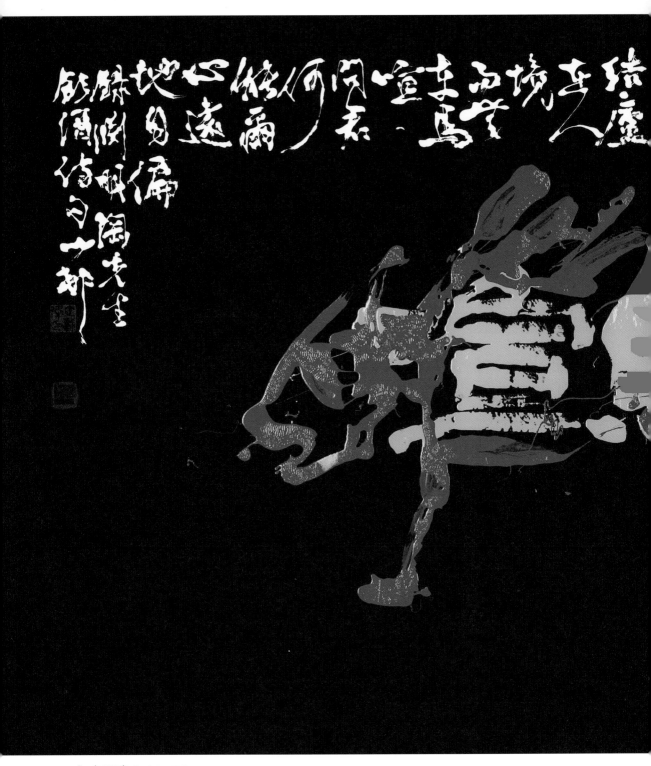

無車馬喧 / 135×70cm
거마의 번잡함이 없는 곳.

제8장　정취하사(情趣賀詞)

坐花醉月
꽃처럼 둘러앉아 달에 취하다.

【出典】唐 李白『春夜宴從弟桃花園序』"夫天地者 萬物之逆旅也 光陰者 百代之過客也 而 浮生若夢 爲歡幾何 古人秉燭夜遊 良有以也 況陽春召我以煙景 大塊假我以文章 會桃花 之芳園 序天倫之樂事 群季俊秀 皆爲惠連 吾人詠歌 獨慚康樂 幽賞未已 高談轉淸 開瓊筵 以坐花 飛羽觴而醉月 不有佳詠 何伸雅懷 如詩不成 罰依金穀酒數"

대저 천지는 만물이 묵어가는 여관이요 세월은 영원한 나그네이다. 떠도는 인생 꿈과 같으니 기쁨이 얼마나 되리오. 옛사람 촛불 잡고 밤에 노닌 것도 실로 까닭이 있었음이라, 하물며 화창한 봄날이 아름다운 경치로 나를 부르고 조물주가 나에게 문상을 빌려줬음에랴. 복사꽃 오얏꽃 아름다운 동산에 모여 천륜(天倫)의 즐거운 일들을 말하는데 여러 아우들 준수하기가 모두 사혜련과 같은데 내가 읊는 노래만 강락후에 부끄러울 뿐이네. 그윽한 감상은 아직 끝나지 않고 고담(高談)은 갈수록 맑아지는데 시회(詩會)를 열어 꽃처럼 둘러앉아 술잔을 들어 달에 취하니 아름다운 시문이 있지 않으면 어찌 아름다운 회포를 펼 수 있으리. 시가 만약 이뤄지지 않으면 벌은 금곡의 술잔 수로 하리라.

春甕夜瓶
봄날의 항아리와 야밤의 꽃병.

【出典】宋 蘇軾《汲江煮茶》"活水還須活火烹 自臨釣石取深淸 大瓢貯月歸春甕 小杓分江 入夜瓶 雪乳已翻煎處腳 松風忽作瀉時聲 枯腸未易禁三碗 坐聽荒城長短更"

활수(活水)는 다시 활화(活火)로 끓여야 하니 낚시터에서 깊고 맑은 물을 뜬다. 표주박으로 달을 담아 봄 항아리로 옮기고 국자로 강물 나눠 야병(夜瓶)에 담네. 끓일 때 거품이 희게 일면서 찻잎을 뒤집고 송풍이 홀연 일어 시성(時聲)을 쏟아내니, 주린 배로 세 주발 차 금하지 못하고 앉아서 황성(荒城)의 장단음을 듣고 있다네.

【贅言】사가(四佳) 서거정(徐居正, 1420~1488) 선생의 《寄成和仲》시에 "우리 집에 봄 술항아리를 처음 열었는데 임 생각에 어느 날 밤 매화가 피었네그려(我家春甕初發醅 思君一夜梅花開)."라는 시구가 있다. 소식이 강에 뜬 달을 담아 그 물로 차를 우리는 풍류가 있었다면, 서거정은 갓 익은 봄술을 매화 핀 밤에 마시는 풍류가 있었다.

安如泰山
태산같이 마음이 끄덕없고 든든함.

【出典】漢·枚乘《上書諫吳王》"變所欲爲 易於反掌 安於泰山"
하고자 하는 것을 바꾸면 손바닥을 뒤집는 것보다 쉽고 태산보다 편안할 것이다.

【贅言】"비록 호랑이 입안에 있지만, 태산처럼 편안하다(雖居虎口 安如泰山)."라는 속담이 있다. 호랑이 입안은커녕 호랑이만 봐도 얼어붙는 것이 당연한데 태산처럼 편안하다는 것은 그만큼 욕심부리지 않고 순리대로 함으로써 양심의 거리낌 없음에서 오는 마음의 평정을 말한 것이다. 태산은 중국 산동성에 위치한 산으로 우리에게는 시조「태산이 높다하되 하늘 아래 뫼이로다…」로 잘 알려진 산이다. 안여반석(安如磐石)이라고도 함.

簞瓢至樂
일단사 일표음의 지극한 즐거움.

【出典】『牧隱詩稿 卷二十七』《有感》"簞瓢至樂心如水 箕鬥虛名鬢已霜 有興題詩不點綴 老年眞足誦虞唐"
단표(簞瓢)의 지극한 낙으로 마음은 담담하나, 기두(箕鬥)의 허명 속에 귀밑은 이미 희어졌네. 흥겨워서 시를 쓰되 그다지 꾸미지 않으니 노년에 요순(堯舜)을 칭송하기엔 참으로 넉넉하구나.

【贅言】『論語·雍也』에 "어질도다, 안회(顔回)여. 한 그릇 밥과 한 바가지 물만 마시며 누항(陋

巷)에서 사는 것을 사람들은 근심하며 참아내지를 못하는데, 우리 안회는 그 즐거움을 변치 않으니, 어질도다 안회여(一簞食一瓢飮 在陋巷 人不敢其憂 回也不改其樂 賢哉回也).”라는 공자의 말이 실려 있다.

無車馬喧
거마의 시끄러움이 없다. 즉 전원생활을 즐긴다는 의미.

【出典】陶淵明《飮酒 其五》"結廬在人境 而無車馬喧 問君何能爾 心遠地自偏 采菊東籬下 悠然見南山 山氣日夕佳 飛鳥相與還 此中有眞意 欲辨已忘言"
내 집이 사람 사는 동네에 있어도, 시끄러운 거마 소리 들리지 않네. 어떻게 그렇게 할 수 있냐고 묻는다면, 마음이 멀면 땅은 절로 외진다고 답하리. 동쪽 울타리의 국화를 꺾다가 유연히 남산을 바라보네. 산 기운은 저물녘에 아름답고 날아가던 새들은 짝을 찾아 돌아오네. 이 가운데 참다운 뜻이 있어 밝히려 했으나 이미 말을 잊었네.

【贅言】새로운 것을 경험하면 할 말이 많지만, 그 속에 푹 젖어 다른 것을 바라지 않으니 할 말이 없게 된 것이다. 벼슬살이를 좋아하지 않으니 그에 관련한 이야기에 관심이 없고 거마를 탄 친구들이 나를 만나러 왔다가 거마를 돌려가더라도 아쉬울 것이 없다. 유유자적(悠悠自適) 사는 것이 그냥 좋은 것이다. 이를 도연명은 '욕변이망언(欲辨已忘言)'이라 하였다.『鶴林玉露』에서는 "마음을 먼 곳에 두면 비록 사람들이 있는 곳에 살더라도 거마(車馬)소리가 시끄럽게 할 수 없지만, 마음에 조금이라도 지장이 있으면 비록 한 골짜기를 독차지하고 있으면서 거마를 만나더라도 또한 놀라고 의심하는 마음을 떨어버릴 수 없는 것이다"라고 하였다. 홍자성은『菜根譚』에서 "마음이 쉬면 문득 달이 뜨고 바람이 부는 법이다. 사람 사는 세상은 반드시 고해가 아니다. 마음이 멀면 수레 먼지, 말 발굽소리 절로 없는 법, 어찌 반드시 산속을 그리워하겠는가?(機息時 便有月到風來 不必苦海人世 心遠處 自無車塵馬跡 何須痼疾丘山),"라고 하였다.

幽襟點瑟
옷깃을 여민 증점의 비파.

【出典】象村 申欽『象村先生集 卷十』《次翊亮韻 仍疊成十五首 示翊聖》
"季世玄軒子 歌絃第一村 道能窺孔室 技不數秦垣 社伴沙鷗是 幽襟點瑟存 靜中還有動 樹葉帶秋喧"
말세에 살아가는 이 몸 현헌자(玄軒子) 가장 좋은 시골서 음악[歌絃]을 즐기네. 도는 능히 공자의 방을 엿보고 기예는 진씨의 담 부러워 않네. 어울리는 동무는 갈매기고요, 맑은 흉금 중점의 비파가 있네. 고요[靜] 속에도 움직임[動]이 있듯 나뭇잎에 가을 소리 담겨 있구나."

【贅言】고봉(高峯) 기대승(奇大升, 1527~1572) 선생의 시《點瑟天機鳴》에 "늙은이 편안케 하고 젊은이 감싸는 게 부자(夫子)의 뜻이라. 막힌 정치 뚫고자 사해를 방황했네. 당시 시좌(侍坐)한 네 명의 제자는 중유(仲由), 증점(曾點)과 염구(冉求) 공서적(公西赤)이었네. 조용히 문답하며 숨기지 말라 하니 재주를 펼치며 치국할 마음들 많았네. 그중 한 사람은 거문고만 타는데 그 흉금이 가을 하늘처럼 쇄락(灑落)하였네. 천기가 동할 때 서로 조화되는 것이니 어찌 불편한데 울리겠는가. 그 양양한 곡조 만물과 함께 흐르니 절묘한 마음 순임금과 전욱씨의 음악일세. 거문고를 내려놓고 소회를 말할 제 기수(沂水)의 맑은 바람을 상상해 보게 하니. 공자께서 이 말 듣고 감탄하시고 소심한 세 제자는 놀라고 있네. 아 이 소리 오랫동안 매몰되었는데 돌아보건대 백 대 후에 그 누가 다시 이을 수 있을까(老安少懷夫子志 四海遑遑還否亨 當時侍坐偶四子 仲由曾點求赤幷 從容問酬俾無隱 展才治國多嬰情 中有一人獨鼓瑟 胸次灑落金天晶 天機動處汹相諧 豈有不便然後鳴 洋洋萬物與同流 意思妙絶韶與韺 鏗然而舍吐所懷 想見沂上春風淸 聖師喟然歎且□ 規規三子徒自驚 堪嗟此聲久埋沒 回視百代誰能賡)."라 하였는데 당시의 상황이 생생하게 전해지는 듯 하다.

江山風月
강과 산, 바람과 달, 즉 자연(自然).

【出典】龍門 趙昱《時調一首》유벽(幽僻)을 찾아가니 구름 속에 집이로다. 산채(山菜)에 맛 들이니 세미(世味)를 잊을노라. 이 몸이 강산풍월(江山風月)과 함께 늙자 하노라.

【贅言】그윽한 오지(奧地) 궁벽한 곳에 구름이 걸쳐 있고, 구름 사이 희미하게 띠집 한 채 드러난다. 산 중에 널려 있는 나물 반찬 익숙하니 세상의 조미료가 내 입에 맞을손가. 강과 산, 달과 바람이 동화된 나의 삶을 그 무엇과 바꾸리오. 용문 조욱(趙昱, 1498~1557) 선생이 그리는 인생관이며 이상향(理想鄕)이다.

彈琴復長嘯
거문고 뜯어가며 휘파람 분다.

【出典】唐 王維《竹裏館》"獨坐幽篁裏 彈琴復長嘯 深林人不知 明月來相照"
홀로 그윽한 대숲에 앉아 거문고 뜯고 휘파람 분다. 깊은 숲이라 사람들은 알지 못하나 밝은 달만 찾아와 서로 비춘다.

【贅言】무명자(無名子) 윤기(尹愭, 1741~1826) 선생의《遣悶》시에 "단가를 격렬하게 부르거나 긴 휘파람 어이 한가로우랴. 야박한 풍속은 그냥 그럴 뿐이거니와 진실한 마음은 누가 가지고 있나. 세상살이 노여워할 것 없고 죽은 뒤를 맘에 둘 것 없네. 일일삼성(一日三省)의 가르침 남기셨으니 증자가 진실로 나의 스승이로다(短歌能激烈 長嘯獨棲遲 薄俗徒爲爾 誠心孰有之 世間無足怒 身後不容私 三省垂明訓 子興儘我師)."라고 하였다. 윤기(尹愭)는 '무명자'라는 호에서부터 범상치 않음이 느껴지는 인물이다. 세상을 달관한다면 아마도 이런 시어가 나오지 않을까? 그의 인생 여정이 눈에 선하다.

雲松爲伍鹿爲群
구름과 솔을 짝하고 사슴을 벗 삼다.

【出典】四溟堂『朝鮮時代名僧漢詩選·四溟堂大師』《贈松庵》"浮生營營大夢中 年去年來走塵陌 我師拂衣入西山 身心鍊得生虛白 雲松爲伍鹿爲羣 百歲甘爲天地客"
큰 꿈속에서 허덕이는 뜨내기 인생 해가 가고 해가 와도 홍진(紅塵)의 거리 치달리네. 스님은 옷깃 떨치고 서산에 들어가서 신심을 단련하여 허실생백(虛室生白) 얻으신 분. 구름과 솔을 짝하고 사슴을 벗 삼아서 백세토록 천지의 객으로 달게 보내리라.

【贅言】'百歲甘爲天地客'이란 표현은 이백(李白)이 쓴《春夜宴桃李園序》에 "하늘과 땅은 만물의 여관이요, 흐르는 세월은 백대(百代)의 나그네이다. 부평초 같은 인생 꿈과 같으니, 기쁨을 즐기는 것이 얼마나 되겠는가(夫天地者 萬物之逆旅 光陰者 百代之過客 而浮生若夢 爲歡幾何)."라는 말을 차용한 것이다.

踏花同惜少年春
꽃을 밟고 함께 아쉬워하는 청춘의 봄.

【出典】白居易《春中與盧四周諒 華陽觀同居》性情懶慢好相親 門巷蕭條稱作鄰 背燭共憐深夜月 踏花同惜少年春 杏壇住僻雖宜病 芸閣官微不救貧 文行如君尚憔悴 不知霄漢待何人
성정이 게을러서 친압(親狎)하기 좋고 거리는 쓸쓸하여 이웃이 되네. 촛불을 등지고 심야의 달을 즐기고, 꽃길을 걸으며 소년 시절을 그리워하네.

【贅言】백거이(白居易) 선생의 시《봄에 노사주량과 화양관에서 거함》이다. 이 시는 백거이가

34세 되던 봄에 지은 시이다. 백거이는 친한 벗 노사주량(盧四周諒)과 함께 영숭리(永崇裏)에 있는 화양관으로 옮겨 기거하였다. 화양관은 도교 사원으로 태종의 황녀 화양공주(華陽公主)의 옛집이었다가 후에 공주를 추모하기 위해 도관이 된 건물이다. 백거이는 여기서 노사주량과 촛불을 등지고 심야의 달을 즐기고, 꽃길을 걸으며 지난 소년 시절을 그리워하였다. 백거이가 71세의 나이에 은퇴하여 은둔한 것을 생각하면 이른 시기 찾아든 삶의 여유이기는 하나 지나간 청춘 시절을 벗과 더불어 회상하는 것도 아련한 추억에 젖게 하는 일이다.

自適幽居趣
그윽이 사는 멋을 스스로 즐기다.

【出典】『退溪先生文集 卷二』《溪堂偶興 十絶》"掬泉注硯池 閒坐寫新詩 自適幽居趣 何論知不知"
샘물을 움켜다가 벼루에 붓고 한가로이 앉아 새 시를 쓰노라. 그윽이 사는 멋을 스스로 즐기니 남들이 알고 모르고는 탓할 것이 없어라.

【贊言】퇴계(退溪) 이황(李滉, 1501~1570) 선생의《계당에서 우연히 흥이 일어 절구 열 수를 짓다》가운데 한 수이다. 계당(溪堂)은 퇴계 선생이 벼슬길에서 물러나[退] 시냇가[溪] 기슭에 지은 작은 집이다. 이 시의 바로 앞 수는 이러하다. "병든 몸을 구실 삼아 한가한 몸이 되어 깊숙한 곳 찾아와서 세속 인연 끊고 사네. 참으로 즐거운 일 무엇인지 알고파서 백수가 되도록 경서를 끼고 사네(因病投閒客 緣深絶俗居 欲知眞樂處 白首抱經書)."

一嘗應生無量樂
한 번 맛보면 한없는 즐거움이 솟는다.

【출전】涵虛得通《茶心一味》"一椀茶出一片心 一片心在一椀茶 當用一椀茶一嘗 一嘗應生無量樂
한 잔의 차는 한 조각 마음에서 나왔으니, 한 조각 마음은 한 잔의 차에 담겼네. 응당 이 차 한 잔 맛보시게나, 한 번 맛을 보면 한없는 즐거움이 솟아난다네.

【贊言】이 게송(偈頌)은 함허득통(涵虛得通, 1376~1433) 선사의 다심일미(茶心一味)의 활구(活句)다. 함허득통 선사는 나옹선사의 법손(法孫)이며 무학대사(無學大師, 1327~1405)의 제자이다. 다선(茶禪)의 계보는 조선 후기에 들어 초의의순(草衣意恂, 1786~1866)에 이어지고 초의는 다산 정약용(1762~1836)과 추사 김정희(1786~1856) 등과 폭넓은 교유를 가졌다.

洗心 / 68×34cm
마음의 때를 깨끗이 씻어내다.

摩訶般若波羅蜜多心経

觀自在菩薩行深般若波羅蜜
多時照見五蘊皆空度一切苦
厄舍利子色不異空空不異色
色即是空空即是色受想行識
亦復如是舍利子是諸法空
不生不滅不垢不淨不增不減
是故空中無色無受想行識無
眼耳

제9장 건강하사(健康賀詞)

▣ 품위가 깃든 주름살 앞에서는 고개가 숙여진다. 행복한 노년에는 이루 표현할 수 없는 새벽의 신선함이 있는 법. -빅토르 위고(Victor-Marie Hugo, 1802~1885)-

▣ 기쁜 마음으로 일하는 것이 육체와 정신을 위한 가장 좋은 위생법이다. 값비싼 보약보다 기쁜 마음은 언제나 변하지 않는 약효를 가지고 있다. -조르주 상드 (George Sand, 1804~1876)

▣ 부귀도 명예도 그리고 지식도 미덕도 사랑도 건강이 없으면 모두 낡고 사라져 버린다.
-몽테뉴(Michel Eyquem de Montaigne, 1533~1592)

▣ 최상의 건강에도 한계가 있고 질병은 항상 그 가까운 이웃에 있다.
-아이스킬루스(Aeschylus, 前525~前456)-

▣ 건강이 있는 곳에 자유가 있다. 건강은 모든 자유 가운데서도 제일가는 것이다.
-아미엘 Henri-Frédéric Amiel, 1821~1881)

▣ 무엇이 이익이 되고 무엇이 해악이 되는가를 아는 것이 건강을 지키는 최상의 물리학이다.
-베이컨(Francis Bacon, 1561~1621)-

▣ 祝您身體健康如常靑樹 精神矍鑠如朝陽照 光芒永不褪色
늘 푸른 나무처럼 건강하시고, 정신은 아침 햇살처럼 정정하시며, 그 빛이 영원히 사라지지 않기를 기원합니다.

■ 健康是幸福之本 平安是人生福氣 願你歲月靜好 笑容常開

건강(健康)은 행복의 근본이요 평안(平安)은 인생의 복입니다. 세월이 안정되며 웃음이 항상 피어나길 바랍니다.

一笑
한 번 웃음.

【出典】宋 陸遊『抄書』"一笑語兒子 此是郤老方"

한 번 웃으면서 아들에게 말하노니, 이것이 노쇠함을 막는 방법이라.

【贅言】일소일소일노일노(一笑一少一怒一老)라는 말이 있다. "한 번 웃을 때마다 젊어지고, 한 번 성낼 때마다 늙어간다."는 말이니 웃음이 젊음의 보약인 것은 분명하다. 하지만 웃음도 가려서 웃어야 다른 사람의 오해를 피할 수 있는 요즘 세상이다. 갈암(葛庵) 이현일(李玄逸, 1627~1704) 선생의《招仙臺次仲氏韻》시에 " 외로운 솔은 한 줌 흙 더 가질 뜻 없건만, 어지러운 참새는 작은 가지를 자꾸만 훔쳐 오네. 티끌 세상 굽어보니 그저 웃음이 나와 퉁소를 불며 신선 찾아 나서련다(獨松無意營抔土 亂雀多端攘小枝 俯視塵昏堪一笑 吹簫直欲訪仙師)." 라고 하였다.

安步
편안하게 걷다.

【出典】『戰國策·齊策』"晚食以當肉 安步以當車"

배고픈 뒤에 먹으면 고기 맛이고, 느긋하게 걷는 것은 차를 탄 기분이야.

【贅言】'시장이 반찬'이라는 우리 속담이 곧 '晚食以當肉'을 대변하고, '걷는 것이 건강에 좋다(walking is good for health)'는 서양 격언이 곧 '安步以當車'를 대변한다. 걷는 것이 건강에 가장 좋다는 것은 이미 체험으로 증명된 바이다. 오래 건강하게 살고 싶다면 걷고 또 걸어라!

靜默
마음을 가라앉히고 말을 줄여라.

【出典】唐 姚崇《口箴》"惟靜惟默 澄神之極"

오직 마음을 가라앉히고 말을 줄이는 것이 정신을 맑게 하는 최상의 방법이다.

【贅言】오래 건강하게 살기 위해서는 육체건강 만으로 이루어지지 않으며 정신건강이 동반되어야 한다. 미공(眉公) 진계유(陳繼儒, 1558~1639) 선생이 말하기를 "오직 독서(讀書)만이 유리(有利)하고 무해(無害)하며, 오직 산수(山水)만이 유리하고 무해하며, 오직 풍월(風月)과 화죽(花竹)만이 유리하고 무해하며, 오직 단정히 앉아 고요히 말없이 있는 것[端坐靜黙]이 유리하고 무해한데, 이러한 것들을 지극한 즐거움[至樂]이라 한다"고 하였다.《眉公備急》

遂初
(은퇴하려던) 처음 마음을 이루다.

【出典】清 梅庚《送大兄南還》"重到承明半載餘 匆匆襆被返衡廬 營巢每笑逢秋燕 縱壑真同避釣魚 三徑春風侍童冠 一簾花雨潤琴書 故鄉自足林泉趣 最荷君恩許遂初"
승명전(承明殿)에 다시 온 지 반년 남짓, 급하게 행장 꾸려 형산으로 돌아간다. 초려(草廬)에서 웃으며 가을 제비 만나니 자유로운 깊은 못에 낚시 피한 물고길세. 삼경(三徑) 봄바람에 아이와 가는 길, 한 줄기 봄비에도 금서(琴書)가 젖네. 아! 고향에서 느끼는 임천(林泉)의 흥취, 군은(君恩) 입어 처음으로 소원을 이루었네.

【贅言】진(晉) 나라 손작(孫綽, 314~371)이 젊었을 때 허순(許詢)과 함께 세속을 초월하려는 뜻을 가지고 10여 년 동안 산수(山水) 속에 호방하게 살면서 수초부(遂初賦)를 지어 자신이 만족한 생활을 한다는 것을 서술하였고, 춘추 시대 월(越)나라의 범려(范蠡)가 오(吳) 나라를 멸망시키고는 이상 벼슬을 하지 않고 오호(五湖)에 배를 타고 은거하였던 고사에서 온 말이다.『史記 卷一百二十九』,『晉書 卷五十六』

洗心
마음을 씻다.

【出典】『周易·系辭上』"聖人以此齊戒 以神明其德夫" 韓康伯 注 "洗心曰齊 防患曰戒"
성인이 이로써 재계하여 그 덕을 신비롭게 밝힘인저! 한강백은 주에 "마음을 씻는 것을 제(齊)라 하고, 근심을 예방하는 것을 계(戒)라 한다"고 하였다.

【贅言】고봉(高峯) 기대승(奇大升, 1527~1572) 선생의《今年春 適寓居逍遙亭陰 懶廢日甚 遂與人事疏闊 實有蘇仙之感 因以其字爲韻 賦詩成十四首》시에 "그윽한 근심에 절로 잠기어 책을 덮고 때로 벽을 마주하네. 마음을 닦고 본연을 지키니 시끄럽고 고요함을 모두 잊었노라. 봄풀은 날마다 돋아나고 나의 뜻도 날마다 쾌적해진다. 조용한 휘파람에 청풍이 불어오니 성

근 대밭에 이슬이 떨어진다(幽憂得自潛 廢書時面壁 洗心守太素 而忘喧與寂 春草日以生 我志日以適 靜歟淸風來 疎篁寒露滴)." 하였는데 고봉 선생 같은 이도 게으름을 피울 줄 아는구나 싶고, 그 해결책은 면벽좌선(面壁坐禪)으로 마음의 찌꺼기를 씻는 것임을 이해하게 된다.

冥靈大椿
매우 수명이 긴 나무. 즉 나이가 많고 덕이 높다는 의미.

【出典】『莊子·逍遙遊』 "小知不及大知 小年不及大年 奚以知其然也 朝菌不知晦朔 蟪蛄不知春秋 此小年也 楚之南有冥靈者 以五百歲爲春 五百歲爲秋 上古有大椿者 以八千歲爲春 八千歲爲秋 而彭祖乃今以久特聞 衆人匹之 不亦悲乎"

작은 지혜는 큰 지혜에 미치지 못하고 짧은 수명은 긴 수명에 미치지 못한다. 무엇으로 그러함을 알 수 있는가. 조균(朝菌)은 한 달을 알지 못하고 쓰르라미는 봄, 가을을 알지 못하니 이것이 짧은 수명의 예(例)이다. 초나라 남쪽에 명령(冥靈)이라는 나무가 있으니 5백 년을 봄으로 하고 5백 년을 가을로 삼는다. 옛날 상고(上古)에 대춘(大椿)이라는 나무가 있었으니 8천 년을 봄으로 하고 8천 년을 가을로 삼았다. 그런데 팽조(彭祖)는 지금 장수로 유독 유명하여 세상 사람들이 그와 비슷하기를 바라니 또한 슬프지 아니한가!

榮啓三樂
영계기(榮啓期)의 세 가지 즐거움.

【出典】『列子·天端』 "孔子遊於太山 見榮啓期行乎郕之野 鹿裘索帶 鼓琴而歌 孔子問曰 先生所以樂何也 對曰 吾樂甚多 天生萬物 唯人爲貴 而吾得爲人 是一樂也 男女之別 男尊女卑 故以男爲貴 吾旣得爲男矣 是二樂也 人生有不見日月 不免繦褓者 吾旣已行年九十矣 是三樂矣 貧者士之常也 死者人之終也 處常得終 當何憂哉"

공자가 태산을 유람하다 영계기가 성(郕)의 초야를 걷는 것을 보았다. 사슴갖옷에다 풀잎으로 꼬은 띠를 띤 초라한 행색으로 거문고를 타며 노래를 불렀다. 공자(孔子)가 선생의 즐거움은 무엇이냐고 묻자, 대답하기를 "하늘이 낳은 만물 중에 사람이 가장 귀한데 나는 이미 사람이 되었으니 이것이 하나의 즐거움이고, 남녀가 구분되어 남자는 높고 여자는 낮은데 나는 남자가 되었으니 이것이 두 번째 즐거움이고, 사람이 태어나 강보(繦褓)를 면치 못하고 죽는 자도 있는데 내 나이는 지금 90살이니 이것이 세 번째 즐거움입니다. 가난은 선비의 떳떳한 도이고 죽음은 인생의 끝인 것이니 내가 무엇을 걱정하겠습니까." 하였다 한다.

南山之壽
남산과 같이 장수하다.

【出典】『詩經·小雅』《天保》 "如南山之壽 不騫不崩"
남산의 수명과 같아서 부서지거나 무너지는 일이 없다.

【贅言】주(周)나라의 도읍 남쪽에 종남산(終南山)이라는 산이 있는데 이 산은 만고에 무너지는 일이 없다 하여 장수(長壽)의 상징이 되었으며 장생(長生)을 축원하는 말로 쓰인다. 종남산(終南山)과 위수(渭水)는 장안(長安)의 남쪽과 북쪽에 있는 산과 강의 이름이기 때문에, 우리나라 서울의 남산과 한강의 별칭으로 흔히 써 왔다. 두보(杜甫)의 시에 "아직도 어여뻐라 종남산이요, 머리를 돌리나니 맑은 위수 물가로구나(尙憐終南山 回首淸渭濱)."라는 표현이 보인다. 『杜少陵詩集 卷1』《奉贈韋左丞丈》

壽考維祺
오래도록 장수하는 크나큰 복.

【出典】『詩經·大雅』《行葦》 "黃耈台背 以引以翼 壽考維祺 以介景福"
허리 굽은 늙은 노인 이끌고 부축하여 오래 살며 큰 복을 누리게 하다.

【贅言】수고(壽考)의 '상고할 고(考)'는 '늙을 노(老)'로서 장수하는 사람을 가리킨다. 미수(眉叟) 허목(許穆, 1595~1682) 선생이 쓴 《鼇原君金公神道碑銘》에 "온화하면서도 편안하고 단정하면서도 선량하니 오래오래 살아 큰 복을 누리소서(溫而安 約而能穀 壽考維祺 以介景福)."이라 하였다.

懷德維寧
덕을 품으면 편안하다.

【出典】『詩經·大雅』《生民之什·板》 "大邦維屛 大宗維翰 懷德維寧 宗子維城 無俾城壞 無獨斯畏"
큰 나라는 병풍이고 종가(宗家)는 기둥이라, 덕을 품으면 편안하고 종자는 국가의 장성(長城)이다. 성이 무너지지 않게 하면 홀로 두려울 게 없다.

【贅言】『詩經』에 "큰 덕을 지닌 사람은 나라의 울타리이며, 많은 무리는 나라의 담이며, 큰 제후국은 나라의 병풍이며, 대종(大宗)은 나라의 줄기이며, 덕으로 은혜롭게 함은 나라를 편안

히 하는 이이며, 임금의 적자(嫡子)는 나라의 성(城)이니, 성이 파괴되지 않게 하여, 홀로 두려워하지 않도록 하라(價人維藩 大師維垣 大邦維屏 大宗維翰 懷德維寧 宗子維城 無俾城壞 無獨斯畏)." 하였다.

盈科後進
물은 구덩이에 찬 뒤에 나아간다.

【出典】『孟子·離婁下』"源泉混混 不舍晝夜 盈科而後進 放乎四海"
샘물이 솟아 나와 주야를 쉬지 않고 흘러 구덩이를 채운 다음에 나가서 사해(四海)에 이른다.

【贅言】사가(四佳) 서거정(徐居正, 1420~1488) 선생이《雙溪齋記》에서 "우리 부자는 냇가에 계시면서 '가는 것'에 대한 탄식을 하셨고, 맹가(孟軻)는 "근원이 있는 물이 콸콸 솟아서 밤낮을 쉬지 않고 흐른다."라고 말씀하였다. 정말로 성현들의 '가는 것은 지나가고 오는 것이 이어지는 뜻'과 '웅덩이를 채우고서야 나아가는 교훈'을 깨달아 여기에 종사하여, 흐름을 거슬러 근원을 찾아 차례를 따라 차츰차츰 나아간다면, 배우는 자의 '아래에서 배워서 위로 통달하는 공부'와 군자의 '실천을 과단성 있게 하고 덕을 기르는 일'이 마무리될 것이다. 비록 중화위육(中和位育)의 공부라 할지라도 또한 여기에서 벗어나지 않을 것이다(吾夫子在川上 有逝者之嘆 孟軻氏有源泉混混 不舍晝夜之說 苟得聖賢過往來續之旨 盈科後進之訓 從事於斯 遡流求源 循序而漸進 則學者下學上達之功 君子果行育德之能事畢矣 雖中和位育之功 亦不外此也)."

萬事從寬
모든 일을 너그럽게 하라.

【出典】『明心寶鑑·正氣篇』"萬事從寬 其福自厚"
모든 일에 너그러움을 따르면 그 복이 저절로 두터워진다.

【贅言】신재(愼齋) 주세붕(周世鵬, 1495~1554) 선생의『武陵雜稿』《河海》에 "도량이 하해와 같아서 남을 용서하는 것은 좋으나 다른 사람에게 용서를 받게 되면 문득 경박해진다. 만사(萬事)에 너그러우면 바야흐로 두터운 복이 있고 백 년 많은 욕심은 다만 생을 괴롭힌다네(量如河海容人好 若被人容便可輕 萬事從寬方厚福 百年多慾只勞生)."라고 하였다.

懷獻北岡
북강(北岡)같은 장수를 축원하다.

【出典】穌齋 盧守愼『穌齋集 卷一』《家君生辰 在觀音寺》 "獨坐千山裏 空懷獻北岡"
나 홀로 깊은 산속에 앉아서 부질없이 북강 같은 수복을 축원하네.

【贅言】북강(北岡)은 북쪽 산언덕을 일컫는 말이다. 여기서는 북쪽 산 언덕처럼 늘 변치 않고 다함 없는 수복(壽福)을 축원하는 말로 쓰였다.『詩經·天保』에 "하늘이 당신을 편안하게 하여 흥하지 않음이 없게 한지라, 마치 산인 양 언덕인 양, 높은 뫼나 큰 능인 양 흥성하고, 마치 냇물이 흐르고 흘러, 보태지 않음이 없는 것 같네(天保定爾 以莫不興 如山如阜 如岡如陵 如川之方至 以莫不增)."라고 하였다.

達生幸可托
인생을 달관해야 완전히 의탁할 수 있다.

【出典】南朝 宋 謝靈運《齋中讀書》 "萬事難幷歡 達生幸可托"
세상만사 어려움과 기쁨이 있지만, 인생을 달관해야 완전히 의탁할 수 있네.

【贅言】『莊子·達生』에 "생(生)의 진상(眞相)에 통달한 자는 어찌할 수 없는 생에 힘쓰지 않고, 명(命)의 진상에 통달한 자는 어찌할 수 없는 지혜에 힘쓰지 않는다(達生之情者 不務生之所無以為 達命之情者 不務知之所無奈何)."고 하였다.

談笑以藥倦
담소하면 권태를 치료할 수 있다.

【出典】南朝 梁 劉勰『文心雕龍·養氣』 "逍遙以針勞 談笑以藥倦"
유유자적(悠悠自適)하면 피로를 풀 수 있고, 담소(談笑)하면 권태로움을 치료할 수 있다.

【贅言】과로사(過勞死)와 고독사(孤獨死)가 많은 현대 사회에서 침로(針勞: 疲勞)는 소요(逍遙)가 약이요, 약권(藥倦: 倦怠)은 담소(談笑)가 약이라는 예기다.

知機心自閑
세상 형편을 알면 마음이 스스로 한가하다.

【出典】邵康節『明心寶鑑』《安分吟》"安分身無辱 知機心自閑 雖居人世上 卻是出人間"
분수에 편안하면, 몸에 욕됨이 없고, 세상 형편을 알면 마음이 스스로 한가하니 비록 인간 세상에서 살지만 도리어 인간 세상에서 벗어나는 것이다.

【贅言】원채(袁采)『袁氏世範』에 "무릇 사람의 모사(謀事)에 비록 일용의 지극히 은미(隱微)한 것일지라도 서로 어긋나 이루기 어렵다. 혹은 이미 성공해도 실패하니 실패한 것을 다시 성공한 뒤에야 그 성공이 영구히 평안하고 다시는 뒷걱정이 없다. 만약 우연히 쉽게 성공한다면, 후에는 반드시 여의치 못할 것이다. 조물주의 미묘한 기틀이 이같이 헤아릴 수 없으니 이러한 이치를 조용히 살펴보면 마음이 너그러워진다(袁氏世範曰 凡人之謀事 雖曰用至微者 亦須齟齬而難成 或已成而敗 旣敗而復成 然後其成也永久平寧 無復後慮 若偶然易成 則後必有不如意者 造物微機 不可測度如此 靜觀此理 可以寬懷 餘以爲吾子孫 若能十年入山 思吾之學 可以紹緒而啓後矣)."라고 하였다

良藥利於病
좋은 약은 병에 이롭다.

【出典】『史記·留侯世家』"良藥苦口利於病 忠言逆耳利於行"
좋은 약은 입에 쓰나 병에는 이롭고, 바른말은 귀에 거슬리지만 행하면 이롭다.

【贅言】고산(孤山) 윤선도(尹善道, 1587~1671)『孤山遺稿』에 "옛말에 이르기를 "좋은 약은 입에 쓰지만, 병에는 이롭다."라고 하였고,『書經』에 이르기를 "만약 약이 아찔하게 현기증이 날 정도로 독하지 않으면 병을 고칠 수가 없다(若藥不瞑眩 厥疾不瘳)."라고 하였으니, 이것도 알지 않으면 안 될 것입니다. 옛사람이 약을 쓰는 것을 어렵게 여기면서도 약을 가려내는 것을 더욱 어렵게 여겼으니, 삼가 원하옵건대 전하께서는 신농씨(神農氏)처럼 약을 잘 가려내도록 하소서."라고 하였다.『孤山遺稿 卷二 疏』

出門一大笑
문을 나서 한 번 크게 웃다.

【出典】草廬 李惟齋『草廬先生文集 卷九』《藥山東臺》"藥石千年在 晴江萬裏長 出門一大笑 獨立倚斜陽"
약 바위 천년 세월에 맑은 강은 만 리로 흐르네. 문을 나서 한번 큰 웃음 지으며 홀로 서서 석양에 기대본다.

【贅言】 용주(龍洲) 조경(趙絅, 1586~1669) 선생이 쓴《次乖隱韻》시에 "인간 세상 밖에서 방랑하면 나는 절로 즐거우니 세상 사람들아 표주박에 틈 없다고 말하지 마라. 접리[頭巾]를 거꾸로 쓰고 호탕하게 노래 부르며 먼 하늘 우러러보며 한바탕 큰소리로 웃네(放浪人外吾自快 世兒莫道瓠無竅 倒著接䍦歌浩浩 仰視長天一大笑)."라고 하였다.

也可以淸心
또한 마음을 맑게하다.

【出典】 林新居『滿溪流水香』《茶壺詩》 "可以淸心也 以淸心也可 淸心也可以 心也可以淸 也可以淸心"

마음을 맑게 할 수 있고, 맑은 마음으로 마셔도 좋다. 맑은 마음으로도 좋으니, 마음도 맑아질 수 있고, 마음을 맑게 할 수도 있다.

【贅言】 한시 가운데 회문체(回文體) 라는 형식이 있다. 이른바 돌려가며 읽어도 의미가 통하고 평측(平仄)이나 압운(押韻)이 흐트러지지 않는 한시 고수들의 문자 유희(遊戲)다. 이 작품은 다호(茶壺: 찻주전자) 속 다섯 방위에 각각 한 글자씩을 배열하여 한 글자씩 밀려가면서 읽는 회문시인데 이러한 형식을 '자자회문시(字字回文詩)'라고 부른다.

濯我足淸我目
내 발을 씻고 내 눈을 맑게 하다.

【出典】 眞覺國師 慧諶《遊山》 "臨溪濯我足 看山淸我目 不夢閑榮辱 此外更無求"

개울에 나가 물에 발을 씻으며 산을 바라보니 내 눈이 맑아진다. 꿈꾸지 않아 영욕엔 관심이 없으니 이 밖에 더 구할 것이 없어라.

【贅言】 옛 선비들에게는 요즘 사람들이 감히 따라가지 못할 운치가 있었다. 탁족(濯足)이라는 피서법도 그 가운데 하나이다. 초나라 굴원(屈原, BC 343~278)은 "창랑(滄浪)의 물 맑으면 내 갓끈을 씻고, 창랑의 물 흐리면 내 발을 씻으리라(滄浪之水淸兮 可以濯吾纓 滄浪之水 濁兮 可以濯吾足)." 하였고, 그런가 하면 조선시대 다산(茶山) 정약용(丁若鏞, 1762~1836) 선생은 8가지 더위를 식히는 법[消暑八事]에 탁족을 집어 넣었다. 즉「송단호시(松壇弧矢): 소나무 아래에서 활쏘기, 괴음추천(槐陰鞦遷): 느티나무 그늘 아래에서 그네뛰기, 허각투호(虛閣投壺): 빈 누각에서 화살 던져넣기, 청점혁기(淸簟奕棋): 깨끗한 대자리 위에서 바둑두기, 서지상하(西池賞荷): 서쪽 연못에서 연꽃 구경하기, 동림청선(東林廳蟬): 동편 숲에서 매

미 소리 듣기, 우일사운(雨日射韻): 비오는 날 시 짓기, 월야탁족(月夜濯足): 달밤에 발씻기」가 그것이다.

貞姿皎潔
밝고 깨끗하며 곧은 자태.

【出典】石洲 權韠『石洲集 卷八·雜體』《竹》"竹 竹 湘江 嶰穀 根龍蟠 葉鳳宿 孩撫臘梅 僕命秋菊 和煙細細香 帶月猗猗綠 清晨露綴明珠 薄晚風敲寒玉 節淩霜雪本自堅 幹聳雲霄不曾曲 托孤操於逸士韻人 結深契乎松籬茅屋 一箇如嬰臼難立趙孤 雙竿若夷齊義辭周粟 貞姿皎潔宜可以配君子 所以衛風起比興於淇澳"

대야, 대야, 상강(湘江)과 해곡(嶰穀)의 대야. 뿌리는 용이 서린 듯, 잎에는 봉황이 깃들어 쉰다. 섣달 매화 아이 다루듯 하고, 가을 국화를 종처럼 부린다지. 안개 어리어 세세하게 향기롭고 달빛을 띤 채 무성하게 푸르구나. 맑은 새벽이슬 명주를 꿰어놓은 듯하고 어스름 저녁 바람이 차가운 옥을 두드리는 듯하여라. 마디는 눈 서리를 이겨 본디 굳세고, 줄기는 구름 위에 솟아 굽은 적 없어라. 은일하고 고아한 사람에게 지조를 기탁하고, 솔 울타리 띳집과 깊은 교분을 맺었구나. 한 줄기는 영구(嬰臼: 정영(程嬰)과 공손저구(公孫杵臼))가 조씨의 고아 세우기 어려운 것 같고, 한 쌍으로는 이제(夷齊: 백이(伯夷)와 숙제(叔齊))가 의리상 주나라 곡식 사양한 것 같구나. 곧은 자태 밝고 깨끗해 군자를 짝할 만하니 그래서 『시경·衛風 淇澳』에서 대를 군자에 비겼구나.

淨友
맑고 깨끗한 벗.

【出典】『成謹甫先生集』卷二《蓮頌》"蓮兮蓮兮 既通且直 不有君子 曷以比德 在泥不汚 在水不著 君子居之 何陋之有 蓮兮蓮兮 請名之曰淨友"

연아, 연아, 고운 연아, 마음 비고서 곧기까지 하구나. 이 세상에 군자가 있지 않다면 어찌 그 덕을 견줄 수 있겠느냐. 진흙에 있으면서도 더러움을 타지 않고 물속에 있으면서도 젖지를 않는구나. 군자가 거처하니 어찌 비루함이 있을 수 있겠느냐. 연아, 연아, 고운 연아, 그대 이름을 정우(淨友)라 부르고 싶다.

清夜安眠白晝閑
맑은 밤엔 편히 자고 낮엔 한가롭다.

【出典】『閑靜錄 卷四 退休』《無題》"軒外長溪溪外山 捲簾空曠水雲間 高齋有問如何答 淸夜安眠白晝閑"

난간 밖엔 시내요 시내 너머 산이라, 발 걷으니 텅 빈 하늘 물과 구름 사일러라. 고재(高齋)가 물으면 뭐라고 대답하랴, 맑은 밤엔 편히 자고 낮엔 한가롭다네.

【贅言】조열도(趙閱道)는 기개와 도량이 청일(淸逸)했고, 그가 기뻐하거나 화내는 것을 본 사람이 아무도 없다. 자호(自號)를 지비자(知非子)라 했다. 원풍(元豐) 초에 늙음을 핑계로 사직(辭職)하고 물러나 구(衢)에서 살았다. 그곳은 시내와 돌, 소나무와 대나무가 있는 승경(勝境)이었다. 여기서 중이나 농부들과 즐기면서 다시는 벼슬에 뜻을 두지 않았다고 한다. 『劉氏鴻書』

所居皆樂土
사는 곳은 어디든지 낙토이다.

【出典】『龜峯集 卷二』《所居》"所居皆樂土 何往不安身 寄興山河遠 無求志願伸 一瓢眞有樂 先聖豈欺人"

사는 곳 어디든지 낙토이거늘 어디 간들 편치 않은 곳이 있으랴. 산하 먼 데에 흥취를 붙이고 뜻한바 소원 이룸 구하지 않네. 한 표주박에도 참된 낙(樂)이 있으니 성인이 어찌 사람 속였겠는가.

【贅言】건강을 지키는 길은 욕심을 버리는 것이다. 그 옛날 공자도 안빈낙도(安貧樂道)하는 속에 참 즐거움이 있다고 하였다. 『論語‧雍也』에 공자가 이르기를 "어질도다, 안회여! 한 소쿠리의 밥과 한 표주박 물로 누추한 시골에서 지내자면 남들은 그 곤궁한 근심을 감당치 못하거늘, 안회는 도를 즐기는 마음을 바꾸지 않으니, 어질도다, 안회여!"라고 하였다.

浮萍天地掛風燈
부평초 천지에 풍등이 달려 있다.

【出典】『茶山詩文集 卷六 松坡酬酢』《次韻範石湖丙午書懷十首簡寄淞翁》"茶山葺築記 吾曾 幸苦披荊又剪藤 春晚膾絲堆雪藕 秋來殽核錯霜橙 霞臺望海平如席 玉井凌炎冷似冰 何者爲賓何者主 浮萍天地掛風燈"

내가 일찍이 다산에다 집을 지으며 애써 가시나무 쳐내고 등 넝쿨도 베었지. 늦은 봄 생선회는 하얀 연[雪藕]이 쌓인 듯하고, 가을철 과실 안주는 익은 등자가 섞여 있네. 하대(霞臺)에서 바다를 보면 편평하기 명석 같고, 옥정은 더위 눌러 차기가 얼음 같다. 누가 손이며 누가 주인

되리, 다 같은 부평초 인생 천지간의 풍등이라네.

【贅言】범석호(範石湖, 1126~1193)는 송(宋) 나라 때 시문(詩文)으로 이름이 높았던 범성대(範成大)를 가리킨다. 다산(茶山) 선생은 유배를 통해 자신을 다스리는 법을 배웠다. 자신의 처지와 분수를 알아서 "부지런히 땅을 갈아 농사나 짓고, 기욕(嗜慾)을 부려 양심을 잃지 말아야지. 혼연히 물아(物我)가 서로를 잊는다면, 어찌 다시 인간에 시비가 있겠는가(但可勤劬爬地脈 莫將嗜慾梏天機 渾渾物與吾相忘 豈復人間有是非)." 하였다.

樂琴書以消憂
거문고와 서책을 즐겨하며 근심을 잊는다.

【出典】陶潛《歸去來辭》"悅親戚之情話 樂琴書以消憂 農人告餘以春及 將有事於西疇"
친척의 정담에 기뻐하고, 시름을 없애기 위해 거문고와 서책을 즐긴다. 농부가 나에게 봄이 왔음을 알리니, 곧 서쪽 밭에서 일을 할 것이다.

【贅言】《歸去來辭》는 팽택령(彭澤令) 도잠(陶潛, 365~427)이 의희원년(義熙元年, 405)에 관직을 버리고 지은 사부(辭賦)이다. 도연명은 29세에 출사하여 13년 동안 관직에 임하였고 부패한 현실에 대한 불만으로 전원(田園)을 그리워하다 마지막 벼슬인 팽택령(彭澤令) 직을 80여 일 만에 그만두고 귀향하였다. 소통(蕭統)의 『陶淵明傳』에 따르면 당시 독우(督郵: 지방 감찰관)가 순시를 나왔을 때, 관원(官員)이 그에게 의관을 갖추고 경의(敬意)를 표할 것을 요구하자 이르기를, "나는 쌀 다섯 말 때문에 향리의 소인에게 허리를 굽히기를 원치 않는다(我不願爲五鬥米 折腰向鄕裏小兒！"고 말하며 그날로 바로 사직을 하였다고 한다.

忍 / 50×27cm

百忍堂中有泰和 참아내는 집안에 평화가 깃든다.

제10장   신년하사(新年賀詞)

■ 신년하사는 신년을 맞으며 입춘첩(立春帖)으로 기둥이나 대문에 써서 붙이기도 하고, 가족과 친지, 선후배에게 보내는 덕담 형식의 짤막한 글이다. 이러한 글들은 본인의 상황과 여건에 맞게 적당한 구절을 선택하여 육필이나 육성으로 전하게 된다. 비록 짤막한 글이라고는 하나 전고(典故)가 없을 수 없으므로 이에 전고를 밝히고 관련 내용을 함께 실었다. 하지만 전고가 없거나 신조어일 경우에는 뒷쪽에 격언(格言) 형식으로 붙여 두었음을 밝힌다.

▣ 吉祥 길하고 상서롭게.
『莊子·人間世』 "虛室生白 吉祥止止" 成玄英 疏 "吉者 福善之事 祥者 嘉慶之徵"
"마음이 고요하면 가슴이 탁 트이고 길상(吉祥)한 일들이 끊임없이 생긴다."고 하였는데, 성현영(成玄英, 生卒年不詳)은 "길(吉)이란 복(福)되고 선(善)한 일이요 상(祥)이란 즐겁고 경사스러운[嘉慶] 징조(徵兆)다."라고 주석(注釋)했다.

▣ 多福 복이 많기를.
『書經·畢命』 "予小子永膺多福"
"나의 소자(小子)도 길이 많은 복을 누릴 것입니다."

▣ 澹虛 맑고 겸허하게.
『舊唐書·楊恭仁傳』 "恭仁 性虛澹 必以禮度自居 謙恭下士 未嘗忤物 時人方之 石慶"
"공손(恭遜)하고 어질며 성품(性品)이 맑으면 반드시 예도로 자처하며 아랫사람[下士]에게 겸손하고 일찍이 사람들을 거스르지 않으니 당시 사람들이 석경(石慶)과 같다 했다."

▣ 敦和 돈독하고 화목하다.
林椿『東文選 第109卷』“惟靈 孝悌飭躬 敦和備德”
“오직 정성스러워 효도하고 공손하며 자신을 단속하고 돈독(敦篤) 온화(溫和)하여 덕을 갖추었
다.”

▣ 同樂 함께 즐기다.
『龜峯集 第1卷 天』“聽之又敬之 生死惟其天 旣能樂我天 與人同樂天”
“천명(天命)을 듣고 또 공경(恭敬)하니 생사(生死)가 오직 하늘이라. 이미 나의 천명(天命)을 즐
기고 사람들과 함께 천명을 즐길 수 있다.”

▣ 明德 덕을 밝히다.
『荀子·成相』“明德愼罰 國家旣治四海平”
“덕(德)을 밝히고 벌(罰)에 신중하면 국가가 이미 다스려지고 사해는 평화로와질 것이다.”

▣ 博愛 널리 사랑하다.
『說苑·君道篇』“載師曠言雲 人君之道 淸淨無爲 務在博愛 趨在任賢 廣開耳目 以察萬方”
사광(師曠, 生卒年不詳)의 말을 기록하면서 “인군(人君)의 도는 청정(淸淨)하고 무위(無爲)해야
하며 널리 사랑하고 재덕(才德)을 겸비한 사람을 중용하며 이목(耳目)을 넓게 열어 만방(萬方)
을 살펴야 한다.”고 하였다.

▣ 百忍 많이 참다.
『忍經』“忍成仁 百忍成聖”
“인욕(忍辱)하면 인자(仁者)가 되고 백인(百忍)하면 성인(聖人)이 된다.”

▣ 福德 복이 많고 덕이 두텁다.
『三藏法數』“謂佛說經 爲令衆生修習布施 持戒 忍辱 精進 禪定 智慧等行 調伏諸根 無所放逸
則得天人果報 長樂無窮 是爲福德”
“불설경(佛說經)은 중생으로 하여금 보시(布施) 지계(持戒) 인욕(忍辱) 정진(精進) 선정(禪定) 지
혜(智慧) 등의 행을 수습하고 제근(諸根)을 조복(調伏)하며 방일(放逸)한 곳이 없으면 천인(天
人)이 과보(果報)를 얻어 장락(長樂) 무궁(無窮)하게 하니 복덕(福德)을 행하는 것이다.”

▣ 福壽 복을 받고 오래 사시기를.

宋 張君房『雲笈七籤 卷六九 七返靈砂論』"至誠君子 得而寶之 即福壽無疆"

"지성군자(至誠君子)는 이를 보배롭게 생각하니 복덕을 누리고 장수하게 된다."

▣ 祥瑞 상서롭게 사세요.

『新唐書·百官志』《禮部郎中員外朗掌圖書》"祥瑞 凡景星 慶雲爲大瑞 其名物六十四"

"상서(祥瑞)는 복되고 좋은 일의 조짐[景星]이요, 경운(慶雲)은 큰 상서가 되는 일[大瑞]이라 그 명물(名物)이 64개이다."

▣ 如意 맘과 같이.

『漢書·京房傳』"臣疑陛下雖行此道 猶不得如意"

"신은 폐하께서 비록 이 방법을 실행하시나, 오직 맘과 같이 되지 않을까 걱정됩니다."

▣ 日新 날마다 새롭게.

『禮記·大學』"苟日新 日日新 又日新"

"진실로 날로 새로워지고 날마다 새로워지며 또 날마다 새로워진다."

▣ 種德 덕을 심다.

『書經·大禹謨』"皋陶邁種德 德乃降 黎民懷之"

"고요(皋陶, 前2220~前2113)는 덕을 쌓는데 매진하여 덕을 지니게 되었고, 백성[黎民]이 그를 따르게 되었다."

▣ 淸心 맑은 마음.

『後漢書·任隗傳』隗字仲和 "少好黃老 淸靜寡欲"

괴자중화(隗字仲和: 任隗(?~92))는 "젊어서는 황로(黃老)를 좋아해서 고요하게 지냈고[淸靜] 욕심이 없었다.[寡欲]"

▣ 淸虛 맑고 겸허하게.

『漢書·藝文志』"然後知秉要執本 淸虛以自守 卑弱以自持 此君人南面之術也"

"연후에 요점을 파악하고 근본을 잡아야 함을 알았다. 맑은 마음[淸虛]으로 스스로를 지키고, 유약함[卑弱]으로 스스로를 보존하였으니, 이는 임금이 나라를 다스리는 방법[南面之術]이다."

▣ 平安 편안하게 사시길.
『韓非子·解老』 "人無智愚 莫不有趨舍 恬淡平安 莫不知禍福之所由來"
"사람이 지혜롭고 어리석음을 막론하고 나아가고 물러섬[趨舍]이 없을 수 없으니 물욕이 없어
마음이 편안하면[恬淡平安] 화복(禍福)의 유래(由來)를 모를 리 없다."

▣ 閒雅 한가롭고 우아하게.
『晉書 卷五五·張載傳』 "載性閑雅 博學有文章"
"고상한 마음으로 널리 배우면 문장이 있게 된다."

▣ 鴻福 큰 복을 누리세요.
『宋史·樂志十六』 "華旦煥堯文 鴻福浩無垠"
"길상한 아침 요(堯)의 문명이 빛나고 큰 복은 한없이 크더라."

▣ 和平 화평하기를.
『易經·鹹』 "聖人感人心而天下和平"
"성인(聖人)은 인심(人心)을 감화(感化)시켜서 천하가 화평(和平)해진다."

▣ 謙受益 겸손하면 이익을 받는다.
『書經·大禹謨』 "滿招損 謙受益"
"가득하면 손해를 부르고 겸손하면 이익을 받는다."

▣ 謹而信 삼가며 믿음있게 살자.
『論語·學而篇』 "弟子入則孝 出則弟 謹而信 泛愛眾 而親仁"
"제자(弟子) 집에 들어와선 효도하고 나가서는 공손하며 삼가고 믿음이 있으며 널리 많은 사람
들을 사랑하고 어진 사람과 친근해라."

▣ 無量壽 오래오래 사세요.
唐 張說 『奉和同皇太子過慈恩寺』 "願君無量壽 仙樂屢徘徊"
"그대의 장수(長壽)를 소원하니 선악(仙樂)이 자주 배회하네."

▣ 心如鏡 마음을 거울처럼 맑게 갖다.
宋 洪邁 『夷堅丙志』 "且謂人心如鏡 須管常磨 勿令塵染汙 自然聰明"

"또한 인심(人心)이 거울 같아 관리(管理)해야 할 것은 항상 연마해서 속진(俗塵)에 오염(汚染)되지 않도록 하니 자연 총명해졌다."고 한다.

▣ 心如水 마음을 맑은 물과 같이.
班固『漢書·鄭崇傳』"崇對曰 臣門如市 臣心如水"
경대(敬待)하며 말하기를 "신의 문 앞은 시장과 같지만, 신의 마음은 물과 같습니다."라고 하였다.

▣ 言忠信 말은 충직하고 믿음 있게.
『論語·衛靈公』"子張問行 子曰言忠信 行篤敬 雖蠻貊之邦 行矣"
자장(子張)이 행(行)에 대해 묻자, 공자(孔子)는 "말은 충직(忠直)하고 믿음이 있으며 행실(行實)은 독실(篤實)하고 공손(恭遜)하면 비록 오랑캐의 나라라도 행해지는 것이다."라고 하였다.

▣ 柔勝剛 부드러운 것이 강한 것을 이긴다.
『老子第三十六章』"柔弱勝剛強"
"부드럽고 약한 것이 강직(剛直)하고 견강(堅強)한 것을 이긴다."

▣ 仁者壽 어진 사람은 장수한다.
明 呂坤『呻吟語』"仁者壽 生理完也"
"어진 사람이 오래 사는 게 생리(生理)의 온전한 것이다."

▣ 恭賀新禧 새해 복많이 받으세요.
楊益言『紅岩』"街道兩旁的高樓大廈……全都張燈結彩 高懸著慶祝元旦 恭賀新禧之類的大字裝飾"
"거리 양쪽 고루(高樓) 대하(大廈)에는 …… 모두 채색을 한 초롱을 달았고, '설날을 기뻐하고 축하합니다. 새해 복많이 받으세요[慶祝元旦 恭賀新禧]' 같은 대자(大字)를 쓰고 장식하여 높이 걸었다."

▣ 官運亨通 관운이 형통하길.
淸·李寶嘉『官場現形記』"正碰著官運亨通 那年修理堤工案內 得了個異常勞績"
"마침 관운이 형통하여 그 해에 제방공사 수리하는 안내를 했고 특별한 공적을 얻었다."

■ 貴壽無極 한없는 부귀와 장수.
『易林·睽之未濟』"降我祉福 貴壽無極"
"나에게 복을 내려 한없는 부귀와 장수를 누리게 했다."

■ 根固枝榮 뿌리가 굳으면 가지가 영화롭네.
肖雯『讀書法』"俗話說 根深葉茂 本固枝榮 博覽就是打好基礎 擴大知識面 由此而入 才能步步登高 進行專攻"
속화(俗話)에서 "뿌리가 깊으면 잎이 무성하고 뿌리가 견고하면 가지가 번성한다. 책을 폭넓게 읽으면 좋은 기초를 다지게 되고 지식을 넓히게 되니 이로 말미암아 들어가면 비로소 승승장구하고 전공으로 진행하게 된다."고 말했다.

■ 吉祥如意 길상이 여의하길.
元 無名氏『賺蒯通』"再休想吉祥如意 多管是你惡限臨逼"
"잠깐 휴식하며 길상한 일들이 뜻대로 되기를 생각해야지 쓸데없는 참견은 너에게 악이 가까이 다가오는 것이다."

■ 金玉滿堂 금옥이 집안에 가득하길.
『老子 第九章』"金玉滿堂 莫之能守"
"금옥(金玉)이 집에 가득하면 지킬 수 없다."

■ 德必有鄰 덕이 있는 사람은 반드시 이웃이 있네.
『論語·裏仁』"子曰 德不孤 必有鄰"
공자는 "덕이 있는 사람은 외롭지 않고 반드시 이웃이 있다."고 하였다.

■ 蘭桂齊芳 난과 계수가 모두 꽃피기를.
『紅樓夢』"現今榮寧兩府 善者修緣 惡者悔禍 將來蘭桂齊芳 家道複初 也是自然的道理"
"지금 영영양부(榮寧兩府)에서 착한 사람은 선연(善緣)을 닦고 악한 사람은 뉘우치므로 장차 난화(蘭花)와 계수(桂樹)가 함께 피어나 가도(家道)가 회복(回復)되리니 이 또한 자연(自然)의 도리(道理)입니다."

■ 良禽擇木 좋은 새는 나무를 가린다네.
『左傳·哀公十一年』"鳥則擇木 木豈能擇鳥"

"새라면 나무를 가리지만 나무가 어찌 새를 가릴 수 있으랴?"

▣ 龍騰虎躍 용이 오르고 범이 뛰는 것처럼.
唐 嚴從『擬三國名臣贊序』"聖人受命 賢人受任 龍騰虎躍 風流雲蒸 求之精微 其道莫不鹹系乎天者也"
"성인(聖人)은 명을 받고 현인(賢人)은 임무를 받아 용이 오르고 범이 뛰며 바람이 불고 구름이 오르듯이 정미(精微)함을 구하므로 그 도가 모두 하늘에 달리지 않은 것이 없다."

▣ 萬事如意 만사가 여의하길.
淸 吳趼人『二十年目睹之怪現狀』"不過都是在那裏邀福 以爲我做了好事 便可以望上天默佑萬事如意的"
"모두 그곳에서 복을 맞지만, 내가 좋은 일을 하다가 문득 상천(上天)이 묵묵히 도와주고 모든 일이 뜻대로 될 수 있기를 바랄 수 있다."

▣ 博古通今 고금을 널리 통했다네.
『孔子家語·觀周』"吾聞老聃博古知今"
나는 "노자(老子)가 고금(古今)에 널리 통했다."고 들었다.

▣ 步步高升 점점 높이 오르기를
淸 吳趼人『二十年目睹之怪現狀』"並且事成之後 大人步步高升 扶搖直上 還望大人栽培呢"
"더욱이 일이 이루어진 후에 대인은 승승장구하면서 줄곧 위로 올라갈 것인데 다시 대인이 발탁(拔擢)을 바라겠습니까?"

▣ 福星高照 복성이 높이 비추길
淸 文康『兒女英雄傳』"管保你這一瞧 就抵得個福星高照"
"반드시 그대가 이렇게 한번 본다면 곧 복성(福星)이 높이 비추는 것과 같다."

▣ 福壽雙全 수복이 모두 온전하길
淸 曹雪芹『紅樓夢』"老祖宗只有伶俐聰明過我十倍的 怎麽如今這麽福壽雙全的"
"당신 조상이 나보다 열 배 영리하고 총명하다면 어떻게 지금 이렇게 수복(壽福)이 다 온전할 수 있습니까?"

▣ 福如東海 복은 동해처럼

明 洪楩『淸平山堂話本·花燈轎蓮女成佛記』"壽比南山 福如東海 佳期從今後 兒孫昌盛 箇箇 赴丹墀"

"수명은 남산처럼 복은 동해처럼 누리고, 좋은 시기는 지금부터 이뤄져 자손이 창성하고 개개 인이 궁전 뜰로 가리라."

▣ 福緣善慶 복은 좋은 행실로 말미암는다

明 湯顯祖『牡丹亭』"看修行似福緣善慶 信因果是禍因惡積"

"수행을 보니 복은 착한 행실로 말미암고, 인과를 믿으니 악은 악이 쌓인 것이로다."

▣ 福從天降 복이 하늘로부터 내려오길

尼溪 樸來吾『送神日仍成賀吟』"梅園歌皴趁朝暉 護送靈神好好歸 驥子班文成豹質 彩衣何日 覲春闈 全家景福從天降 大老良心擧世稀 三次吾行同樂事 桑楡晚計許相依"

"매화 밭의 노래[歌皴]는 아침 볕을 따라가 신령이 보호하여 안전하게 돌아오네. 훌륭한 자제들 표범같은 자질 갖춰 색동옷 입고 어느 날에 춘시(春試)를 볼 것인가. 온 집안의 경복(景福)은 하 늘이 내렸고, 대로(大老)의 어진 마음 온 세상에 드물다네. 세 번의 나의 행은 함께 즐기는 일인 데 늘그막에 만년 계획 서로 의지한다네."

▣ 逢凶化吉 흉함을 만나도 길함으로 만든다네.

明 施耐庵『水滸傳』"豪傑交遊滿天下 逢凶化吉天生成"

"호걸(豪傑)의 교유(交遊)는 천하에 가득하나 길흉화복(吉凶禍福)은 하늘이 만든다네."

▣ 壽比南山 수명은 남산처럼.

『詩經·小雅·天保』"如月之恒 如日之升 如南山之壽"

"달과 같이 변치 말고 해와 같이 떠오르며 남산같이 장수하길."

▣ 五福臨門 오복이 집안에 이르기를.

『尙書·洪範』五福 一曰壽 二曰富 三曰康寧 四曰攸好德 五曰考終命

"오복은 첫째가 장수(長壽) 둘째가 부유(富裕) 셋째가 강녕(康寧) 넷째가 덕을 좋아하여 즐겨 행 하는[攸好德] 것이고, 다섯째가 제명대로 살다가 편안하게 죽는[考終命] 것이다."

▣ 有志竟成 뜻이 있으면 마침내는 이룬다.

蓮之香遠益清亭亭淨直不蔓夫子昌以比德立泥不污立在不蔓蓮之蓮之何遮之有蓮之請名言淨友餘茂謹甫先生蓮頌心卿

蓮 / 22×93cm
연아! 고운 연아!
마음 비고 곧기까지 하구나.
이 세상에 군자가 있지 않다면
어찌 그 덕을 견줄 수 있으랴!

『後漢書·耿弇傳』"將軍前在南陽 建此大策 常以爲落落難合 有志者事竟成也"

"장군이 전에 남양에서 이러한 큰 계책을 세울 때는 항상 솔직히 가망이 없는 것으로 여겼는데, 뜻이 있는 사람은 사업이 마침내 이뤄졌다."

■ 一琴一鶴 하나의 거문고 하나의 학.

元 脫脫『宋史·趙抃傳』帝曰 "聞卿匹馬入蜀 以一琴一鶴自隨 爲政簡易 亦稱是乎"

황제가 말하길 "경(卿)은 필마(匹馬)로 촉(蜀)으로 왔는데 하나의 거문고와 한 마리 학이 스스로 따르며 정치를 간이(簡易)하게 한다고 들었는데 또한 이를 이르는 것인가?"

■ 長命富貴 장수와 부귀.

『舊唐書·姚崇傳』"求長命得長命 求富貴得富貴"

"장수(長壽)를 구하면 장수를 얻고 부귀(富貴)를 구하면 부귀를 얻는다."

■ 財運亨通 재운이 형통하길.

清 蔣士銓『香祖樓·撻蚓』"財運亨通可喜"

"재운이 형통하니 기쁘다."

■ 政通人和 정치는 인화와 통한다네.

宋 範仲淹『嶽陽樓記』"越明年 政通人和 百廢俱興"

"다음다음 해에는 정치(政治)가 잘 이뤄져 백성들이 화목(和睦)해지니 온갖 폐단(弊端) 사라지고 모두가 흥성(興盛)할 것이다."

■ 千祥雲集 모든 상서가 구름처럼 모여들기를.

竹圃 樸琪淙『竹圃集 卷四』「葆晚堂上梁文」"慶延瓜瓞之綿綿 千祥雲集 五福駢臻 天從人願 木聽匠言"

"경사(慶事)는 오이 덩굴처럼 면면히 이어지고 모든 상서(祥瑞)가 구름처럼 모인다. 오복(五福)이 나란히 이르니 하늘은 사람의 소원을 따르고 나무는 장인의 말을 듣는다네."

■ 天地長春 천지에 늘 봄이 되기를.

漫浪 黃㦿『漫浪集 卷六』"須知膝外皆剩餘 那得萬間庇天下 伏願上梁之後 家國同泰 天地長春 叔高明經 朝右擅端雅之譽 漢陽服"

"슬외(膝外)는 모두가 나머지임을 알라. 어찌 만간(萬間)으로 천하를 비호(庇護)할 수 있는가?

상량한 후에 국가는 태평하고 천지는 늘 봄과 같아지며 숙(叔)은 명경과에 높이 급제하여 조정에 단아한 명예를 차지하고 한양사람들이 따르기를 엎드려 소원합니다."

◉ 招財進寶 재물과 보물이 모여들기를.
元 劉唐卿『降桑椹』"招財進寶臻佳瑞 合家無慮保安存"
"재물과 보물이 모여드니 상서로움이 모이고 온 집안에 근심이 없으니 평안(平安)이 지속(持續)되네."

◉ 春風得意 춘풍과 같이 득의하기를.
唐 孟郊『登科後』"春風得意馬蹄疾 一日看盡長安花"
"춘풍에 만족하니 말 발걸음 빨라져 하루에 장안의 꽃들을 다 볼 수 있더라."

◉ 鶴壽千歲 학수처럼 천세를 누리시길.
『淮南子·說林訓』"鶴壽千歲 以報其遊"
"학처럼 천수를 누리시고 그 일락(逸樂)을 알려주시길."

◉ 學海無涯 배움의 바다는 끝이 없네.
明 張岱『小序』"學海無邊 書囊無底 世間書怎讀得盡"
"학문의 바다는 끝이 없고 글 주머니는 밑이 없으니 세간의 글을 어찌다 읽을 수 있나?"

◉ 歡天喜地 하늘도 땅도 기뻐한다는 뜻으로 매우 기뻐하다.
元 王實甫『西廂記』"則見他歡天喜地 謹依來命"
"문득 보니 그는 매우 기뻐하며 삼가 명령을 따랐다."

■新年格言

◉ 花開富貴
부귀가 꽃처럼 피어나기를.

◉ 濟生醫世
중생을 구제하고 세상을 치료하네.

▣ 心想事成

마음으로 생각하면 일이 이루어진다.

▣ 裕國利民

풍요한 나라 이로운 국민.

▣ 鴻運通天

하늘로 통하는 큰 행운이 깃들기를.

▣ 華廈開新

아름다운 집을 새롭게 단장했네.

▣ 和合如意

화합이 여의하길.

▣ 活人濟世

사람을 살리고 세상을 구제하네.

▣ 喜氣盈門

희락한 기운이 문에 가득하길.

▣ 巧手醫千病

교묘한 손은 천병(千病)을 치료하네.

▣ 掘濟世良方

세상을 구제할 양방을 찾는다.

▣ 掃疾作良醫

병을 제거하는 양의(良醫)가 되라.

▣ 用藥如用兵

약을 쓰는 것은 용병(用兵)과 같다.

▣ 坐診千人健

앉아서 천인(千人)의 건강을 진료하네.

▣ 幸福吉祥平安

행복하고 길상(吉祥)하고 편안하길.

▣ 春來無處不飛花

봄이 오니 어느 곳이나 꽃이 날더라.

▣ 吉星高照 財運亨通

길상한 별 높이 비추니 재운이 형통하리.

▣ 大吉大利 力爭上遊

모든 일이 순조로우니 높은 목표 이루기 위해 힘쓰기를.

▣ 福如東海 壽比南山

복록은 동해와 같고, 수명은 남산과 같네.

▣ 生日快樂 健康幸福

생일날 즐겁고 건강하고 행복하길.

▣ 歲歲平安 安居樂業

해마다 평안하여 편히 살고 즐겁게 일하기를.

▣ 新春大吉 新年快樂

신춘에는 크게 길하고, 신년에는 쾌락하기를.

▣ 安康長壽 歡欣無比

편안하고 장수하여 비할 데 없이 즐겁기를.

▣ 青春常駐 笑口常開

청춘은 항상 머물고 웃음은 입가에 늘 피어나길.

■ 春回大地 福滿人間
봄이 대지(大地)에 돌아오니 복은 인간에 가득하네.

■ 幸福美滿 官運亨通
행복이 가득하며, 관운도 형통하길.

■ 開心 快樂 健康 平安
유쾌하고 즐거우며, 건강하고 평안하길.

■ 幸運 健康 順利 美滿
행운이 있고 건강하며, 순조롭고 행복하길.

■ 心雖是身主 身要作心師
마음이 비록 몸의 주인이나 몸은 마음의 스승이 되어야 한다.

■ 大地春光好 農村氣象新
대지에 봄빛이 좋으니 농촌에 기상이 새롭더라.

■ 地暖花長發 村幽鳥任歌
대지가 따뜻하니 꽃이 오래 피어나고, 마을이 그윽하니 새가 맘껏 노래하네.

■ 春光遍草木 佳氣滿山川
봄빛은 초목에 가득하고, 아름다운 기운은 산천에 가득하네.

■ 風移蘭氣入 春逐鳥聲來
바람은 난초 향기 따라 들어오고, 봄은 새소리를 쫓아오는구나.

■ 和風吹綠柳 時雨潤春苗
화풍(和風)은 푸른 버들에 불고, 때맞춘 비는 새싹을 윤택하게 하네.

■ 東風迎新歲 瑞雪兆豐年
동풍은 새해를 맞아 불고, 서설은 풍년의 조짐으로 내리누나.

■ 世上無難事 無心人不就

세상에 어려운 일은 없으나 마음 없는 사람은 나아가지 못한다.

■ 豔陽照大地 春色滿人間

태양은 대지를 비추고, 봄빛은 인간에 가득하네.

■ 有天皆麗日 無地不春風

하늘에는 고운 해가 있고, 땅에는 봄바람 불지 않는 곳이 없어라.

■ 春滿勤勞門第 喜融幸福人家

부지런한 집안에 봄은 가득하고, 행복한 집에 기쁨이 많네.

■ 春草滿庭吐秀 百花遍地飄香

봄풀은 온 정원에 향기를 토해내고, 백화(百花)는 온 세상에 향기를 전해주네.

■ 共慶春回大地 同歌喜到人間

봄이 대지에 돌아옴을 함께 축하하고, 기쁨이 인간 이름을 함께 노래하네.

■ 國強家富人壽 花好月圓年豐

국가는 부강하고 집은 부유하며 사람은 장수하네. 꽃 좋고 달은 둥근 풍년이라.

■ 年豐人壽福滿 鳥語花香春濃

풍년들어 사람은 장수하고 복이 가득한데, 새 울고 꽃은 향기롭고 봄빛은 짙구나.

■ 到處山歡海笑 遍地虎躍龍騰

도처에 산과 바다 기뻐하고, 두루 범이 뛰고 용이 나네.

■ 冬去山明水秀 春來鳥語花香

겨울 가니 산 좋고 물이 맑으며, 봄이 오니 새는 울고 꽃은 향기롭네.

■ 昨夜春風入戶 今朝喜氣盈門

지난 밤 봄바람은 문으로 들어오고, 오늘 아침 기쁨은 문에 가득하네.

◉ 虎躍龍騰碧海 鶯歌燕舞春風

벽해(碧海)에 범은 뛰고 용이 오르며 앵무 노래하고 제비 춤추며 봄바람부네.

◉ 日麗風和人樂 國强民富年豐

날은 곱고 바람은 온화하고 사람은 즐거우며 국가와 국민은 부강한데 풍년이 왔네.

◉ 國逢安定百事好 時際芳春萬象新

나라가 안정되니 모든 일이 좋고, 시절이 방춘이라 만물이 새롭구나.

◉ 淑氣千重山水秀 春光萬裏畫圖新

맑은 기운 천중(千重)이니 산수가 빼어나고, 춘광이 만리이니 그림이 새롭구나.

◉ 春滿神州蘇萬物 文昌藝苑譜千篇

봄이 신주(神州)에 가득하니 만물이 소생하고, 글이 예원(藝苑)에 창성하니 천편이 다 악보(樂譜)로다.

◉ 春風吹綠千枝柳 時雨催紅萬樹花

봄바람은 버들가지 푸른 곳에 불어대고, 때맞춰 내리는 비 만수(萬樹)의 꽃을 재촉하네.

◉ 喜看三春花千樹 笑飲豐年酒一杯

석 달 봄 온갖 나무 꽃이 핌을 기쁘게 바라보고, 웃으면서 풍년에 술 한 잔을 마신다네.

◉ 人壽年豐家家樂 國泰民安處處春

장수하고 풍년드니 집집마다 즐겁고, 태평하고 편안하니 곳곳이 봄이로다.

◉ 家進八方如意財 門迎四季平安福

집에는 팔방으로 여의한 재물이 들어오고, 문에서는 사계의 평안한 복을 맞는다.

◉ 窓前細雨傳春訊 枝上黃鸝送好音

창앞에 가는 비는 봄소식을 전하고, 가지 끝에 꾀꼬리는 예쁜 소리 전해주네.

▣ 勞動門第春常在 勤儉人家慶有餘

부지런한 집안에는 봄이 항상 머물고, 검소한 집안에는 경사가 많더라.

▣ 山靑水秀風光好 人壽年豐喜事多

산은 푸르고 물은 맑으니 풍광이 좋고, 사람은 장수하고 시절도 풍년이니 기쁨이 많더라.

▣ 階前春色濃如許 戶外風光翠欲流

뜰앞에 봄색은 무척이나 짙어지고, 창밖에 풍광은 푸르러지네.

▣ 幾點梅花添逸興 數聲鳥語助吟懷

몇송이 매화에 한가한 흥취 더하고, 몇 소리 새소리 시흥(詩興)을 돕는구나.

▣ 學海無涯勤可渡 書山萬仞志能攀

학해(學海)는 끝이 없어 부지런해야 건널 수 있고, 서산(書山)은 만 길이니 뜻이 있어야 오를 수 있네.

▣ 窮而有志思壯擧 學不自滿求創新

궁하나 뜻이 있어 장한 일을 생각하고, 배우나 자만하지 않고 창신(創新)을 추구하네.

▣ 冬去猶留詩意在 春來身入畫圖中

겨울이 가니 시상이 남아 있고, 봄이 오니 몸은 그림 속으로 들어가네.

▣ 東風吹出千山綠 春雨灑來萬象新

동풍이 불어오니 천산이 푸르고, 봄비가 씻어내니 만상이 새로워라.

▣ 滿懷生意春風藹 一點公心秋月明

마음속의 생기(生氣)는 춘풍처럼 가득하고, 일점의 공심(公心)은 가을달처럼 맑더라.

▣ 門迎百福福星照 戶納千祥祥雲開

문에는 백복을 맞아 복성이 비추고, 집에는 천상을 들이니 상서로운 구름이 열리네.

▣ 四面靑山看畫展 三溪碧水聽詩吟

사면의 청산은 그림전으로 보이고, 삼계의 벽수는 시음(詩吟)으로 들려오네.

▣ 山河有幸花爭放 天地無私春又歸

산하에 은총이 있어 꽃이 다투어 피고, 천지는 삿됨이 없어 봄이 또 돌아오네.

▣ 天增歲月人增壽 春滿人間福滿門

하늘이 세월을 늘려주니 사람 수명 늘어나고, 봄이 인간에 가득하니 복이 집안에 가득하네.

▣ 春回大地千峰秀 日暖神州萬木榮

봄이 대지에 돌아오니 온 봉우리가 빼어나고, 해가 신주(神州)를 따뜻하게 하니 만목(萬木)이 영화롭네.

▣ 花承朝露千枝發 鶯感春風百囀鳴

꽃은 아침이슬을 받아 천 가지에 피어나고, 앵무새 봄바람을 느끼며 여러 번을 우는구나.

▣ 和風舞動門前柳 喜雨催開苑裏花

화풍(和風)에 버들은 문전에서 춤을 추고, 희우(喜雨)는 정원의 꽃 피기를 재촉하네.

▣ 花好月園多景氣 時和日暖滿春風

꽃이 좋고 달은 정원에 밝아 경색이 좋고, 시절은 온화하고 날은 따뜻한데 봄바람이 가득하네.

▣ 淸風明月本無價 近水遙山皆有情

맑은 바람 밝은 달은 본래 값을 매길 수 없고, 가까운 물 먼 산은 모두가 정이 있네.

▣ 風吹楊柳千門綠 雨泣桃花萬樹紅

바람이 버들에 부니 천문(千門)이 푸르고, 비가 복사꽃에 내리니 모든 나무 붉어지네.

▣ 山經春雨淸如洗 柳坐東風翠欲流

산은 봄비를 맞아 맑기가 씻은 듯하고, 버들은 동풍을 맞아 푸르러지네.

▣ 四海財源聚寶社 九州鴻運進福門

사해(四海)의 재원은 보배로운 회사에 모여들고, 구주의 큰 운은 복문(福門)으로 들어오네.

▣ 千山齊唱迎春曲 萬水同吟幸福歌

온 산이 영춘곡(迎春曲)을 제창하고, 모든 물이 행복가(幸福歌)를 읊는구나.

▣ 一帆風順全家福 四季平安福門財

일범(一帆)의 순풍은 모든 가문(家門)의 복이요, 사계(四季)의 평안은 복문(福門)의 재원(財源)
이라.

▣ 接吉祥五福臨門 迎富貴四季平安

길상(吉祥)을 접하니 오복이 문에 이르고, 부귀를 맞으니 사계가 평안하네.

▣ 五湖四海皆春色 萬水千山盡朝暉

오호사해(五湖四海)는 모두가 춘색이요, 만수천산(萬水千山)은 모두가 아침 햇빛이라.

▣ 旭日壽星贈五福 東風彩筆繪三春

아침해와 수성(壽星)은 오복(五福)을 주고, 동풍에 채필(彩筆)은 삼춘(三春)을 그려내네.

▣ 人壽年豐歌盛世 山歡水笑慶新春

사람들은 장수하고 시절은 풍성하니 성세(盛世)를 노래하고, 산은 기뻐하고 물은 웃으니 신춘
(新春)이 경사로다.

▣ 尊師愛生風尚美 勤學苦練氣象新

존경하는 스승 사랑스런 학생 풍도가 아름답고, 부지런히 공부하니 기상이 새로워라.

▣ 珠樹自繞千古色 筆花開遍四時春

좋은 나무 천고(千古)의 색을 스스로 두르고, 필화(筆花)는 사시(四時)의 봄에 두루 피어나네.

▣ 天上月明千裏共 人間春色九州同

하늘의 밝은 달은 천리(千裏)가 같고, 인간의 춘색(春色)은 구주(九州)가 같아라.

◙ 顧客雲集市聲歡 百貨風行財政裕

고객들 구름같이 모이니 시장에서 기뻐하고, 백화가 유통하니 재정이 넉넉하네.

◙ 漁歌曉迎紅日出 風帆暮載錦鱗歸

어가(漁歌)를 부르며 아침에 붉은 해를 맞이하고, 돛단배는 저녁에 물고기를 싣고 돌아오네.

◙ 運際升平人共樂 氣當和淑鳥知春

시운(時運)이 태평하니 사람이 모두 즐겁고, 기운이 맑으니 새들도 봄을 아네.

◙ 東風吹暖英雄門第 喜報映紅光榮人家

동풍은 영웅의 집 문안으로 따뜻하게 불고, 기쁨은 광영(光榮)이 있는 집안으로 전해지네.

◙ 指點江山春光滿目 激揚文字妙筆生花

강산을 가리키니 봄빛이 가득하고, 문자를 써나가니 묘필(妙筆)에서 꽃이 피네.

◙ 金錢雨 幸運風 愛情霧 友情露 美滿霞 開心閃

금전은 비처럼, 행운은 바람처럼, 애정은 안개처럼, 우정은 이슬처럼, 행복은 노을처럼, 유쾌함은 섬광처럼.

찾아보기

ㅈ

판 권
소 유

穀中賀詞

穀中賀詞(삶속의 축하말)

초판 인쇄 2024년　6월 15일
초판 발행 2024년　6월 26일

펴 낸 이 | 김 재 봉
　http://yichon.co.kr

발 행 처 | ㈜이화문화출판사

　주　소 | 서울시 종로구 인사동길12 대일빌딩 3층
　전　화 | 02-738-9880(대표전화)
　　　　　02-732-7091~3(구입문의)
　F A X | 02-738-9887
　홈페이지 | www.makebook.net
　등록번호　제 300-2001-138

값 26,000 원